KB101689

하기주 장편소설

목숨

1

나남
nanam

나남창작선 180

목숨 1

2023년 3월 5일 발행
2023년 3월 5일   1쇄

지은이   河基柱
발행자   趙相浩
발행처   (주) 나남
주소   10881 경기도 파주시 회동길 193
전화   (031) 955-4601 (代)
FAX   (031) 955-4555
등록   제 1-71호 (1979.5.12)
홈페이지   http://www.nanam.net
전자우편   post@nanam.net

ISBN   978-89-300-0680-4
ISBN   978-89-300-0572-2 (전3권)

나남창작선 180

하기주 장편소설

목숨

1

나남
nanam

강세준 가계도

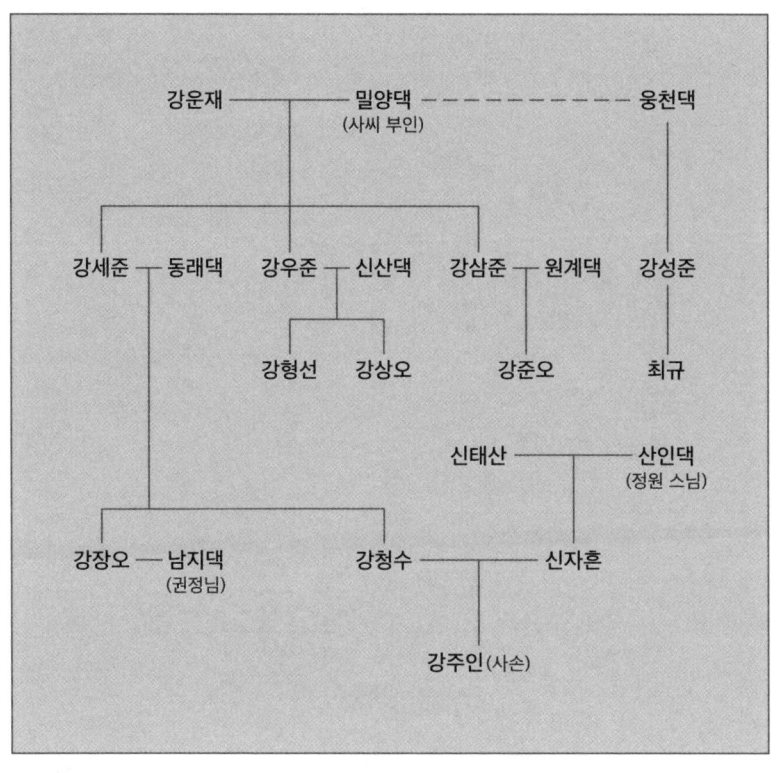

1940년대 동북아

1940년대 마산 일대

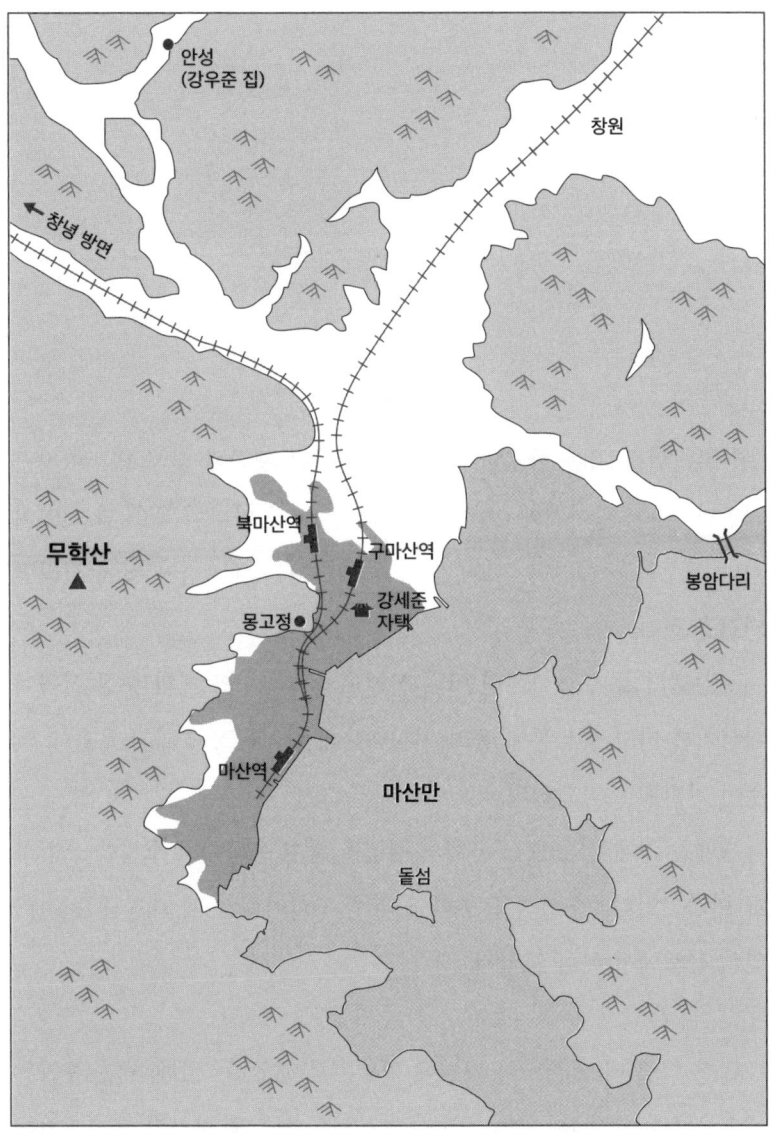

미국 텍사스대학 PCL(The Perry-Castañeda Library) Map Collection의 마산 지도를 바탕으로 작성.
이 지도는 1946년 미군이 1940년대 도시계획용으로 만든 일제의 지도를 참고해 제작한 것.

8월 복더위를 지난 합포만 바닷물은 한여름 땡볕에 절어 뜨뜻미지근
해진다. 마치 항아리에 찬 물같이 데워진 여름 바다에 몸을 담그고 마
지막 해수욕을 즐긴다. 그때쯤 둥둥 떠다니는 해파리가 발에 걸리면
기겁을 한다.

상경해서 등록을 마치면 이내 산레모San Remo 가요제의 수상 신곡이
확성기를 타고 종로통에 울려 퍼진다. 새 학기는 칸초네의 운율에 맞
추어 가볍게 시작되었다.

그때는 경제학도였다. 사회의 경험을 쌓고 은퇴하면 소설을 쓰리라
고 마음먹었다. 수평선도 중학교 경주 수학여행갈 때 해운대를 지나
면서 동해에서 처음 보았다.

대학 다닐 때 여름방학 직전에 기말고사 때였다. 그때 서울 종암동
서울상대 교정 앞은 논밭이었다. 서울시청 청소국 청소차가 쓰레기를
싣고 와서 쏟아부어 매립하고 갔다.

시험을 치르고 막 교정을 나서는데 청소차 몇 대가 와서 쓰레기를 쏟아놓고 가는 길이었다. 넝마주이들이 모여들어 재활용 쓰레기를 뒤지고 있는데, 웬 아주머니 한 분이 대여섯 살 되어 보이는 아이를 데리고 나타나서 쓰레기를 뒤지고 있었다. 그런데 난데없이 수박 한 토막이 나왔다. 아주머니는 그걸 주워서 몸뻬에다 대고 쓰윽 훔치더니 토막을 내어 반은 자식에게 주고 반은 자기 입으로 가져가서 후드득 씨는 뱉어 버리고 씹어 삼키는 것이었다.

　　소름이 쭈욱 끼쳤다. 그것이 1960년대 초반이었으니까, 그 아이는 굶지 않고 잘 자랐으리라고 생각한다. 그 후 얼마 안 가서 통일벼가 나왔기 때문이다. 그 아이는 산업역군의 일자리를 얻어 일생을 보내고 지금쯤 60대가 되지 않았겠나 싶다.

　　당시 서울상대 교실에서는 조교수 한 분이 강의시간 도중 코피를 쏟아가면서 티슈로 코를 막고 강의를 속행하던 일도 있었다. 모두가 열심이었다.

2023년 3월

서봉식

목숨 1

차례

등장인물 소개

― 강씨 일가 및 주변 인물

강운재 姜運載	3·1운동 때 총격으로 숨진 마산 유림 대표.
강세준 姜世駿	유교 가치관이 뚜렷한 강씨 집안 대들보.
동래댁	강세준의 아내, 강씨 가문의 종부.
강우준 姜又駿	마산 인근 안성에서 소 키우며 농업 종사.
신산댁	강우준의 아내.
강삼준 姜三駿	보성전문을 졸업하고 고무신 공장 경영.
원계댁	강삼준의 아내.
강성준 姜成駿	강운재의 서자. 슬하의 아들은 최규.
강장오 姜莊午	강세준의 장남, 일본 중앙대 법대 학생.
남지댁	본명은 권정님으로 강장오의 아내.
강청수 姜淸壽	강세준의 차남, 중학교 5학년 졸업반.
강형선	강우준의 장녀, 고녀 학생.
강준오	강삼준의 장남, 사촌형 강청수를 따름.
최규 崔珪	강씨 가문의 서손, 북만주에서 항일투쟁.
영산댁 고씨 부인	남지댁 권정님의 모친, 강장오의 장모.
권윤칠	권정님의 집안 숙부로 강장오와 도쿄 유학생 친구.
박학추 朴鶴秋	강세준과 죽마고우 사이인 한의사.
김원봉 金元鳳	의혈단 단장으로 강삼준과 보성전문 학우.
조 曺 선생	마산 동인병원 원장.

― 바닷가 사람들

신태산 辛泰山	10세 때부터 어선을 탄 멸치잡이 전문가.
산인댁	신태산의 아내, 비구니 출신으로 법명은 정원靜圓.
신자흔 辛慈欣	신태산의 딸, 여고생으로 총명하고 외모가 수려함.
장용보	홀아비 어부로 지내다 해녀 수생과 살림 차림.
수생	제주 해녀의 딸인 벙어리 해녀.
장수명	장용보의 전처 소생 아들, 마산 행림옥 일꾼.
우렁쉥이 할멈	선장 춘성의 모친.
미더덕 할멈	어부 장용보의 모친.
상도	동신호 선주, 거제도 마을 구장.

― 밑바닥 민초 民草

천성규 千性圭	백정 출신으로 투우챔피언 담비소의 주인.
천중건 千重建	천성규의 아들, 의협심 강해 백지동맹 주도.
곽상수 郭相洙	만주에서 최규와 항일투쟁, 별명 '공산명월'.
은도 銀濤	김원봉을 사모한 기생, 행림옥 주인. 본명은 장정자
끈님	북면댁. 두리, 꼭지, 찬호(삭부리) 등 세 자녀를 낳음.
소엽 小葉	아명이 꼭지인 행림옥의 어린 기생.
용팔(용재)	강청수의 친구, 일본에 징용 갔다가 한쪽 팔을 잃음.
진환	강청수의 친구, 마산역 노무자.

— 연해주 및 흑룡강성 사람들

장씨 노인	함안 군북 출신의 유맹流氓, 최규와 농장 정착.
산청댁	장씨 노인의 아내, 횟배를 앓아 아편을 찾음.
언년	장씨 노인의 딸, '공산명월' 곽상수 청년과 혼인.
고달식 高達植	의협심 강한 싸전 양산상회 주인.
박 포수	본명은 박용섭, 호랑이를 잡은 명포수.
이상조	무장 항일단체 의혈단 단장 김원봉의 밀사.
사샤	러시아인 간호사, 최규의 탈출을 도움.
레오	사샤의 오빠, 비밀경찰 게페우GPU 요원.

— 일본인

가시이 겐타로	남해안의 '어장 군주君主'.
미노베	가마보코(어묵) 업자 노인.
야스오	미노베의 차남, 신자혼을 사모함.
도코모	미노베의 딸, 강청수를 짝사랑함.
오카다	악명 높은 특고特高 형사, 유도 고단자.
오쿠무라	고문 기술자 경찰관.
사사키	끈님을 겁탈한 산림 공무원.
고키	마산경찰서장.

— 기타 인물

김재우	경남도청 산업국장.
김태수	김재우의 아들, 강장오와 도쿄 유학생 친구.
조점식	마산 정미소 주인.
조태구	조점식의 아들.

제 1 부

무학산 사람들

친영親迎가다

1. 칠보 비녀

1943년 이른 봄날 경남 창녕군 남지南旨의 낙동강은 시린 물빛이었다.

새카만 마메(콩)택시 한 대가 딱정벌레처럼 다리 위를 바장 바장 건너고 있었다.

신랑의 행마는 나귀를 버리고 택시를 부려서 갔다.

강장오姜莊午의 신행길이었다.

신랑은 까만 모직양복을 차려입고 보스턴가방을 안고 있었다.

"니가 새비로Savile Row(신사복)를 채려입으니 인자 어른 티가 난다. 그새 동경 가서 많이 컸구나."

상객으로 나선 장오의 삼촌 강삼준姜三駿이 조끼까지 받쳐 입은 장조카를 향해 말했다.

"장오야, 목안木雁은 잘 챙겨 넣었제?"

강세준姜世駿이 아들에게 확인한다.

"예."

신랑은, 사모관대를 개켜 넣고 난 모서리 빈틈에다 채단 보퉁이로 싼 목안을 챙겨 넣은 것을 머릿속에 떠올리며 가방을 더듬어 본다.

소가죽 가방에서는 마분향麻粉香이 새어 나왔다.

아침에 신랑의 어머니 동래댁이 혼서지婚書紙를 반듯하게 깔고 그 위에 목안을 올려놓고 채단을 묶을 때 삼꽃가루가 든 삼베주머니를 살짝 끼워 넣었다. 차 안에는 삼꽃 냄새가 번졌다.

"마분향 내음이 아닌가배?"

세준은 코를 치켜들어 벌름거리며 차 안을 둘러본다. 은은한 삼꽃 향기 속에서 아련한 기억이 오색구름 속에서 피어올랐다.

세준의 젊은 날 혼담이 진행되어 동래東萊의 신부 될 집안에서 보내온 납기納期 보를 끌렀을 때 풍겨 나오던 처가 동네의 바로 그 냄새가 뇌리 속에서 되살아난 것이다. 처갓집 물건에서는 삼꽃 냄새가 났었다. 청홍 수실 타래를 두른 싸릿가지에 음전하게 물린 신부의 하얀 사주 봉투와 그 겉을 감싼 근봉 띠종이가 풀어 제친 보 속에 놓여 있던 모습이 눈에 선히 떠올랐다.

세준은 지그시 눈을 감았다. 함이 도착하자 선고先考께서 그 함을 받아서 북향사배를 하는 동안에 은은한 삼꽃 냄새가 새어 나왔는데, 붉은색 보자기를 풀어 제치자 툭 쏘던 그 냄새 … .

함진아비가 어깨너머로 보자기를 엇메고 그 위에 두루마기를 걸쳐 입고 왔으니, 냄새가 흩어져 날아가지 않고 언저리에 맴돌고 있었으리 … . 모든 것이 좋게만 보이게 하는 냄새였다.

'세월 참 빠르기도 하다. 젊은 날은 유수와 같이 흘러가고, 어느덧 할애비 신세가 됐네. 아직 할애비라 부를 손주는 없다만⋯ 장오야! 이 애비, 할애비 소리 한번 들어보자.'

세준은 혼자서 중얼거렸다.

"좋은 냄새야⋯ 바람도 자고 맑은 날씨다."

"참말로 날받이는 좋은 날로 골랐습니다. 그만치 연길涓吉에 공을 들이셨으니⋯."

삼준이 형님 세준의 말을 받아 맞장구를 쳤다.

양가에서 의혼議婚이 오가고 정혼定婚에 이르러 날이 받아지자 세준은 날을 짚어 보고 '수태에 좋은 길일을 잡았군' 하고 만족해하면서, 제생당濟生堂 박학추 의원에 부탁해서 육태환育胎丸을 지어 신부 집으로 보냈다. 보통은 혼일을 앞둔 혼주가 딸아이의 수태를 생각해서 지어 먹이는 약이지만, 그러니까 신부 집에서 해야 할 일을 시아버지가 나서서 챙겨 보낸 것이다.

신부 집으로 약을 보내던 날, 세준이 장오에게 말했다.

"할애비가 손주 보려고 며느리 보약 지어 보내는 것이 요새 세상에 크게 숭(흉) 될 일은 아니다. 장오 니도 그간 탁태托胎 준비를 하느라고 근신했겠다마는, 좋은 날을 골랐으니 보람이 있을 기다."

신랑 신부가 합궁 전 100일간은 술, 담배도 삼가고 음식도 가리고 화도 내지 말고 마음을 다스려 탁태 준비를 하여야 한다마는, 여자야 그렇다 치고 어디 남자란 꼭 그렇게 지켜지는 일이겠는가마는 아비의 말인즉 그렇다는 것이다.

세준은 좋은 연길이라고 굳게 믿고 있었다. 노인은 오로지 후손 생각에 들떠 있었다.

'사손嗣孫을 보아야지. 그래야 조상에게 할 일을 다 한 거지.'

장오는 나이 스물넷에 남지로 장가를 들었다. 동경에서 대학에 다니고 있을 때였다. 처 될 사람은 고등여학교를 졸업하고 집안에서 가사를 돕고 있었다.

영산댁 고高씨 부인은 딸이 고녀高女를 졸업하자, 양지바른 쪽 돌담 밑에 딸을 데리고 정성스레 박 씨를 묻었다.

"잔치에 쓸 물건이니 똥오줌을 쓸 수는 없고….."

영산댁은 딸이 듣게끔 중얼거리며 박 씨 둘레를 파고 콩깻묵을 한 움큼 뿌린 다음 발로 다지고 물을 한 바가지 내렸다.

'대례 때에 박을 쓴다면, 길러서 어떻게 쓰자는 말인고?'

영산댁의 딸 권정님은 궁금했다.

정갈스럽게 거둔 조롱박이 담장을 타고 영글어 가면서 다람쥐 상수리나무 가지 타듯 중신어미가 내왕하기 시작했다. 부지런히 발품을 팔며 연줄을 물어 왔지만 영산댁은 딸의 학력에 맞는 혼처가 아니어서 번번이 퇴짜를 놓았다.

지나다니는 동네 아낙들이 한 차례 서리를 맞고 앙증맞게 영근 조롱박을 보면 생각난 듯이 한마디씩 했다.

"우짜모 애박이 저렇기도 잘도 여물었일꼬? 그라고 본께 영산때기老 딸내미가 벌써 치울 때가 됐네. 오데 마참한 자리가 아즉 없던가?"

그러니까 딸 가진 집안에서는 대례 때 합근合졸박으로 쓰려고 심은 애박이지만, 이것은 한편 딸이 과년에 찼으니 중신을 놓아 달라고 은근히 마을 사람들에게 알리는 표지가 되기도 하였다.

박을 두 쪽으로 타서 만든 합근박은 포개어 맞추면 한몸이 된다. 제짝이 아니면 표주박은 맞추어지지가 않는다. 그래서 신랑 신부가 영락없는 짝이 되었다는 정표로 삼아 초례醮禮에서 표주박에 술을 따라 마신다.

그래서 박을 보고 이제는 대충 그만큼 하고 정할 때가 되지 않았느냐 하는 생각에서 말들을 하기도 하였다.

"따서 또갤 때가 한참 지났는데?"

"시상에 박 또갠 거맨키로 영판 맞는 지 짝이 오데 있더노? 맞추모 다 맞게 돼 있지."

그 무렵에는 처녀들을 정신대로 끌고 간다는 소문이 흉흉하게 나돌 때였다. 징발대는 말 많고 시끄러운 도방 쪽보다는 시골 무지렁이들 가운데서 마구 끌고 간다고 해서 뒤숭숭한 가운데 딸 많은 영산댁은 여간 걱정을 하던 차에, 동경 가 있는 집안 숙항叔行뻘 권윤칠權允七한테서 뜻밖에 중신이 들어왔다.

신랑감으로 추천하는 학생의 사진을 영산댁 앞으로 보내왔다. 그것이 장오였다. 사진을 동봉한 봉투에는 다음과 같은 내용의 간단한 소개가 들어 있었다.

마산에 강姜씨 문중의 장손이고, 학교는 그곳서 중학교를 마치고 동경에 와서 중앙대 법학부에 다니고 있는데, 내년 봄이면 학업을 마치게 될 학생이요. 나이는 스물셋, 경신庚申년생 잔나비띠요. 성격은 침착하고 착실한 학생이고, 내가 살펴보니 방종한 생활을 하거나 문란한 여자 관계가 있거나 하는 그런 일은 없는 젊은이요.

내가 남지 집안의 여조카 정님이가 혼기에 처했으니 소개하겠다고 천거를 했더니, 본인의 말로는 일단 먼저 서로 사진을 한 번 보고 마음을 정하는 것이 좋겠다고 하여 사진을 보내는 바이요. 의논해 보고 답을 보내 주시오. 답례로 사진을 보내 주기 바라오.

1942년 11월 동경 아재비 윤칠

정님이 모친으로부터 건네받은 총각의 사진은 대학 사각모를 쓰고 박은 것으로 언뜻 첫눈에는 현상을 진하게 하여 흑백의 명암이 선명하다는 느낌을 받았는데, 자세히 들여다보니 이목구비의 음영이 또렷한 청년의 얼굴 모습이 돋아났다. 그윽하게 쳐다보는 눈매가 마음을 설레게 하였다. 그녀는 가슴이 두근거렸다.

"사람은 갠찮아 보인다. 윤칠이 아재가 비미(여간) 여문 사람이 아이더냐. 헛된 사람을 두고 빈말 할 사람이 아이다. 집안은 알아바야겠지만 … 니 생각은 우떻노?"

자기의 속마음을 모친에게 내다 비치기라도 할까 봐 정님은 얼른 고개를 돌리고, 비비추 꽃잎을 서표書標로 끼워 둔 책갈피 사이에 사진을 넣어 두었다. 그녀는 첫눈에 마음을 정했고, 그 뒤 가슴을 두근거리며 사진을 몰래 꺼내보곤 하였다.

그녀도 날을 잡아 마산에 나가서 사진을 박아 동경으로 보냈다.

"조카아이는 사진 그대로다. 잘 봐라. 실물이 그보다 훨씬 낫다."

윤칠은 장오에게 사진을 건네면서 말을 보탰다.

"성격이 조신해 맏며느릿감으로 조금도 손색이 없을 끼다. 어떻노?"

저고리 동정 깃을 야무지게 여미고 찍은 사진 속의 처녀는 고혹적인 눈매로 장오를 마주 보고 있다. 지그시 가슴이 저려온다.

"좀 더 두고 생각해 보자."

장오는 첫눈에 본 인상에 대한 좋은 감정을 잠시 눌러 놓고 윤칠에게는 짐짓 돌려서 말했다. 여자가 마음에 든다고 해도 덥석 그 자리에서 속내를 드러내는 일은 반가班家의 체통이 아니라고 배우고 자라온 집안이어서, 자기의 속마음과는 달리 애매한 말을 했다.

"잘 생각해 봐라. 남 주기는 아깝다 말이다 … . 내키지 않으면 나중에 태수한테나 소개해 볼란다."

윤칠은 장오가 마음에 별로 없는 줄 알고 돌아서 나가려는데, 한방에 기거하는 태수 이야기를 끄집어내자 장오는 그제야 속을 드러낸다.

"그런데 … 그쪽에서는 우째 생각하는고?"

"허어 이 사람! 그거야 두말할 것도 없제. 좋으니까 사진을 보내온 기지. 중신 잘 서모 쌀이 한 말, 잘못 서모 뺨이 석 대라 안 카더나. 내가 뺨 맞을 일을 사서 하겠나."

장오가 구체적으로 의논을 한다.

"그라모 … 둘이서 일단 이야기를 맞추기로 하세. 가령 내가 나서서 집안 어른한테 '규숫감을 찾았으니 허락해 주십시오' 해 갖고는 될 일도 안 된단 말일세. 공부하라고 동경 보냈더니 오다가다 만난 여식애하고 연애질이나 하고 놀아난다고 아예 볼 것도 없다고 여길 것이 틀림없네. 집안의 개혼開婚이라서 노인이 비미 까탈스럽게 고를라고 안 하겠나 말일세. 자칫 일을 그르치기가 십상이니, 일단 그쪽에서 우리 집으로 중신아비를 넣어서 이야기를 붙여 보도록 하세.”

“이 사람아, 좋으면 좋다고 처음부터 진작 말할 일이지, 쯔를 빼기는 … 그래 그 말이 맞다. 내가 잘 전해 보꺼마.”

남지 권씨 노인은 중신아비를 보내 강세준에게 의혼議婚을 넣었다. 세준은 들은 바 혼처가 남지 반촌班村 권씨 집안의 맏딸이라 하니 그만한 정도면 괜찮은 자리라고 생각해서, 이쪽에서 나서서 좀 더 내탐內探해 보기로 하였다. 집안 종형제 중에서 한 명을 골라 불러다가 변장꾼으로 정하고, 강씨 집안의 맏며느릿감을 고르는 기준에 대해서 다음과 같이 일러 주었다.

“다 문중의 일이니 수고 좀 해 주야겠네. 맏메누릿감은 무엇보다 부순婦順의 도를 갖춘 기 제일 기본일세. 부순의 도란, 시부모에게 순종하고, 가족과 화합하여 마음이 맞고, 동시에 직조나 가사 등의 일뿐만 아니라, 집안의 양곡과 재물을 여물게 챙길 수 있는 능력을 이름일세. 신부에게 부순의 덕이 있어야 집안이 화합하고 안정하며, 그럼으로써 그 가정이 장구해지는 법일세. 거다가 내가 더 바라는 것은 꼭 다산형이라야 하네. 여자가 아아를 몬 가지모 그거는 아무짝에도 몬 쓰는 석녀石女 아닌가. 또 덕성이 있어야 하겠네. 엉덩이가 편편하고 배가 커야 하니 잘 살펴봐야 하네.”

내탐자로 나서기로 한 아우가 말했다.

“성님 말대로 부순의 덕이 있는지 어떤지를 한 번 보고 어떻게 척 알아내겠소. 또 남의 처자處子가 다산형인지, 배가 큰지 작은지를 어떻게 캐낼 수가 있단 말이오."

세준은 그 말도 일리가 있다 싶어서 좀 더 구체적으로 설명한다.

"말하자면 내 쪽 생각이 그렇다고 이해를 하고…. 좀 더 알아보기 수울(수월)케 구체적으로 말하자모, 책에 쓰이기를 십삼구十三俱 관상을 살펴보는데 눈썹이 길고 이마는 펑퍼짐할 것, 콧날이 오똑하고 눈은 봉눈처럼 생겨 가느스럼하고 목소리가 맑아 기가 족할 것, 엉덩이가 편편하고 배가 클 것 등인데, 그렇다고 겉만 슬쩍 보고 말 끼이 아이라 내면적인 덕성과 효성까지 감안해서 잘 살펴보도록 하세."

"허허 성님요, 내가 채홍사도 아이고…. 그거 배가 큰지 작은지 들여다보지도 않고 우떻게 알아낼 수가 있단 말이오. 배 작다고 아아 몬 낳는 것도 아이고 … 배 이야기는 고만하소. 그렇게 대충 보고 와서 본 대로 말씀드릴 게요."

세준은 동생의 말에 명토를 박는다.

"허허어 이 사람아, 내가 그렇게 자상하이 일렀는데 아즉도 대충 하겠다이. 강씨 문중에 장차 종부가 될 맏메누리를 고르는 판인데, 이기이 다 집안일이 아닌가…. 자세히 살펴보고 오도록 해라. 내친김에 신부의 친가, 외가뿐만 아니라 진외가까지도 가풍을 알아보고, 집안에 내림병이 있는지 우떻는지 …."

변장꾼은 좌판을 둘러메고 참빗이나 화장품 등을 파는 떠돌이 장사치로 분해서 권씨네 집 안채로 들어가 보기로 하고 떠났다. 사흘 뒤에 그가 돌아와서 살펴보고 들은 대로 세준에게 보고했다. 대충 다 들어서 아는 이야기였다.

"참한 규숫감이 맞소. 외가, 진외가도 다 알아봤소. 눈은 봉눈이 아이라 송아치 눈알맨키로 큼직합디다마는 체격은 듬직해서 아아는 순산하겠습디더. 한 가지 흠이라 카모 그 집안이 딸 다섯에 아들 하나라 딸만 낳는 딸내림 집안이란 점이요. 장손을 이어야 할 맏메누리가 딸만 내리 낳는다 카모 그것도 예삿일이 아일 낀데요."

세준은 다 듣고 나더니 과히 탓할 만한 데가 없다고 판단이 서자 헛기침을 다듬고 안도의 말을 했다.

"으흐흠. 그렇기도 하다만, 다산형 집안이라서 맴이 놓이네. 딸아아 문제는 달리 생각하모 다음 대에는 아들만 내리 놓아서 아들 부자가 될지 누가 아는고. 그기 다 음양오행의 조화가 아니겠느냐. 몸집은 평평하이 벌어졌던가? 그런 몸이 자식을 잘 낳는 체형이다."

이윽고 세준은 신붓감 될 처자의 사진과 함께 간단한 약력 소개와 자신의 소감을 몇 자 적어 넣어 동경 장오에게로 보냈다.

> 이번 혼사를 내가 막 정하려고 하는 것은 아니다. 니 마음에 드는지 안 드는지는 니가 알아서 정하도록 하여라. 다만 나는 집안에 두 며느리는 못 둔다. 이 점만은 꼭 명념銘念해 두거라. 니가 그곳서 딴 짓은 안 했으리라고 믿는다. 이만한 재원이 달리 또 어디에 더 있겠느냐.
>
> 父(부) 쓴다.

장오는 전에 윤칠을 통해서 받아 본 사진과 똑같은 사진을 부친을 통해서 한 번 더 받게 되었다. 이전 것은 콘사이스 갈피에 넣어 챙겨 두고, 이번 것은 지갑에 끼워 넣었다.

부친이 편지에서 본심을 들떼놓고 겉으로는 아들에게 결정권을 준다고 하면서도 말미에 '이만한 재원이 달리 더 없다'고 덧붙인 것은, 본인은 이미 간선揀選을 마쳤다는 뜻 아니겠는가. 부친의 내심을 장오는 잘 읽고 있었다.

당시 유학생들은 동경으로 떠나기 전에 집안 어른들의 강권에 못 이겨 마음에도 없는 혼사를 치르는 경우가 많았다. 자유의 천지에 나와서 신학문을 공부하면서 같이 유학 온 여학생들과 눈이 맞아 심심찮게 연애를 벌이기도 했다.

노인은 그것을 우려했던 것이다. 장오에게 '네가 알아서 정해라' 하고 완곡하게 자기의 의사를 비친 것 같지만, 실은 '딴마음 품지 말고 정했으면 좋겠다'는 의중인 줄을 장오는 잘 알았다.

장오는 처음부터 부친의 성품을 잘 헤아렸기에 일을 꾸며서 여기까지 몰고 온 셈이다. 중요한 것은 남지의 규수가 장오의 마음을 사로잡았다는 사실이다.

아들한테서 세준에게로 답이 왔다.

아버님 전前 상서上書
여러모로 잘 살펴보시고 정하신 줄로 알고 저도 마음을 정했으니 아버님 뜻에 따르겠습니다. 절차에 맞추어 진행하여 주시기 바랍니다.

동경 불초자不肖子 장오 올림

그렇게 해서 혼사는 동경과 남지 사이에 신식으로 사진 중매를 통해서 맺어진 셈이지만, 혼례절차는 마산과 남지 양가 사이를 오가며 제대로 육례六禮를 갖추어 진행되어 갔다.

신랑 쪽에서 남지로 사성四星을 보냈다. 혼주가 될 권씨 노인은 갈대를 잘라 묶어 기름을 부어 만든 나좃대를 밝혀 놓고 신랑의 사주단자를 들여다보았다. 나좃대에 그을음이 생기자 바깥사돈이 될 강씨 영감의 까탈스러운 고집이 떠올라 마음에 켕겼다.

혼인 날짜를 택일해서 정할 때에는 신부 쪽에서 일방적으로 정하지 말고 양가에서 의논해서 잡자고 강세준 노인이 주장해 온 것이었다.

"워언 참, 성질도 깨깡(괘꽝) 시럽기는 … 신부 집에서 날을 잡으모 넘 되도록 따르기만 하모 될 일을 … 쯧쯧."

권 씨는 혀를 찼다.

원래 혼삿날을 잡을 때에는 신부 측에서 의당 신부의 생리에 먼저 맞추고 나서 일진을 보고 수태에 좋은 길일을 정하는 것이로되, 세준은 거기에다 바람이 자고 천둥번개가 없는 온화한 천기를 골라야 하며 신랑 신부가 교접을 이루는 시時에 대해서도 생기生氣가 드는 밤을 골라 잉태를 하여야 장차 아이가 장수하고 어질며 총기聰氣가 든다고 믿고 있어서, 신부 댁에 그렇게 설명해 왔던 것이다. 좋은 손주를 얻기 위한 조부의 간절한 바람에서였다.

"옛날 전통혼례를 보면, 남녀가 만나는 일은 오행에 따라 양과 음이 만나는 행위이니 의식을 치르는 시간도 낮과 밤이 만나는 저녁시간에 행하여 진 거 아닙니까. 어두울 혼昏 자를 써서 혼례昏禮라 하지 않았습니까. 요새는 세상이 바끼서 혼례할 혼婚 자를 쓰지만, 사실 옛날 기이 옳은 기라요."

그러니까 옛날 방식은 식이 파하면 합방례로 이어지도록 시간이 짜였다. 세준은, 혼례식은 이 합방례를 위한 의례절차라고 생각했다.

"봄날 짧은 해를 고려해서 예식은 신시申時(오후 3~5시)에 시작해서 유시酉時(오후 5~7시) 전에 마치도록 하입시다."

이런 강세준의 고집에 따라 그리하기로 정해졌다.

신랑 집에서 신부 집으로 납폐納幣를 보낼 때 장오는 혼자 미리 준비해 둔 예물을 어른들과 상의 없이 몰래 딸려 보냈다. 칠보七寶 비녀였다.

봄방학으로 잠시 집에 다니러 와 있던 그는, 함진아비가 남지로 떠나는 날 생사生絲 손수건에 칠보 비녀를 싸서 부탁을 넣었다.

"이것은 신부에게 남몰래 직접 전해주소. 신랑이 직접 주더라고. 말이 안 새게 해 주소. 예단이야 의당 부모님이 장만해서 새 사람한테 보내는 예물이지만 … 내가 신부에게 따로 마음을 전하는 물건이오."

그러나 말은 곧 새나갔다. 신부 집 아낙들은 신랑이 보낸 예물을 보고 한결같이 말했다.

"예단에다 따로 신랑이 예물을 보낸다는 말은 생전 처음 듣소마는 시상이 바뀌기도 참 많이 바꼈소. 생각은 있다 캐도 우리 같으모 토옹 남새시럽운 일이라 우째 주고받기를 하겠소? 동경서 배운 신식 신랑은 옛날하고 달라도 많이 다르제. 하기사 요새 젊은 학상들은 남녀간에 드러내놓고 연애질도 하고, 넘이 보는 앞에서도 공공연하이 서로 간에 할 말은 다 한다 카이 … 참말로 오래 살고 볼 일이라 카이."

혼례 치르는 날 아침에는 새벽같이 일어나서 부자가 차례로 목욕재계를 했다.

알맞게 데운 무쇠 목욕통 바닥의 나무판자에 쪼그리고 앉아 몸을 불리는 장오는 유리창에 서린 김을 보고 '아직 추운 날씨구나' 하고 중얼거리며 사진 속의 규수 모습을 머릿속에 떠올렸다. 혼담이 오가고 오늘에 이르기까지 그는 아직도 신부를 마주 대한 적이 없다. 오로지 두고두고 들여다본 사진, 그것도 네 모퉁이가 닳고 잘못 접혀서 금이 간 사진 속의 그녀의 모습밖에는 머릿속에 그릴 수가 없었다.

키는 큰 쪽이라 했지 ⋯ 몸은 실한 편이라 했지 ⋯ 살결도 희다 했지 ⋯ 그렇다면 전체적으로 도대체 어떻게 생긴 모습일까.

출발하기 전 아침에 별제사를 모셨다.

대청에 병풍을 두르고 밥, 술, 생선 한 마리를 올려서 조촐하게 상을 차리고, 세준은 오늘 남지로 장오의 혼례식에 다녀오게 되는 연유를 선고先考에게 헌작獻酌재배로 고유告由했다.

세준은 소반상을 두고 아들을 마주하여 앉았다.

"먼 길 가야 하니 새북(새벽)부터 서둘러야 제우(겨우) 시간에 댈 끼다. 상각上客은 내하고 삼준이 동상하고 청수가 나서기로 했다. 니 짐은 니가 잘 챙기거라. 예복하고 목안 말이다."

그리고 자식에게 술잔을 건넨다.

"자, 이 술을 받거라. 우리가 운제(언제) 마주 앉아 술잔을 나눈 일이 있었더나마는, 오늘은 니가 신부를 맞는 대례 날이라 비로소 어른이 되는 날이니 애비가 예를 갖추어 내리는 잔이다. 그리 알고 받아 마시고, 내 말을 귀담아듣거라."

장오는 고개를 돌려 잔을 비우고 상에 내려놓았다. 어른은 콧수염을 한 번 문지르고 목젖을 유난히 크게 오르내리면서 훈계의 말을 내렸다.

"오늘 니는 평생 니를 도와 해로偕老할 배필을 맞으니, 우리 문중의 일을 잘 이어받아 공경으로 인도하고, 항상 니 어미의 본을 받들게 하거라."

그리고 나무로 만든 기러기를 건네주면서 말을 이었다.

"보아라, 목안이다. 기러기는 암수가 같이 만리 창공을 나는 새이니, 서로 유신有信이 두터워 목숨이 끝날 때까지 다른 놈과 교배하는 법이 없느니라. 비록 날짐생이라 할지라도 그 정절은 사람이 배우야 할지니 … 니가 목안을 처가댁에 바치는 것은 처 될 사람에게 백년해로의 서약을 다짐하는 징표니라. 장모 될 사람이 건네받아서 이 신표信標를 확인하고 딸에게 넘겨 보여줄 것이니라. 니 처는 니가 잘 거두어 해로해야 할 것이고, 조금도 집안에 분란이 안 일도록 둘이서 의좋게 지내야 할 일이다."

"예. 명념하겠십니다."

"규珪를 보거라. 잘못 태어나 펭생을 거칠게 산다. 그런 자석을 낳아서 되겠나? 항상 여색을 근신해야 한다."

신랑의 무리를 태운 택시는 다리를 건너서 신작로를 달리다가 샛길로 들어 권씨 댁 문 앞에 닿았다.

신랑은 상객들과 함께 차에서 내려섰다. 바싹 치밀어 깎은 머리카락이 파란 목덜미에 말쑥하다. 상객 두 형제는 잿빛 모직 한복자락을 봄바람에 펄럭이며 앞에 섰다. 신랑의 동생 청수는 학생복 차림으로 따랐다.

대문 앞 담장에는 버려둔 애박 넝쿨이 제물에 혼자서 싹을 틔우고 담을 타고 있었다.

"신랑 왔소!"

대반對盤이 안채를 향하여 소리를 질렀다.

신랑이 대문 안으로 들어서자 마당에 깔린 짚단에서 뭉클 연기가 솟았다. 불길이 피어난다.

"훠이 훠이! 손각시 구신은 물러 가거라! 시집도 몬 가보고 죽은 손각시는 몽달구신 찾아 가거라이! 훠이 훠이!"

대반이 연신 손을 휘저으며 귀신 쫓는 시늉을 하면서, 신랑더러 불길을 타넘고 들어오라 한다.

"총각한테 환장해서 죽은 손각시는 넘우 신랑 될 사람한테 살 다리를 안고 집적거린다 카이. 고마 불로 지지야 떨어진다 칸께."

마을 아낙들이 속삭거린다. 딸아이들도 엄마 손을 잡고 신랑 구경을 하고 있다.

장오는 대반이 인도하는 대로 불길을 타넘었다. 신랑은 피식 웃었다. 귀신들은 날름거리는 불꽃에 '앗 뜨거!' 하고 떨어져 나간다.

부엌일 하던 집안 아낙네들이 정지 (부엌) 문 밖으로 얼굴을 내밀고 구경한다.

"와이고, 신랑 키 좀 보소, 전봇대 겉네."

"다리는 황새 뒷다리맨키로 빼빼 예비 (여위어) 갖고 … 저래 갖고 지대로 다리 심이나 쓰겠는교?"

아낙들은 입을 가리고 킥킥댄다.

그녀들은 남정네의 다리라고 해 봤자 기껏 머슴들 잠방이 아래 불거진 장딴지만 보아 온 터수에 성냥개비처럼 가는 신랑의 다리를 떠올리고 웃으면서 그렇게 말할 만했다.

"마른 장작 불심이 젖은 솔갱이보다 더 세다 안 카던가배."

그때 신랑은 대문을 들어설 때 얼굴을 가렸던 홀을 액땜 짚 더미를 넘으면서 잠시 내렸는데 그 틈에 얼굴을 본 이웃집 아낙들이 입방정을 떨었다.

"아래 우우가 우째 저리 닮았일꼬? 아비를 영판 고대로 빼 썼네."

"펫빙쟁이 얼골맨키로 하얗이 해 갖고 … 그래도 삐대 하나는 실해서 깡다구는 있어 보이네."

신랑을 트집 잡기 위해서 흰 얼굴을 탓했다.

"동상 키도 생이 (형) 한테 안 지졌제? 동상은 사람이 좀 차갑아 뵈제?"

신랑이 액막이 짚불 타넘기를 마치자, 사랑채로 향하여 운두 높은 코를 치켜든 세준은 뒷짐을 지고 빗질로 댓가지 자국이 남아 있는 마당을 가로질러 밭장다리 팔자걸음으로 걷는다. 삼준과 청수가 그 뒤를 따라 낙동강 오리 떼 떠내려가듯이 따라갔다.

신랑은 따로 안채 별실로 안내되었다.

혼주인 권 노인이 마당에 내려와 상객들을 맞이하고 사랑채로 안내한다.

"행로에 고생이나 안 되싰는지요?"

서로 엎드려 맞절로 인사를 나누었다.

그 새 청혼서도 오가고 허혼서도 오갔으니 양쪽에서 서로 해야 할 인사는 벌써 붓으로 다 치렀다 할지라도 막상 면대하기는 처음이다.

수사돈은 두루마기 자락을 걷으며 가부좌를 틀고 앉아 암사돈 앞에서 고개를 꼿꼿이 치켜들었다. 목젖이 불거졌다.

"예애, 하이야(대절택시)가 빠르기는 참 빠릅디더. 마산서 떠자말자 패냉기(부리나케) 갖다댑디더. 그거 두어 시간도 채 안 걸렸제, 아마. 옛날맨키로 가마 타고 올라카모 신새북에 떠나도 해가 중천에 지울어서야 제우 대일까 말까 안 했겠십니꺼. 그래, 준비하시느라고 얼매나 애를 잡샀십니꺼?"

잔치차림 하느라 수고했다고 치하의 말을 잊지 않았다.

"아이올습니더. 머어 집안 대소가가 다 모이서 노나 한께 수울케 마칬십니더."

준비는 다 되었다고 말끝에 힘을 실었다.

봄날인데도 아직 쌀쌀한 방 안에 놋화로 잉걸불이 하얀 재를 일렁이며 이글거리고 있다.

혼주 권 노인은 신랑의 모습이 눈앞에 삼삼히 떠오른다. 아까 방문을 열고 잠시 내다본 신랑의 용모를 머릿속에 다시 그려본다.

'저 눈꼬리 처진 거 보모 행토(행짜) 깨나 부릴 성도 싶다만 … 남자가 그 정도 성깔은 있어야 되는 거 아인가배. 웃을 때에 잔정이 비치는 거 보모 정내미가 여엉 없는 것 같지는 않고 … 사람은 구긴 데 없이 발라 보이네.'

혼주는 건너편에 자세를 꼿꼿이 하고 앉아 있는 청수를 느긋이 쳐다보면서 '보기에는 형보다 영악하게 생겼구나' 하고 생각하면서 사위의 모습이 머리에서 지워지지 않는다.

"사돈총각도 형하고 어금버금 키가 같겠소. 좋은 풍골이오."

"예애 … 쓸데없이 키만 커 갖고 … ."

청수는 사장어른의 말에 계면쩍게 웃음을 흘리며 뒤통수를 긁적거린다.

'헤픈 웃음은 아니구나.'

권 노인은 청수의 얼굴에 표정의 변화 없이 눈가에 띠운 미소를 보고 혼자 생각한다.

"야아들이 내로 닮아 놓아서 … 아마 큰아아가 쪼꼼 낮을 낍니더."

세준이 머리를 뒤로 젖히면서 말하는 사이 목젖이 꼴깍 논다.

혼주는 청수의 높은 코와 불거진 목젖을 쳐다보면서 '어지간히 고집깨나 부리겠다' 하는 생각이 들었다.

'또 눈은 왜 저리 뚫어지게 사람을 쳐다보는지.'

부엌에서 소반에 입맷상을 차려 내왔다.

"시장하실 터이니 요기부터 좀 자시고예. 자아, 드시이소."

혼주가 상객들에게 권한다.

대례청은 마당에 차려졌다.

멍석을 깔고 그 위에 삿자리 화문석花紋席을 펴고, 모란 병풍을 세웠다. 아직 철 이른 봄철에 활짝 벌어진 모란이 여덟 폭에 수놓여 있어 기우는 햇살에 사람의 마음을 따뜻하게 해 준다. 장대를 높이 세워 백차일白遮日이 쳐졌다. 바람을 안은 포장은 부풀어 올랐다.

마당에는 하객들과 동네 사람들이 여러 두름으로 둘러서서 상차림을 구경하고 있었다.

고족상高足床은 빨간 보자기를 씌우고 상차림을 해 놓았다.

반가의 혼례음식은 가짓수를 홀수에 맞추어 차렸다. 조상들은 홀수를 선호하였다. 오행에서 남아는 홀수, 여아는 짝수여서 어른들은 짝수는 피하였다. 음식의 색깔도 오색을 상생하는 순서로 배열하였다.

세준 노인은 우주만물의 기본질서를 지배하는 원리가 음양오행으로 이루어져 있다고 믿었다. 그래서 일상생활 구석구석에 철저하게 수와 색으로 오행의 질서를 맞추어 나타내려 한 것이다.

의혼이 시작되면서부터 양가에서는 이 오행의 음양을 지켜야 했다.

"신랑은 빨간색이야."

강세준 노인은 신랑의 사성과 납폐를 겉이 빨간 겹보자기로 싸고 고를 묶어서 남지로 보냈다. 신부 쪽에서 보내온 허혼서는 겉이 파란 보자기로 화답하였다.

초례청을 밝히는 청사초롱도 청홍의 천을 덧대어 조화를 이루어야 안심이 되었다. 남녀 짝을 맞추어 빨간색은 위로, 파란색은 아래로 대어 불을 밝혔다. 이 음양의 조화가 맞아떨어져야 비로소 세상만사가 사달이 나는 일 없이 조용하고 순탄한 것으로 여겼던 것이다.

대례청은 양지바른 곳이었다.

신랑이 떨쳐입은 자색 단령團領의 흉배胸背에 수놓은 쌍학雙鶴은, 기울어진 햇살을 받고 서로 다투어 막 날아오르는 듯하였다. 학은 임금 앞에 선 신하를 가리켰다.

"그래서 단령흉배는 신하의 관복官服을 의미하는 거야."

세준은 사모관대를 가방 속에 챙겨 넣는 자식 앞에서 그렇게 설명했다. 일생에 한 번만은 반상의 백성들에게도 이 신하의 공복을 입도록 왕실에서 허용했다. 예서禮書에 육례 중 혼례를 대례大禮라 하였으니, 예를 숭상하는 대궐에서 이들을 긍휼히 여겨 대례에 자비를 베푸는 것이리라.

그러나 크게 보면 백성도 임금의 신하가 아니던가. 벼슬에 포원이 진 민초들에게 관복 한 번 입혀서 벼슬자리 시늉을 해 보도록 관용을 베푸는 것이 그다지도 대수이겠는가. 곰곰이 생각해 보면 백성이 있고 나라가 있는 일이 아니던가.

모심기에도 일손이 필요하고, 부역을 뽑아 노역을 시켜도 장정이 필요하고, 싸움터에 내보낼 병정도 필요하니 이게 다 모두 백성이요, 대저 이 백성은 혼례를 치러서 생겨나는 것이 아니던가.

많이 낳아야 했다. 급살로 죽는 놈, 굶어 죽는 놈, 곤장 맞아 죽는 놈, 역병에 걸려 제물에 죽는 놈 ⋯ 호국 땅에 환향녀로 팔려가는 공녀貢女, 전쟁터에 나가 죽는 놈, 제 명命대로 살다 가는 놈, 제 명을 다 못 채우고 가는 놈 ⋯ . 왕실에서는 그러니까 혼례야말로 알량한 백성들을 생산하는 의식이라고 생각하여 널리 씨를 퍼뜨리도록 신랑에게 관복을 입혀서 생색을 내게 하는 것이었으리라.

이윽고 혼례식은 시작되었다.

수모가 고족상에 양초를 두 개 세우고 점촉을 마치자, 집사가 대쪽에 적어 엮은 홀기笏記를 두 손으로 받들고 낭독했다. 집사는 혼주의

당숙뻘이 되는 집안 어른이 맡았다.

"주우인여엉서어간무운외主人命壻間門外!"

목청을 가다듬어 삼분박으로 엿가락 늘어지듯 축 처진 목소리로 초
례의 시작을 알렸다.

혼주가 나와 신랑과 마주 서서 반절을 하여 신랑맞이 예를 하고 자
리에 앉았다. 신랑이 앞으로 나아가 혼주 앞에 꿇어앉아 기럭아범이
건네주는 목안을 받아 든다.

"저나안奠雁!"

신랑이 일어서서 기러기를 혼주에게 건네준다. 혼주는 기러기를 전
안상 위에 올려놓고 신랑은 물러서서 재배를 드린다.

수모手母가 나와서 목안을 안주인에게로 나른다. 영산댁 고씨 부인
은 기러기를 치마폭에 감싸 안고 얼른 방으로 들어간다. 신랑의 아내
에 대한 신표를 확인시키고 신부를 데리고 나온다.

신부가 입장한다. 스란치마를 받쳐 입어 잔뜩 부풀은 빨간 원삼圓衫
에 노랑활옷을 걸치고 족두리를 쓴 머리를 다소곳이 숙인 채 수모 두
사람의 부축을 받으며 서쪽으로 들어섰다.

갑자기 초례청은 화려한 빛을 한결 더했다. 평생에 단 한 번 이날만
큼은 신부가 고운 발에 행여 흙이라도 묻을까 해서, 마루에서부터 초
례청까지 멍석을 깔고 그 위에 백포를 펼쳐 꽃길을 깔아놓았다. 평생
흙을 파고 살다 흙 속으로 돌아갈 조선의 여인에게 이날만큼은 꽃길을
지르밟고 가도록 배려한 것이다.

활옷과 원삼은 궁궐에서 공주가 입던 예복이었는데, 이 역시 이날
하루만은 평민의 처자가 혼례복으로 입도록 윤허가 내린 것이다. 왕

실은 가고 전통만 남았다.

아침에 집을 나설 때 동래댁이 문간까지 따라 나와서 아들에게 당부했다.

"신부가 입장한다고 바로 쳐다보는 뱁이 아이다. 잠시 목을 꼬고 외면을 하고 있거라이. 홀기 읽고 시작하거든 그때 보아도 안 늦다이. 홀기 소리 나는 곳에는 구신이 범접을 몬 한다 카니라."

신부는 화려하였다. 꽃이 피기 전 봄날의 신부 차림은 차라리 활짝 핀 꽃밭이었다. 채송화나 국화꽃이 아니고 부풀어 오른 모란꽃이었다. 신랑과 마주 선 신부의 머리 꼭대기에 꾸민 화려한 수식首飾은 비스듬한 저녁 햇살 가운데 빛을 떨쳤다.

"보소, 야아! 저 칠보단장七寶丹粧 좀 보소!"

잔치구경 나온 동네 아낙이 감탄을 한다.

"옴마야! 디꽂이 나비 좀 바라, 새칩기도 하제!"

"우짜모 저리도 이뿌기도 할꼬!"

처녀들의 입에서는 부러움이 섞인 뜨거운 입김이 나왔다.

하객으로 왔던 나이든 마님들은 칠보단장을 훔쳐보며 속으로 재어 보고 그 품새가 예사롭지 않음을 알고 고개를 끄덕였다.

머리에 얹은 뒤꽂이며 금비녀의 칠보장식이 혼례치장의 울긋불긋한 온갖 장식 중에서 단연 돋보였다. 비스듬히 기운 햇살에 영롱한 빛을 베풀고 있었기 때문이다.

어머니 영산댁은 초례 시간이 다가오자 딸의 머리 매무새에 온 신경을 다 쏟았다. 신부의 삼단 같은 머리를 곱게 빗어 넘겨 한 모숨을 모아 틀어쥐고 공들여 쪽을 찐 뒤에 칠보잠을 찔러 주었다.

신랑 댁에서 보내온 납폐 받던 날 신랑이 따로 보내온 칠보잠은 유선칠보였다. 대추 알만 한 비녀머리에 봉황문양이 은선으로 새겨져 있었다. 장지에 드는 화창한 봄 햇살을 마주하여 신부는 고개를 외로 꼬고 손거울로 뒷머리를 돌려보는데, 연지곤지에 빛을 받쳐주는 칠보는 영롱했다.

"쪽을 지고 비녜를 찌른 뜻을 새기거라."

영산댁이 힘주어 쪽에 비녀를 꽂아 주며 말했다.

'이제 나는 지아비의 지어미가 되는 것이다. 머리를 틀어 올려 남의 아내 된 여자로서의 정표로 삼고, 자칫 여려질지도 모를 새색시의 마음가짐을 비녀로 단단히 여미라는 거겠지 … .'

신부는 어지럽게 널린 분통, 분첩, 연지통을 추스르고 참빗과 얼레빗을 빗접에 거두어 넣었다.

영산댁은 화접 뒤꽂이를 딸의 쪽진 머리에 꽂아 덧물려 주었다. 그것은 음전하게 꽂혀 있는 비녀를 앙증맞게 꾸며 주었다.

뒤꽂이는 붉은 산호로 새긴 모란꽃을 가운데 박고 푸른 나비 한 쌍을 마주 보고 날도록 만들었다. 나비는 비취로 새겼었다. 가느다란 받침대 위에서 나비는 떨고 있었다.

비녀의 잠두簪頭 하나만으로는 다 그려낼 수 없는 여인의 깊은 마음속의 바람을 뒤꽂이로 보태서 꾸며 주는 것이었다.

어머니는 머리를 만지고 나서, 검정 공단으로 만든 족두리를 얹어 주었다. 족두리가 흘러내리는 일이 없도록 첩지를 물렸다. 유리 같은 파란을 입힌 첩지는 가르마 한복판에 올려놓고 두 다리를 좌우 귀 뒤로 돌려 쪽머리에 고정시켜 놓았다.

예장에는 댕기도 물려야 했다. 금박으로 수복, 부귀, 다남을 박아 넣고 삼색 수실로 꾸며서 비녀 양 끝에 드림댕기를 드리웠다.

신부 머리의 수식은 움직일 때마다 알록달록 무지갯빛으로 변채變彩가 일었다.

순간 신랑은 아찔하였다. 모친한테서 신신당부 받았던 말을 깜박 잊고 넋을 놓고 신부를 바라보고 있었다. '정말 곱구나!' 하고 속으로 탄복했다. 신랑의 큰 키로 인해서 단령 아래로 껑충 드러난 목화木靴가 엉뚱스럽다.

아침에 동래댁이 말했다.

"시집 몬 간 손각시하고 장가 몬 간 몽달구신이 용심이 나서, 신랑 신부가 마주 보고 서로 넋을 놓고 있는 순간 잽싸게 끼어들어 주당살周堂煞을 박아 놓는다이. 홀기 소리를 기다리야 한다이."

화려한 신부의 옷차림을 제쳐두고 하필이면 머리에 꽂힌 칠보 비녀에 먼저 눈이 갔다. 자기도 모르는 사이에 신부를 바라보는 그의 입에서는 '아!' 하고 가느다란 소리가 새어 나왔다. 신부는 눈부셨다.

이상도 한 일이었다. 댕기 물린 도투락댕기가 바람에 날리고, 햇살에 뻔쩍이는 칠보 비녀는 칼날 같은 시퍼런 날빛으로 신랑의 동공을 찔렀다. 공중에 바스러지는 은색 날빛이 날이 선 서슬 푸른 사금파리로 눈을 찌른다.

이때였다, 주당살이 끼어든 것은.

'여보 … 이 칠보 비녀가 나중에 임자를 버리고 날 따라올 줄이야.'

신랑은 얼른 눈길을 아래로 떨어트렸다. 상 위에 차린 당닭이 놀라서 눈을 데구루루 굴린다. 암수 두 마리가 따로따로 발이 묶여 쪽을 못 쓰고 모가지만 내어 놓았는데, 신랑 앞에는 홍보자기로 장닭을, 신부 앞에는 청보자기로 암탉을 싸서 올려놓았다.

바람이 자서 촛불은 불꽃을 물고 자불고(졸고) 있다. 저녁 어스름에 촛불은 제물에 밝아간다.

신랑은 읍례揖禮로 신부에게 절하고, 신부는 굴신례屈伸禮로 답했다.

"과안수우세에수우鹽水洗手!"

신랑과 신부는 시반侍伴과 수모가 각각 받쳐 주는 놋대야에 담긴 물로 손을 씻는다. 신부는 손이 시려 주먹을 쥐었다. 목면수건으로 손을 훔친다.

속세의 온갖 잡것을 씻어낸 신랑 신부의 손에 옻칠을 입힌 표주박이 들려졌다. 담벼락을 타고 오르던 조롱박은 영산댁 고씨 부인의 염원을 담아 합근박으로 쓰이게 되었다.

잔은 술을 채워 오고 간다. 먼저 붉은 수실을 매단 수박에 수모가 따르는 술이 차자 신부는 이것을 수모에게 건네주어 신랑에게 바친다. 신랑은 잔을 받아서 고개를 젖히고 홀짝 마신다. 목젖이 꼴깍 놀았다.

이번에는 청실을 매단 암박에 술을 따라 신랑이 수모에게 건네서 신부에게 보낸다. 표주박에 달린 수실은 오고 갈 적마다 흔들거리고 장식 고리도 은빛으로 반짝였다.

"정말로 신부가 술을 마실 긴가?"

하객과 구경꾼들은 신부가 술잔을 어떻게 처리할까, 궁금했다. 신부는 술잔을 입에 살짝 대고 마시는 시늉으로 접구接口만 하고 잔을 내려놓았다.

"그라모 그렇지, 오데 감히 신부가 술을 마셔서 될 일가 … ."

아낙네 하객들은 안도의 숨을 내쉬었다.

이로써 합환合歡은 끝이 나고 신랑 신부는 이제 쪼개진 표주박 쪽박처럼 서로가 제짝임을 확인하였다. 깻묵을 뿌려 영근 쪽박은 앙증스러웠다.

신부의 친구이자 구장 집 딸인 덕순이 하님으로 나서서 쥐고 선 향꽂이에서 저녁 바람에 부용향芙蓉香이 풍겨 왔다.

"신랑각시가 저리도 잘 어불리는고."

아낙들이 소곤거린다.

"하모, 다아 지 짝이 따로 정해지 있는 기라."

황혼은 스러지고 땅거미가 내렸다.

"예피일사앙禮畢床!"

긴 예식은 끝났다. 푸른 하늘에 북두칠성이 뜨고, 대청 두리기둥에 매단 청사초롱에는 불을 밝혔다. 마당에 놓은 황덕불이 일렁거린다.

시반이 대례상 위의 밤과 대추를 거두어 신랑 주머니에 넣어 준다.

"신방에 들거든 자시도록 하소. 밤은 신부한테 주고, 대추는 신랑이 드소. 한방에 음중陰中대추라 양기를 보해 주요."

크고 실한 호대추였다.

손님들에게 잔칫상으로 내는 망상望床은 상다리가 부러지게 차려 대청에 내놓고 모두들 둘러앉아 술잔이 오가고 음식을 들면서 흥겨운 대화가 벌어지고 있었다.

신랑은 상객 방으로 들어가서 사돈댁 남자들과 초순初瞬 인사를 나누었다. 고임 음식을 허물어 내온 한 상을 차려 받고 나누어 먹고 있다가 신부 측 족척 되는 사람이 당부의 말을 했다.

"신랑이 어젓하고 늠름해서 여간 든든치가 않네. 각시 잘 챙겨 주게. 시댁으로 시집 들어가거든 외톨이 새댁을 따뜻하게 감싸 주게."

장인 권 씨는 사위에게 덕담을 했다.

"오래오래 부부해로해서, 회혼잔치 때에는 오늘 큰상 그대로 동뢰연상同牢宴床을 채려 받도록 허게나."

세준 노인은 듣기에 좋은 사돈의 말을 받아 상차림을 치하했다.

"큰상 한 번 걸게 채렸십디더."

"과분의 말씀 … 내중에 봉숭 보내 디리겠십니다만, 벤벤찮은 음석이라 탓하지 마시고 사부인에게도 좀 들어 보시라고 말씀 전해 주십시오."

"자, 밤도 늦었고 하이, 우리는 하이야(택시) 로 올라갈까 합니더."

상객들은 밤을 도와 떠날 것을 말하고 자리에서 일어섰다.

"어둡운 밤길을 우예(어이) 가실라꼬 일어서십니꺼?"

혼주가 만류하는 권고의 예를 갖춘다.

"차는 아까 다 대절을 해났십니더."

"그래도 하루 유하시고 귀가하시도록 하시지 않고 … 오밤중에 그리 급히 떠나시려 하십니꺼?"

"아이올습니더. 마산이 먼 거 같애도 하이야로 가모 일도 아입니더.

인자 아침에 왔다가 일 보고 저녁에 돌아갈 정도로 가깝은 거리가 됐지 않십니꺼."

세준은 안사돈에게 이르고 마당으로 내려섰다.

"새애기나 한 번 보고 떠날랍니더."

바람이 인다. 어둠을 밝히는 황덕불에서 불꽃가루가 날린다.

신부는 아직 초례 때 차림 그대로 나왔다.

"아가아, 오늘 힘들었제? 인자 푹 쉬도록 하거라이. 내는 먼저 올라간다. 사흘 뒤 신행 때 볼 낀 께네. 아가, 잘 지내고오 … ."

며느리는 대문까지 따라 나온다.

"아이다. 들어가거라. 더 나올 것 없다. 으흠, 자아 가자!"

세준은 두루마기 자락을 여미고 대문을 나선다. 며느리는 시아버지의 뒤에다 대고 머리를 숙여 배웅했다.

"어둡운데 잘 살펴 가시이소."

"오냐. 으흠 흠흠."

세준은 고개를 들고 하늘을 올려다보았다. 하늘은 맑게 개어 달은 중천에 밝고 바람은 자고 사위는 고요했다.

"왕대밭에 왕대 나고, 쑥대밭에 쑥대 나는 벱이야."

세준은 혼례식이 별 흠결 없이 무사히 마친 것을 흡족해하고, 신랑 신부가 교접하기에 최상의 날을 잡았다고 믿어 오늘 같은 밤은 대밭에 죽순이 돋을 것이라고 상상했다.

하루 종일 법석대던 집안은 고요해졌다.

안방에서도 사랑채에서도 오늘 밤은 기침소리 하나 들리지 않는다.

권 노인이 자제하고 있는지 밤마다 두드려 대던 놋쇠 재떨이 소리도 기척이 없다.

사람 떠난 빈 마당의 황덕불은 혼자서 등황색의 혀를 날름거리며 헉헉거리고, '지지지!' 송진방울 듣는 소리가 동방洞房에까지 들려온다. 바닥에 떨어진 송진은 불꽃이 되어 다시 솟구친다. 종내 불길도 사그라들고 이글거리는 숯이 바람에 흰 재를 날린다.

대청마루에 걸린 청사초롱은 빛을 더했다. 붉은색은 더욱 밝게, 푸른색은 더욱 짙게. 달빛은 무색해서 마당으로 물러섰다.

동방에 든 신랑 신부는 말이 없다.

밀향촉의 촛농이 조용히 녹아내리고, 부채꼴로 생긴 바람막이 불후리가 촛불을 되비쳤다. 큰 눈을 반쯤 내리깔고 다소곳이 앉아 있는 신부의 눈썹이 불빛에 짙다.

신부는 원삼활옷 그대로였다.

먼 데서 개 짖는 소리가 들려왔다. 숲에서 부엉이 우는 소리도 나직이 들려왔다.

구석에 놓인 사기요강이 신부의 눈에 들어왔다. 어머니 영산댁 고씨 부인이 일찌감치 자리를 펴고 들여놓은 요강이었다. 자다가 변의가 있어 화장실에 다녀오자면 한참 시간이 걸려 잠시라도 신랑의 품이 허전하게 되는 일이 없도록 함이 아니던가. 요강 속에는 솜과 등겨가 들어 있었다. 신부의 요변 소리에 혹여 신랑의 곤한 잠을 깨울까 봐서 이겠지. 아니면 소리에 신부가 부끄러워 지레 도중에 그만두고 참을까 봐서 ….

'오줌은 참으면 몸에 안 좋다는데 … .'

신부는 그런 생각을 했다.

촛불이 그을음을 내며 펄렁펄렁 춤을 춘다.

'심지를 잘라 주어야 할 텐데 … .'

그러나 신부는 다소곳이 앉아 있을 뿐, 가위로 심지 자를 엄두를 못 낸다.

'혹 불어 끄면 그만인 것을 … .'

"방짜 놓자!"

느닷없이 사촌 오빠 되는 종남의 목소리가 바깥에서 들렸다. 아직도 종남 또래의 집안 사내 형제 몇은 돌아가지 않은 모양이다.

"빗자리로 갖고 따라오이라!"

그들의 발자국 소리는 뒤꼍으로 사라졌다.

종남이 무등을 타고 올라서서 굴뚝 속으로 빗자루를 거꾸로 밀어 넣었다. 한번 거꾸로 처박힌 빗자루는 여간해서 끄집어낼 수가 없다.

"인자 신랑은 애 좀 묵을 끼다. 각시한테 빠지서 수울케 몬 빠져나온다."

그들은 그들이 걸어 놓은 방술方術로 신랑이 밤새 허우적거리기를 상상하면서 즐겁다는 듯이 키득거리며 대문 밖으로 사라졌다.

'쉬익 쉬익 … .'

사촌 올케 칠원댁이 바가지로 물을 뿌려 마당의 잉걸불을 끄는 소리가 들린다.

창호지 방문에 어른거리던 등황색의 불빛은 사라졌다.

"큰어머이예! 빗자리가 안 보이네예. 마당을 대충 씰어 놓고 마칠라고예. 아까 여게 세워 뒀는데 … ."

그러자 정지(부엌) 쪽에서 영산댁의 목소리가 들려온다.

"밤도 늦었이께 고마 됐다, 그양 돌아가거라이. 질부야, 수고했다. 낼 보자이."

그것이 사람 소리의 마지막이었다.

동생들도 잠자리에 들었는지 어머니가 시켰는지 아무 소리도 들리지 않는다. 보통 때 같으면 뜨개질을 하랴, 바느질을 하랴, 길쌈을 도우랴, 한참 떠들썩할 시간인데도. 혹시 숨을 죽이고 신방의 기척을 엿듣고 있는 것이나 아닌지 하는 생각도 문득 들었다.

2. 마분향 麻粉香

신랑이 코를 벌룽거린다.

"마분향 냄새가 난다."

이것이 긴긴 신방의 첫날밤에 신랑이 낸 유일한 육성이다.

신방에서는 말은 한 마디도 필요 없었다.

신랑은 소반상을 구석으로 밀어붙이고 신부 곁으로 다가갔다. 머리에 얹은 족두리 장식이 신부의 가쁜 숨에 따라 촐랑거렸다. 신부는 떨고 있었다.

신랑은 가만히 족두리를 벗겼다. 도투락댕기 물린 것도 풀고 칠보비녀도 뽑았다.

초례청에서 빗긴 햇살을 받아 그렇게도 강렬하던 칠보 비녀의 광채. 눈앞이 잠시 혼미해졌던 날카로운 날빛. 장오는 그것이 살煞이 끼어드는 순간이란 것을 몰랐다.

'… 아아 이 비녀, 장차 신부를 떠나 신랑의 품에 파묻힐 인연이라니 … .'

신랑은 야물게 매듭지은 원삼의 저고리 고름을 당겼다.

앞섶을 트자 동정 깃이 벌어진다. 야무지고 단정하게 목을 감싸 둘렀던 동정 깃이 헐거워졌다.

신부는 눈을 감고 있었다.

"신랑이 가슴을 풀어 줄 끼다. 몬 이긴 척 가마이 있거라. 그담에는 니가 알아서 얌전하이 벗어야 한다."

어머니 영산댁의 말이 생각난다.

사락사락! 비단 스치는 소리가 들린다.

신랑은 호흡이 가빠왔다. 산뜻한 냄새가 폐 속으로 흘러들었다.

'아아, 이 냄새!'

장오는 이것이 마분향인 것을 알아챘다. 신부 집으로 보내는 옷감 속에 삼꽃가루를 끼워 넣던 어머니의 냄새, 동래 외갓집의 냄새 ….

옷자락에 스몄다 배어나는 것인가.

신부의 몸은 겹겹이 둘러싸인 속옷들로 깊고 먼 곳에 있었다. 아랫도리로는 다리속곳, 속속곳, 무지기치마 등으로, 윗도리로는 속적삼과 속저고리로 친친 가려서 구중궁궐과도 같이 깊디깊은 곳에 있는 신부의 몸. 향내는 겹겹의 옷 어디에 스몄다가 묻어나는 것일까.

냄새는 또 있었다. 신부의 몸과 머리카락에서 나는 비릿한 훈목薰沐 내음.

신랑은 갑자기 몸속에서 뜨거운 것이 불끈 솟아올랐다. 숨이 가빠왔다. 그 거친 숨결에 신부의 호흡도 높아갔다.

신부의 가슴은 콩닥콩닥 방망이질이 시작되었다. 콧김이 뜨겁다.

하얀 명주 속곳에 황촉불빛은 굴곡을 지으며 미끄러진다.

"곱기도 해라."

다림질하던 어머니의 말이 생각난다. 신부는 마주 앉아 속곳 끝단을 당기고 어머니는 입에 가득 머금은 물을 훅 뿜어내어 다리미를 밀면서 정성스레 다렸다. 단내가 솟았다. 영산댁 고씨 부인이 도기陶器

다리미를 솥에 담가 쩔쩔 끓는 물에 데우고 다시 거기에 뜨거운 물을 채워서 혹여 명주가 누는 일이 없도록 고이 다려 놓은 바리안베가 신랑의 손에서 미끄러진다. 속곳은 제물에 흘러내렸다. 신부의 몸에 걸친 명주는 모두 미끄러져 내렸다.

신랑은 손가락으로 심지를 집어 촛불을 껐다.

방은 두 사람의 거친 숨소리로 가득 찼다. 신랑은 산등성이를 타고 오르듯이 헉헉거리고, 신부의 들숨과 날숨은 그네를 타듯 깊숙이 들이마시고 느릿하게 내뿜고 있었다.

환한 창호지 위에 비친 달빛이, 결어 놓은 댓살을 격자무늬로 그려 내고 있었다.

"신랑을 불러내애라! 달아매야 할 거 아이가."

다음 날 저녁 무렵 처가의 젊은 족척族戚들이 모여 신랑을 달아매자고 의논이 한창이다.

"신랑을 달아매자!"

"맹태같이 뻐덕뻐덕한 성깔, 질 좀 들이자!"

오래비뻘, 동생뻘이 되는 젊은이들이 동네 동갑내기 총각들과 패거리가 되어서 신방을 기웃거리며 떠들썩했다.

"불러내애라, 고마! 내일이모 우귀于歸 떠난다. 오늘밖에 없다."

영산댁더러 들으라고 일부러 더 큰 소리로 떠들어 댄다.

"다암에 재행 오거든 그때 하거로, 오늘은 술상이나 받고 고마 돌아들 가고 ⋯."

영산댁의 만류에는 아랑곳도 않고 웅성거린다.

"재행 온다 카는 말은 옛날 말이고, 요새는 말만 그렇지 오기나 할 거 같소? 오늘밖에 없다. 매달자, 고마!"

"맞다. 대학생이라 동겡으로 훌쩍 가 버리고 나모 만사 파이罷意다."

영산댁은 젊은이들의 아저씨뻘이 되는 윤칠을 보고 막걸리값 봉투를 꺼내 부탁해 보았다.

"아주범이 나서서 아아들 데불고 읍내 주막으로 가주소, 야?"

"동상례는 동항끼리 노는 자린데, 숙항이 여럽거로 와 이리 쌓는교?"

젊은 치들은 바로 윤칠을 밀어냈다.

청년들은 마루로 올라섰다. 영산댁은 할 수 없이 술상을 차려서 내놓도록 부엌에 일렀다. 마루에 신랑이 나와 앉고 다들 빙 둘러앉아서 짓궂게 굴고 있다.

키가 작고 당찬 신부의 사촌 오빠 종남이 신랑에게 시비조로 말을 걸었다.

"니는 와 사람한테 눈을 딱 불써(부라려) 갖고 꼬나보노?"

"내가 언제 그랬소?"

"니는 내가 쪼끄맣다고 볼강시럽게 보고 하는 소리제?"

"볼강스럽다니요?"

신랑이 말을 받았다.

"니 말하는 투로 본께 '오늘 못 되게 되라진(되바라진) 놈 만냈다' 카는 거 겉다, 맞제?"

장오는 종작없이 지껄여대는 그의 말을 또박또박 받아넘길 일이 아니라고 생각했다. 그저 시부렁거리는 대로 두는 수밖에 없겠다.

"묻는 말에 답이 없노, 겉잖나? 내 말이 그리 시푸(헤프게) 보이나?"

장오는 속으로 '하는 꼴이 갈수록 가관이다' 하고 생각했다.

"니가 머가 잘났다고 내 말에 답이 없노? 내가 개 풀 뜯어 묵는 소리 하고 있다, 그 말이제?"

종남의 사촌뻘인 종구가 신랑의 턱밑에 삿대질을 한다.

술잔이 한 순배 돌고 주기가 오르기 시작하자 종남이 일어섰다.

"신랑을 달아라!"

서너 명이 뒤따라 일어나서 장오를 바닥에 눕히고, 긴 포목천으로 신랑의 한쪽 발목을 묶어 대들보에 걸었다. 포목줄을 잡아당기자 신랑은 거꾸로 매달렸다.

종남은 빨래방망이를 쥐고 신랑의 발바닥을 팬다.

"아야야야, 아이구 아야!"

신랑은 다소 과장해서 앓는 소리를 질렀다.

"네 이놈, 각시 도둑놈! 니가 돈도 안 내고 여동생을 숨카(훔쳐) 갈라 캤더나?"

이번에는 종구가 말라비틀어진 명태로 발바닥을 두드린다.

"아야야! 숨카 가는 기 아이라 칸께. 대례 치르고 뎃고 가는 거요."

"머라고? 식을 올리고 뎃고 간다고? 그래, 그라모 인자 정식으로 니 내자가 됐다 카이 처한테 '여보!'라고 한 번 크게 불러 바라!"

신랑은 잠시 망설이다가 침을 삼키고 신방을 향해서 "여보 …" 했다가 아무래도 어색해서 이내 "시요 …"라고 끝을 달았다.

당장 마른 명태가 내리쳤다. 발바닥이 불에 덴 듯 화끈했다.

"'여보시오'라고? 그기이 전화교환수 소리지, 각시보고 할 소린가. 다시 해라, '여보!'라고. 어서! 몬 하겠으모 막걸리 한 말 퍼마실래?"

또 한 번 내리친다.

장모가 종남이 팔을 잡고 달래면서, 그들의 기패를 살려주는 척 넉살을 짓는다.

"아이고, 내 사위 다칠라. 살살 왈개라(을러라), 살살."

그래도 종남은 신랑을 다그친다.

"각시한테 '여보! 내 살리라' 카고 사정을 해라!"

그러자 신부가 방문을 열고 나왔다.

"오라비요, 인자 고만하소! 생사람 잡겠소!"

신부가 마룻바닥에 누워 있는 신랑의 발목에 묶인 줄을 풀어준다.

종남은 사촌 여동생이 토라진 목소리로 타박을 주자 그제야 못 이기는 척 웃으며 물러선다.

"하룻밤 새 자고 나서 지 신랑이 됐다고, 벌씨로 오래비를 따돌리네. 오냐, 강 서방! 내 동상 낯을 바서 이만한다, 그쯤 알아라이."

그리고 술상에 둘러앉아 권커니 잣거니 잔이 돌기 시작했다. 종남이 거침없이 막걸리 한 사발을 들이키더니, 장오에게 잔을 내밀었다.

"자아, 매부! 내 술 한 잔 받아라! 각시한테 서운케 하모 내가 가만 안 둘 끼다. 선 김에 당장 달려가서 다리몽댕이로 뿐질라 놀 끼께네."

밤이 깊어가면서 다들 술이 거나하게 오르고 말이 흐트러지면서 술판은 파장이 났다. 그사이에 처남매부 간에 주고받는 말투는 해라조가 되어, 그들은 어느덧 평교平交 사이로 되어 버렸다.

사흘째 우귀于歸하는 날이 왔다.

권 노인은 딸의 신행에 따라나설 후행으로는 자신과 딸아이의 숙부

외에 영산댁의 부탁으로 사촌 올케 칠원댁을 웃각시로, 덕순을 하님으로 붙여서 모두 네 명으로 정했다.

웃각시는 신부와 함께 시댁으로 보내 혹시나 곤란한 일이 생기면 신부를 돕도록 하고, 거기다가 어릴 적부터 단짝으로 자라온 덕순이 따라가 동무 삼아 서로 마음을 터놓고 말을 나누다 보면 딸의 서운한 마음에 다소나마 위안이 될 수도 있을 것이라 하여 위요圍繞로 따라나서게 된 것이다.

'점심을 마치고 떠나도록 해야지. 해질 때쯤 도착해서 폐백幣帛을 끝내고, 바로 잠자리에 들어 쉴 수 있도록 해 주어야지. 아침같이 가 갖고 해딴에 종일 시달릴 것을 생각하면 딸아이가 애처로워서 ….'

가서 평생을 몸 담고 살 집인데, 그렇게 생각하면 까짓 반나절을 먼저 간다고 무슨 큰 차가 있겠느냐마는 떠나보내는 부모의 마음은 안 그렇다.

'어린것이 대갓집에 가서 큰메누리 노릇이나 제대로 해 낼란지 ….'
영산댁은 마음이 안쓰럽다.

장인 내외는 신랑 신부의 절을 받았다. 신랑은 양복 차림이고 신부는 모본단 치마저고리에 두루마기를 걸쳤다. 소맷부리에는 손수건을 말아 넣었다.

'내가 너한테서 해마다 설날 세배로 큰절을 받아 왔다만, 이제 하직 인사라고 절을 받으니 언제 다시 절 받을 날이 또 있을런고?'
권 영감은 채근했다.

"늦어질라. 얼른 떠날 채비를 챙기도록 해라."
마당에 내려서는 딸더러 들으라고 영산댁이 일렀다.

"정지로 둘러서 나가야제."

딸은 어머니를 따라 부엌으로 들어섰다.

신부는 가만히 부뚜막도 쓰다듬어 보고, 살강도 열어 보았다. 놋사발, 놋주발, 놋종지, 사기사발, 사기주발, 사기종발 … 옹기종기 줄을 지어 한결같이 뒤엎어 놓여 있었다.

"솥뚜방을 들었다 낳아라! 세 번을 …."

영산댁이 일렀다.

오늘은 무쇠솥이 유난히 반질거린다. 어머니가 물행주로 매매 닦아 놓았다. 딸아이가 떠나가는데, 친정집 어느 구석에도 꾀죄죄하게 때에 절어 있는 구차한 모습을 보이고 싶지 않아서였으리라.

신부는 솥뚜껑을 들었다 놓았다.

'쨍그랑!' 빈 솥은 요란한 소리로 쩌렁 울렸다.

'정을 떼고 가라는 거지.'

신부는 입술을 자그시 깨물었다.

다시 한 번 들었다 놓았다.

'쨍그랑!'

세 번째 들었다 놓았다.

'쨍그랑!'

신부는 눈물이 그렁그렁 고여 고개를 젖혔다.

반가의 살림하는 아녀자는 부엌에서 순가락 하나 떨어뜨리는 일이 없도록 항상 조마조마하여 간을 졸여야 하는데, 혹시 놋종지라도 바닥에 '오도당 오도당!' 뒹구는 날에는 때맞추어 시어머니가 방문을 열어 보시고 시아버지는 놋쇠 재떨이를 두드리고 헛기침을 하시어 온 집안이 법석이 나는 줄을 알면서, 혹여 세간살이를 팽개친다는 일은 살림살이를 그만둔다는 뜻일진대, 어이 감히 솥뚜껑을 '댕! 댕!' 울릴 수 있겠는고 … 정나미가 다 떨어질 일이다.

솥뚜껑 울리는 소리는 담 너머 이웃에도 들렸다. 신랑 신부가 우귀于歸 떠나는 모습을 구경하려고 마을 사람들이 하나둘 대문 밖으로 모여 기웃거렸다.

"솥뚜껑 소리는 온 삼이웃이 다 들으라고 하는 소리제 … 인자 떠난다고."

"뒤도 돌아보지 말고 독한 맴 묵고 … ."

영산댁이 코맹맹이 소리로 딸에게 일렀다.

"친정을 떠나면서 정을 두고 가서는 안 된다. 툴툴 털고 가거라이."

치마를 걷어 코를 팽 풀었다.

"니는 죽어도 시집 구신이 되거라. 니 제삿밥은 시집에서 챙겨줄 끼다. 니 위패도 강씨 집안에서 모셔줄 끼다. 그거는 니 배를 훑고 나온 자식이 니 시가의 손孫이니까."

홀홀 털고 가야 한다. 솥뚜껑을 팽개쳐서 이제 끝장을 내라는 소리였다.

'쨍그랑! 쨍그랑! 쨍그랑!'

정든 것을 떨쳐 버리는 파격破格의 소리였다.

그러나 시집간 딸은 친정 생각이 나면 평생을 두고 그 소리가 귓바퀴를 맴돌 것이다.

새댁은 눈물이 핑 돌았다. 모친도 옷고름으로 눈물을 찍었다.

영산댁은 부지깽이로 아궁이 속의 불씨를 긁어모았다. 화력이 좋고 오래가는 참나무 장작을 골라서 태워 놓은 숯불이었다. 이 불씨를 수로手爐에 담아 재를 덮고 불돌로 눌러 쉽게 사위지 않게 해 놓고 딸에게 일렀다.

"정지 일을 맡아 살림을 꾸려 가는 아낙이 아궁이 불을 끄지는 일이 있게 되모 아낙의 도리가 아이다. 언제나 불씨는 살아 있어야 하느니라. 여기 이 불씨를 갖고 가서, 인자 니가 집안이 활활 일도록 살리 놓거라. 이것은 내가 시집올 때 니 외가에서 가지고 온 불씨니라."

하님 일을 맡아 할 덕순을 불러다가 시댁에까지 안고 가도록 수로를 건넸다.

"여름에는 풍로에 옮겨 담아 불씨를 살려 가거라. 여름이라고 불이 안 쓰일 거 같으냐. 날이면 날마다 빨랫거리는 오죽이나 많으며, 일일이 다리미로 대리고 인두로 지지야 할 것이니 ⋯ ."

말끝이 흐려졌다.

'저 산더미같이 넘어오는 빨래 치다꺼리며, 해도 해도 밑도 끝도 없는 집안일 치다꺼리 하며 ⋯ 어찌 너 혼자 힘으로 다 치러 내겠는가?'

영산댁은 한숨이 턱에 찼다.

택시 두 대가 문 앞에 와 닿았다.

신부의 여형제들이 옹기종기 모여서 인사했다.

"큰 생이야, 잘 가자이."

"언가(언니)야, 잘 가거라이."

아이들은 서로서로 껴안고 눈물을 흘린다.

장모가 흐르는 눈물을 보이기 민망해서 애써 외면하고 사위에게 진한 당부를 한다.

"강 서방! 동겡 가서 몸조심하고 … 각시 잘 부탁하네."

신부는 오히려 당찬 목소리로 말했다.

"오매는 고마 들어가소. 인자 떠나요."

신랑 신부가 앞차에 올랐다. 신랑은 보스턴가방을 안고, 올 때와는 달리 각시를 옆에 태우고 앉았다. 각시는 차 안에서 눈물을 흘렸다.

후객이 뒤차에 봉송음식을 싣고 따랐다.

농짝, 이불단, 옷가지, 그릇이며 요강까지 새살림에 쓰일 짐을 바리바리 도락구(트럭)에 싣고서 그 뒤를 따랐다.

반질반질한 갑옷 프록코트를 날렵하게 차려입은 딱정벌레처럼 생긴 택시는 신랑 신부를 태우고 낙동강 다리 위를 바장 바장 건너갔다.

뿌리를 찾아서

1. 유품

1941년 봄, 조모의 제삿날이었다.

입재入齋 날 아침나절 강세준은 두 아들과 조카 준오俊午를 불러 앉혀 놓고 보료 위 팔걸이에 기대앉아 이야기를 시작하였다.

"장오 니가 대학교에 입학하여 동경으로 가서 집을 떠나 있게 되었으니, 몇 가지 이를 말이 있다. 명심해서 잘 새겨듣도록 하거라."

봄날은 들판 너머로 모락모락 아지랑이를 피어 올리고 있었다. 노인은 잔기침을 두어 번 뱉고 말을 이었다.

"니가 법을 공부하게 된 것은 참으로 잘된 일이다. 만민이 있고 법이 있느니라. 그러니까 법관은 만민 위에 있느니라 …. 남자가 집을 떠나 객지에 나가 있다 보면 울적한 나머지 자칫 이성을 잃고 가문도 모르고 천박한 여자에 탐닉하는 수도 있겠다마는, 니는 항상 중심을 잃지 말고 근신하도록 하거라. 애비의 말을 잘 새기고 섭섭헌 일이 없도록 하여라."

팔걸이를 옮겨 몸을 돌려 앉고 이야기를 계속했다.

"니가 당내堂內의 세손世孫으로 집안 내력을 소상이 알아 두어야 할 때가 되었다. 청수하고 준오도 이 기회에 같이 들어 두거라."

노인은 흠흠 잔기침을 가다듬는다.

"징조 할아버지, 그란게 나한테는 조부 되시는 어른의 안태본安胎本은 밀양이니라. 우리는 일찍이 그곳 안골內谷 종택에서 벌어져 나온 방손이니라. 산자수명한 땅 그곳 갓골㐅谷을 세거지로 하여 대대로 살아오다가 징조부 어른 때 이쪽으로 이거해 오셨다."

세준은 머리를 젖히고 엄지와 검지 두 손가락으로 콧수염을 다듬고는 말을 이어 나갔다. 어린 준오에게는 백부의 콧수염이 가지런히 털을 달고 있는 오요강생이(버들강아지)를 떠올렸다.

"대원군이 전국에 서원 철폐령을 내려서 '예림서원'이 문을 닫게 되자 공부는 그만두고 살림을 거두어 식솔을 거느리고 이리 창원으로 와서 터를 잡게 되었느니라."

창원은, 지금은 마산부馬山府의 변두리 농촌에 불과하지만, 옛날에는 오히려 마산이 창원의 외촌 합포라 하여 조그만 어촌에 불과했었다. 그러던 것이 일제가 마산을 개항지로 지정하자, 사람이 모여들어 상업이 일고 공장이 들어서자 신흥도시로 발흥하게 되었다.

개명천지가 되자 근대화 산업의 물결이 몰려왔다.

세준네 집 앞에 신작로 큰길이 나서 차가 달리고, 일본 사람들이 와서 이층집을 지어 올리고, 전봇대를 세워 전깃불이 들어오고, 수돗물이 집 안에서 콸콸거리고, 순사들이 칼을 차고 으스대고, 목욕탕을 열고, 일본인들이 하오리 바람에 게다를 끌고 대로를 활보하고, 병원을 열고 흰 가운을 걸친 의사와 간호사가 드나들고, 학교를 세워 남녀학생 공히 교복을 입고 거리를 활보하고, 길 모퉁이마다 빨간 우체통이 서고 배달부가 큰 가방을 메고 배달을 다니고, 파출소, 면사무소, 금융조합 등 관청건물이 들어서기 시작했다. 들판에는 철길을 놓고 기적을 울리며 기차가 달리고, 부두에는 기선이 들어와 뱃고동을 울렸다.

"세상 참 많이 달라졌다. 상전벽해가 되었다. 사람 모습을 꼭 그대로 박아 내는 사진도 놀랍지만, 사람의 목소리를 담아 두는 유성기留聲機는 상상도 못 한 일이다. 생굿을 벌여야 창을 듣지만, 유성기는 두고 두고 생각나서 틀면 소리를 들을 수 있으니, 귀신이 곡할 노릇이지 어디 사람 사는 동네의 일 같으냐? 세상이 천지개벽해서 개명됐다."

세준은 옛날과 비교해서 세상이 너무나도 달라졌다고 생각했다.

"갓 쓴 노인들은 가물에 콩 나듯 드문드문하고, 전부 양복인가 네꼬다이(넥타이)인가 개 끈인가 매고 다니고 …. 이러다가는 조상 제사마저 모실라 카겠나?"

세상은 눈으로 보기에도 하루가 다르게 변해갔다.

세준은 손가락으로 앞산을 가리켰다.

산은 들판 너머로 운무를 헤치고 날개를 편 두루미의 자태를 하고 있었다. 무학산이다. 누구는 학이 내려앉는 모습 같다 하기도 하였고, 또 누구는 학이 솟구치는 형국이라고도 하였다. 산의 발치에는, 우뚝 솟은 봉우리가 마치 어미 품에 안긴 자학子鶴의 모습을 이루고 있다. 학봉鶴峯이다. 그러니까 저 높은 산은 암두루미 어미 산이다. 하늘에 닿은 등성이의 선은 부드럽게 휘었다.

"보거라! 너거들 징조부께서 저 산을 안산으로 하여 여기다 터를 잡고 대들보를 올려 복축卜築하신 뜻은 저 산을 문필봉으로 삼고자 하신 것이다. 그러니까 이곳은 후손들이 베실(벼슬)이나 문필로 떨치게 할 지력을 가진 풍수 자리다. 조부께서 지남철을 들고 몇 날 메칠을 두고 터를 돌아보시고 잡으신 자리다."

증조부가 잡은 집터는 그 규국規局이 음전했다.

장오는 우뚝 솟은 무학산 봉우리를 올려다보았다. 먼 시베리아 대륙을 날아와 바다로 인하여 더 이상 나아갈 수 없는 저 산비탈에 두루미가 주저앉은 것이려니 생각했다.

"집을 지으실 때도 공력을 많이 들이셨다. 일관日官에게 부탁해서 택일을 했는데, 집터 닦고, 주초柱礎 박고, 상량上樑 올리고, 입주하는 날 등 일일이 음양오행에 일시를 맞추었느니라. 성주운이 닿는 대목을 골라 집을 올리고 그자의 이름을 상량문에 써 넣었느니라."

청수는 천장의 대들보를 올려다보았다. 상량문의 끝부분에 '朴太公造'(박태공조)라고 이름자가 씌어 있었다.

"당신은 날 받아 놓고 초상집이나 궂은일에는 나다니지 않으시고 근신하셨느니라. 후손들이 흥성할 것이 틀림없는 자리이니라."

집은 춘양목을 골라 지었다. 본채는 추녀가 하늘로 치켜 올라가는 팔작지붕으로 기와를 얹고, 겹처마에 두리기둥을 세웠다.

"햇볕이 왼죙일 들어 밝고 화안하다."

집터는 풍기風氣가 모이고 앞과 뒤가 안온하게 생긴 곳을 골라 인좌

寅坐, 西西南 방향으로 틀고 앉았다.

사랑채는 맞배지붕으로 올렸다. 장오와 청수 두 형제가 자라자 아이들 공부방은 골목을 면하여 별채로 달아내었다.

대문의 문지방은 닳고 닳아 생선 가시처럼 드러난 나이테가 반질거리고, 오랜 세월을 두고 수많은 사람들이 밟고 타넘은 흔적이 역력했다.

"그 후 이곳을 장잣골로 하여 대를 이어 살아오고 있으니, 장차 장오 니도 멀리 갈 생각 말고 여게서 자석 놓고 잘 지키도록 해라. 내는 인자 여게서 사손嗣孫을 보는 것이 소원이다."

뒤곁 대밭은 지나는 바람결에 '솨아 솨' 마당 쓰는 빗질 소리를 낸다. 바람은 댓잎을 훑듯이 빠져나가고, 댓잎은 바람더러 한사코 가지 못하게 붙잡고 쉴 새 없이 거친 숨을 몰아쉰다. 댓줄기가 휜다. 생명이 힘에 겨워 시시덕거리는 처연한 소리다. 맹종죽孟宗竹의 죽순대가 솟아나면 대나무 밭에서는 상시로 대 비린내를 풍겼다.

"너거들 두 형제 공부방은 내가 사랑채에 붙여 내었느니라. 곰이란 놈이 겨울 나는 것을 보면 배울 점이 있느니라. 남녘을 보고 뚫은 굴속에서 동면하던 놈은 봄이 되어 건너편 산비탈을 바라보면 눈이 하얗게 쌓여 있어 아직도 겨울로 여기어 다시 잠에 들지만, 북녘을 마주한 굴속의 곰은 건너편 양지가 눈이 녹아 말짱하므로 얼른 일어나서 밖으로 나온다. 그래서 면학하는 학생들 방은 동향으로 해서, 집 안에서 제일 먼저 창이 밝도록 향을 잡느니라. 이 애비의 뜻을 헤아려 너거 둘이 다 학업에 충실해 주어서 다행시럽게 생각한다."

세준의 말은 다시 아이들의 조부 이야기로 돌아간다.

"너거 조부께서는 일찍이 밀양으로 장가들어 그곳 처가 사史씨 집안으로 보내져서, 거게서 예림재로 드나들며 한동안 유학을 했느니라. 본시 예림서원은 점필재佔畢齋 김종직金宗直이 배향된 곳이었는데, 아까도 말했듯이 문을 닫게 되자 위패는 땅에 묻고 단을 만들어 향사享祀를 모시다가, 유생들이 '예림재'로 편액을 갈아 걸고 다시 모여든 것이라. 선고, 그러니까 너희 할아버지를 그곳에 맡겨 한학을 배우게 하신 기라. 그래서 징조부께서는 한동안 점필재 향사享祀에 참석하셨느니라."

마당 우물곁에 서 있는 융털돌기 다발같이 생긴 향나무 잎은 봄볕을 받아 새로이 짙푸르렀다. 가을이 되면 세준은 향나무 가지를 꺾어 쪽칼로 다듬어 두고 제사 때 분향해서 썼다.

"어른은 평시에 글을 좋아하셨고, 경전에 밝으신 분이셨다. 평생 도리에 어긋나는 것은 받아들이지 못하시는 강골이셨는데, 이웃에서는 모두들 '강고집'이라 불렀느니라. 추상같은 서릿발에도 기죽지 않고 꼿꼿이 오상고절傲霜孤節한 성품이셨느니라. 풍류도 있으셔서 가야금도 즐기셨지마는, 문방사우도 끔찍이 챙기시던 분이셨다. 내가 인자 차차 그 유품을 보여주겠다.

저기 마당 우물 곁에 서 있는 나무가 매화가 아니더냐. 어른께서 손수 심으시고 이른 봄 꽃 몽우리를 코에 걸치고 암향暗香을 맡으시느라 지그시 눈을 감기도 하시고, 비 오는 계절에 댓잎 두드리는 소리에 멍하니 매화 열매 익는 모습을 바라보기도 하셨지. 매처학자梅妻鶴子라. 너거들 할매를 매화로 삼고 우리 형제를 학으로 여기시어 유유자적 사셨느니라. 뒤꼍 대밭에서 사철 '수수수!' 이는 바람을 귀 기울여 듣다가는 불현듯 가야금을 뜯어 바람을 재우기도 하셨지 … ."

강세준은 창원군에서 태어났다. 그의 선고 운運 자 재載 자 어른은, 세준의 밑으로 아들을 둘 더 두었다. 우준又駿은 안성에서 농사를 짓고 선산을 지키며, 삼준三駿은 신식 공부를 해서 보성전문을 마치고 고무신 공장을 했다.

세준은 자식을 둘 두었다. 네 살 터울로 내리 사내를 보았는데, 장남은 이름을 장오莊午라 짓고, 둘째는 청수淸壽라고 작명해 불렀다.

"큰아이의 이름은 항렬에 맞추어 午(오) 자를 살려 지었으나, 청수는 항렬자가 모두 운세에 맞지 않아서 항렬을 벗어나 운세에 맞추어 따로이 골라 지었느니라."

준오는 알아들을 수 없는 백부의 이야기에 싫증이 나서 문설주로 눈을 돌린다. 주황색 인주로 꼬불꼬불 선을 그려놓은 노란 종이에 기름이 번진 부적符籍에 눈이 갔다.

부적에 서린 영기靈氣를 느끼며 '저것은 뭐 하는 것일까? 큰어머이가 절에 가서 받아와서 붙이던데?' 하고 고개를 갸웃했다.

유리판 안에서 사진은 누렇게 바래 있었다.

먼저 눈에 들어오는 사진틀에는, 밀양 할머니가 치마폭에 싸인 장오 형의 어깨를 한 손으로 짚고 서 있고 양 옆으로 세준 백부와 젖먹이 청수를 안은 동래 백모가 서 있는 모습이 보였다. 그 사진 옆에는 운재 조부의 독사진이 든 액자가 걸려 있었다. 갓을 쓰고, 팔八 자로 기른 콧수염은 안채 지붕의 처마 끝같이 치켜들고 길게 아래로 뻗은 턱수염은 옥수수 털 같다고 준오는 느꼈다.

장오는 조부가 작고한 다음 해에 태어났다.

준오는 어른들이 이야기하는 가운데, 할머니가 장오 형을 끔찍이 여겨 어릴 적부터 아버지 밥상에 마주 앉혀서, 부자가 겸상하게 했다는 말을 들은 것이 생각났다. 겸상이란 말은 알아들을 수가 없었으나, 단지 "할무이가 고등어 껍질로 싼 쌈을 큰성님 입에다 넣어 줬다" 하는 말은 생생하게 기억하고 있다. '작은성님도 고등어 껍질 쌈을 얻어먹었을까?' 하고 생각하며 청수 형을 한 번 쳐다보았다.

준오 자신은 어머니가 상추쌈에 고등어 한 점 올려준 기억은 났으나, '할머이가 돌아가셨으니 껍질 쌈은 얻어먹기 틀렸다' 하고 생각했다.

할머니가 밤 겉껍질을 칼로 벗기고 속을 둘러싼 보늬를 곱게 벗겨내어 알밤을 장오의 입에 넣어 주자, 아들 세준은 "아아를 그렇게 키워서 되겠습니꺼? 장차 커서 제사 모실 장손인데, 상에 올릴 밤 껍질은 지가 손수 벗겨 버릇해야지 남이 벗겨 주면 언제 스스로 배우겠습니꺼? 아아 버릇만 버려 놓습니더." 하고 혼자 힘으로 하도록 하여야 된다고 하자, 할머니는 "아직 에린 아안데 그런 거는 차차 배우도 되는 기라." 하였다 한다. 손주가 귀여우니 보듬어 안고 키우는 것이 무슨 흥이 되겠느냐 하는 투였다.

준오는 제사상에 올린 밤은 껍질을 벗겨 색이 바래서 노랗게 접시에 놓인 것을 기억했다.

사진 액자 중에서 또 하나는 꽤 큰 사진인데, 무슨 잔칫날인가 집안 대소가가 다 모인 김에 마당에서 찍은 모양인데 못 보던 얼굴들이 여럿 있었다. 그 가운데 백부 내외는 물론이고 창원 내서면 안성에 사는 중부 우준 내외, 준오 아버지와 엄마 그러니까 삼준 내외가 들어 있었는데, 역시 장오도 끼어 서 있고 청수는 백모에게 안겨 있는 사진이었다.

사진 속에 창수 형은 포대기에 싸여 안겨 있는데 오늘 보니 '여엉 형 얼굴 같지 않게 생겼다'라고 생각되어 형을 한 번 올려다보았다. 지금 보니까 형은 높은 코에 푹 꺼진 눈이 서글서글하다. 준오를 내려다보는 눈길이 사뭇 차가운 듯하면서도 온화함이 들어 있었다.

　세준은 말을 이었다.
　"너거 할버지께서는 성품이 청간하고 세밀하시어 경전에 밝으셨다."
　세준은 일어서더니 벽장문을 열고 커다란 자개함을 꺼내 방바닥에 내려놓는다.
　"이거는 생전에 어른이 애끼시던 소장품이다. 하나하나 손때가 타서 가만히 들여다보면 어른께서 좋아하시던 모습이 눈에 선하다. 내가 특히 기리는 물건들이다."
　빗겨 드는 빛살에 통영자개는 미채迷彩가 어리어 일그러진 무지갯빛을 발하고 있다.
　세준은 뚜껑을 열고 함 속에 든 물건 가운데 아이들의 조부의 손때가 탄 물건들을 하나씩 끄집어내기 시작했다. 먼저 안경과 지남철을 꺼내서 서안 위에 올려놓았다. 그는 잔기침을 뱉고는 말을 이었다.
　"이거는 안경이다. 뿔테는 쇠뿔이고, 알은 석영이다. 준오 니가 한 번 들어 봐라."
　준오가 받아 들었다. 묵직했다.
　"무겁제? 석영은 돌이라서 그렇다."
　준오는 '예에'라고 대답은 했으나 '돌이 어떻게 다 들여다보이는지?' 궁금했다.

안경다리가 얌전하게 접혀 있는 학슬안경이었다.

"이거는 지남철이다. 명사名師가 이 패철을 들고 어른의 묏자리를 잡았더니라."

준오는 동그란 유리 뚜껑 밑에서 쉴 새 없이 떨고 있는 자침磁針을 들여다보고 중얼거렸다.

"바늘은 와 저리 풋심(말라리아) 걸린 아아맨키로 떨고 있는고?"

백부는 이번에는 두루마리를 꺼내어 매듭을 풀고 서안 위에 펼친다. 그는 꼬나문 물부리의 권련이 피워 올리는 파란 연기에 눈을 가늘게 뜨고 그윽이 그림을 내려다보며 입을 열었다.

"석파란石坡蘭이다. 필시 시중에 굴러다니다가 손에 들어온 것이리라마는, 봐라! 먹의 운용이 자유분방하면서도 파격적인 필획이 섬세하기가 예사롭지 않은 솜씨다."

장오가 그림을 받아 쥐고 들여다보았다.

"흥선 대원군이 불우했던 시절에 난을 쳐서 그림을 팔았다는 이야기는 들었습니다마는 접해 보기는 처음입니다. 난 치는 법은 추사에게서 배웠다는 말을 들었습니다."

백부는 이번에는 서랍 달린 야트막한 괴목 상자를 끄집어 내놓았다. 그 속에서 벼룻집 상자를 꺼내서 서안에 가만히 올려놓는다.

"이것들은 어른께서 특별히 애장하시던 물건이라. 물건 중에서도 상품이다. 이 벼룻집 속에는 지필묵연紙筆墨硯 사우四友를 담아 간수해 온 것이다."

그는 벼룻집 뚜껑을 열고 그 안에서 벼루를 천천히 꺼내 놓았다.

"청국에서 건너온 단계석端溪石 수암水巖 벼루다. 단계 중에서도 이 수암 벼루가 으뜸이니라. 세상 어디서도 벼루의 품격을 이만큼 갖춘 것은 구하기가 수월찮니라. 물속에 담가 보면, 은근히 화문花紋이 돋아나는 아름다운 석품石品을 지녔느니. 묵도墨道의 석질이 엔간히 단단한 것이 아니거니와 먹빛 또한 곱게 우러나느니."

"그렇게 귀한 물건입니까?"

청수가 벼루를 한 손으로 들어 올린다.

"어허 조심해라, 떨굴라! 그리 우악스럽게 다루는 기 아이라 칸께."

세준은 역정을 내었다.

"이 단계 벼루는 귀한 거라고 그렇게 일렀거니와 어찌 그리 경망시럽게 다루느냐? 들어 올릴 때는 양손으로 받들고 … 너무 높이도 들지 말고 … 내릴 때는 곱게 내려놓아야 하느니."

그는 벼룻집 속에서 먹과 함께 전각석과 괴석으로 된 낙관落款도 7~8과顆 꺼내서 늘어놓았다. 도기로 만든 거북 문진과 두꺼비 형상의 연적硯滴도 나왔다.

세준은 벼룻집 아래쪽 미닫이를 열고 닥종이 한지도 보여주었다.

검은 비단에 학 무늬를 수놓은 필낭을 들어내더니 수실 매듭을 풀고 붓을 한 자루 끄집어내면서 "서수필鼠鬚筆이다. 세상에 참으로 진귀한 물건이다." 하고 들어보였다.

"쥐의 수염을 뽑아서 맨든 붓이다. 쥐란 놈은 숨어서 사는 놈이라, 쉴 새 없이 수염을 명민하게 움직여서 주변을 살피는데, 쥐 털 가운데서도 퉁기는 힘발은 수염이 기중 나은 기라. 이 서수필로 운필運筆할라

치면 먹을 머금은 붓털이 필력을 받은 그대로 종이에 실어 나른다. 만호제력萬毫齊力이라. 모든 붓털이 받은 힘을 한꺼번에 쏟는다 그 말이라. 명필들이 그렇게 갖고 싶어 하는 물건이니라.

여항閭巷간에 '대목은 연장을 묻지 않고, 명필은 붓을 탓하지 않는다'고 하지만, 신필神筆은 붓을 가리는 법이다. 완당阮堂 김정희金正喜 선생의 힘찬 필체는 바로 이 서수필이 운필에 힘을 실어 주었다 하지 않더냐. 선생이 즐겨 다룬 명품 붓이다."

바깥에는 바람이 지나는 모양이다. 대 비린내가 풍겨 오는 것을 보면 ….

"숨을 모두고 서수필로 운필하면 화선지 위에서 붓 스치는 소리가 들리니라."

세준은 그 대목에서 잠시 쉬고 깊은 숨을 들이켜 본다. 눈을 지그시 내리깔고 마치 퍼지는 묵향墨香이라도 맡는 듯한 표정이 되었다.

"너거 조부께서 밀양 예림재에서 동문수학하던 동접同接 분한테서 어렵게 구한 것이니라. 둘은 관포지교管鮑之交라 할 만큼 그렇게 가깝게 지내던 사이라고 들었느니라. 그 동접 분의 집안 어른이 청나라 동지사로 연행燕行 가는 길에 자제무관子弟武官의 자격으로 수행해서 따라가 가져온 것인데, 그것을 너거 조부께서 어려운 부탁을 넣어 거금을 들여 구하신 것이라. 이 서수필에 단계 벼루를 갖추었으니 능히 가품佳品이라 하겠다. 결코 막된 속품이 아닐진대 가히 가보家寶로 대물림할 만한 것들이니라."

세준은 잠시 상념에 잠긴 듯 눈을 감고 물부리를 뻑뻑 빨아들이고 나서 잔기침으로 길게 가래를 돋우어 "퉤액!" 하고 타구에 내뱉었다. 턱수염을 내리훑었다.

그는 자개함 속에서 누렇게 빛바랜 천을 꺼내 서안 위에 펼쳐 놓았다. 손으로 조잡하게 그린 태극의 문양이 드러났다. 그러나 건곤감리乾坤坎離의 사괘는 그려 넣지 않았는지 보이지 않았다.

세준은 입을 열었다.

"너거들 조부께서 손수 그리신 태극기다. 그리고 이 얼룩은 3·1 만세운동 때 왜경이 쏜 총탄을 맞고 흘리신 어른의 핏자죽이다."

물부리를 다시 한 번 뻑뻑 빨아 연기를 후우 내뿜는다.

붉은피톨 자국이 녹슨 것처럼 흐릿한 밤색 얼룩을 손가락으로 지그시 누르고 있는 세준의 뇌리 속에는, 20여 년 전 제생당 박구제朴九濟 어른의 부축을 받고 피를 흘리며 집으로 들어오시던 선친의 모습이 머리에 떠올랐다.

물부리에 꺼져 가는 담뱃불을 연거푸 빨아 당겨 깊숙이 삼켰다가 길게 토해냈다.

세준은 잠시 회상에 빠졌다.

제수용 떡 장만을 위해 절구통에 떡메를 치다가 허리를 다쳐 몸져누운 젊은 세준은, 건넌방에서 부친 우보牛步 강운재와 박구제 의원醫員 간에 주고받는 시국담을 듣고 있었다.

우보가 말했다.

"지금 조선 천지에 만세운동이 요원의 불길처럼 번져가고 있는데, 우리 유생들만 팔짱을 끼고 물러나 앉아 물 건너 불구경하는 꼴이 됐단 말이오. ”

일찍이 3·1 의거 거사준비는 2월 24일 천도교와 기독교, 불교의 각계 종교 지도자들이 연합하고 학생단체가 전위대 역을 맡아 앞장서서 나가기로 합의함으로써 착착 진행되어 갔다.

그런데 유생들은 처음부터 조직화되지 못했다. 당시의 사정을 우보가 설명했다.

“당초 천도교를 위시한 조직준비 측에서 계획했던 유림儒林과의 연합은 실패로 끝나게 되었소. 당시 유생 대표로 지목됐던 김윤식金允植 선생이 일시 지방에 일이 있어 내려가 연락두절된 상태에서, 시간을 미룰 수가 없는 급박한 사정으로 일단 유림을 제외한 종교단체 대표들만이 숙의해서 거사준비를 진행하게 되어 버린 것이오. 따라서 태화관 민족대연합전선의 33인 대표자 모임에 유독 유생만 끼지를 못하게 된 것이오. ”

박 의원이 말을 받았다.

“늦기는 했지마는 인자사 전국의 지방 유생들끼리 서로서로 연락을 해서 지역마다 들고일어나고 있소. ”

박 의원이 뜨거운 차를 한 모금 후룩 마시고 말을 이었다.

“시위 진압이 갈수록 잔인무도해지고 있다 하오. 평안도 정주 땅에서 태극기로 만세 부르던 조선 청년이 왜경이 내려친 니뽄도로 팔이 잘려나가자 딴 손으로 국기를 주워 올렸는데 또 내리쳐서 여치 다리 떼이듯이 두 팔이 다 없어졌다네. 그러자 이 청년이 엎드려 태극기를 입으로 물고 일어서자 이번에는 목을 댕강 쳤다 하네그려. 이것이 사람이 하는 짓가 짐승이 하는 짓가? 성천 땅에서는 일본 군경이 한꺼번에 조선 사람 2천 명을 무차별 사격해서 집단학살을 했다 하지 않소. 천인이 공노할 짓이오. 하늘이 벼락을 내릴 일이오."

백동 담뱃대로 놋재떨이를 탕탕 두어 번 두드려서 불 꺼진 재를 털어냈다.

"허허어, 그놈의 무라다村田 총이 조선 종자 씨를 다 말린다 칸께. 임란 때는 조총이 조선을 유린했는데, 오늘은 무라다 소총이 양민을 도륙하고 있네. 조선 땅 천지는 조선 사람들이 흘린 피와 주검으로 혈해시산血海屍山을 이루고 있다 하지 않소? 오늘 우리가 어쩌다가 이 지경이 되었소?"

우보의 목성이 높아지기 시작하였다.

"유생들도 나서야 하오. 광무황제께서 칭제건원稱帝建元 하시어 일으킨 대한제국을 일제의 찬탈로부터 도로 찾아와서 왕권을 복벽復辟 하는 일에 어이 조금이라도 소홀히 할 수가 있겠소. 일찍이 일제가 조선을 삼키려고 강화도조약을 맺을 때 조약체결을 반대해서 최익현崔益鉉 선생이 지부복궐持斧伏闕하여 오불가소五不可疏를 올리던 절의를 다른 종교단체에서도 보인 예가 있기나 했소? 도끼를 쥐고 궁궐 앞에 엎드려 죽기로 각오하고 항소를 올리던 기개야말로 우리 전국 유생들의 우국충정의 표상이 아니겠소? 그 기개가 어디로 갔소? 시국이 이럴진대 유생인들 어이 양반다리를 하고 가만히 앉아만 있겠소? 이 얼마나 민망한 일이오. 아암, 복벽해야 하고말고!"

박 의원도 맞장구를 쳤다.

"옳거니. 왕정을 복고하여야 하오. 이제 우리 벽사辟士들도 머뭇거리지 말고 일어나야 할 때가 됐소. 거사할 연락은 와 있소. 경북 유생

연락책 지방 조직책한테서 이미 선이 닿았소."

3월 14일 장날이었다.

그날 제생당 박 의원이 황급히 집으로 들어왔다.

"여보게, 우보! 어서 나가세! 창동 거리에 만세시위가 터졌다네. 야소교耶蘇敎(예수교) 사람들이 벌써 태극기를 들고 거리로 쏟아져 나왔다네. 부림 장터에서도 장 보러 나온 사람들이 어디서 구했는지 태극기를 들고 목이 터져라 외고패고 난리가 났다는 걸세."

만세운동은 1919년 3월 1일 오후 2시 경성 파고다공원에서 불길이 솟구쳤다. 소문은 바람을 타고 삽시간에 산을 넘고 물을 건너 방방곡곡으로 퍼져나가 조선 천지의 요원을 불살라 놓았다.

일제의 폭압정치에 대하여 국민들의 가슴속에 쌓이고 맺힌 한이 폭약으로 저미어져 있다가 한꺼번에 폭발하고 말았던 것이다.

민중의 시위는 '독립이 아니면 죽음을!'이라고 하는 비무장의 결사 항전이었다. 외쳐대는 만세 소리는 천지를 진동했다.

시위대는 경찰서나 면사무소로 몰려가서 외치며 독립을 요구했다.

"독립만세!"

"왜놈은 물러가라!"

그러나 돌아오는 것은 무자비한 총검의 세례였다.

1919년 3월 7일에는 일본 육군성이 무력으로써 시위를 저지하도록 지령을 보내왔다. 조선총독부 하세가와長谷川 총독은 조선 주차군 사령관 우츠노 미야宇都宮에게 저항하는 군중들을 향해 쏘도록 발포명령을 내렸다.

조선주둔군 2개 정규 사단병력과 해군 및 중포병대대를 위시해서 전국 각지의 무장 헌병경찰 및 경관 등은 오로지 맨손만으로 목 놓아 저항하는 시위 군중에게 무차별 사격을 가하여 무자비한 살상을 벌였다.

그러나 백성들은 피를 뿌리면서도 줄기차게 저항했다.

3월 13일 경성에서 마산으로 사람을 내려보내, 태극기 목판과 독립선언서가 문창교회에 도착했다. 교회 목사와 신도들이 밤을 도와 태극기를 찍어내고 격문과 전단을 등사판으로 베껴냈다.

다음 날 아침에 운집한 교인들과 함께 한석진 목사는 간단한 예배를 끝내고 비장한 심정으로 입을 열었다.

"오늘 우리는 강탈로 빼앗긴 우리나라의 독립을 일제의 강점으로부터 되찾아오기 위하여 우리의 뜻을 일본 정부에 알리고 널리 세계만방에 호소코자 합니다. 우리는 모두 뜻을 같이하여 일제히 만세로써 우리의 정당한 주장을 소리 높여 외칩시다. 하느님의 가호가 있기를 빕니다."

이어서 독립선언문을 또박또박 읽어나가기 시작하였다. 누구 한 사람 기침 소리마저 내는 사람도 없거니와 한 목사의 낭독을 한 줄 한 자라도 놓치지 않으려고 발돋움을 하면서까지 귀 기울여 들었다. 이른 봄날의 찬바람도 운집한 군중들의 열기를 식힐 수가 없었다. 낭독이 끝나자 태극기와 격문을 일일이 나누어 주었다.

"대한독립 만세!"

한 목사가 선창하고 그에 이어 군중들이 따라 외치는 소리는 하늘을 찔렀다.

"대한독립 만세! 대한독립 만세!"

"만세!"

"만세! 만만세!"

시위대는 거리로 몰려나갔다. 전단이 뿌려졌다. 흰 종이는 백로 떼 날듯이 봄바람을 타고 드날렸다. 창동 거리는 사람의 물결로 넘쳐났다. 시위대의 행군은 부청府廳 쪽으로 향했다.

"여보게 우보! 어서 나가세!"

박 의원이 재촉했다.

멀리서 만세 외치는 소리가 바람에 실려서 들려온다.

"알았네, 구제! 그래도 태극기라도 하나 들고 흔들어야제. 내 얼른 만들어 가지고 댁으로 가리다. 같이 만세를 부르기로 하세!"

운재 노인은 태극기를 그릴 작정으로 주변을 두리번거리다가 당장 빨간 물감을 구할 길이 없자 언뜻 일장기를 고쳐 그리면 되겠다는 생각이 떠올랐다.

천장절이나 국경일에 게양하고 처박아 두었던 일장기를 펼쳐놓고 빨간 히노마루의 반쪽을 먹물로 까맣게 덧칠해서 태극의 양의兩儀를 그려냈다.

운재는 고종이 제정 공포한 대한제국의 태극기를 본 적이 없었다. 그래서 그려 놓은 태극의 모형은 머리 부분에서 돌아 나온 회오리가 길게 꼬리를 끌며 깊숙이 소용돌이를 짓고 있었다. 주역周易의 태극도형 그대로였다. 급한 김에 팔괘는 생략했다.

"아무러면 어떻노, 국기라고 들고 흔들면 되는 거지."

두루마기를 찾아 막 걸치는 그에게 허리를 삔 자식 세준이 자리를 차고 일어나면서 부친을 만류했다.

"아버님, 만세는 젊은 사람들한테 맽기고예, 그냥 집에 계시도록 하시이소."

"아이다. 세상사람 모두가 만세를 외치는데, 내만 가만히 듣고 있다는 것은 백성 된 도리가 아이다."

밀양댁 사 씨도 염려가 되어 남편을 말린다.

"여보, 나이 많이 잡쉰 양반들이 무슨 힘이 남아돈다고 젊은 아아들 틈에 뛰어든단 말이오? 위험천만이오."

그래도 강운재는 두루마기를 펄럭이며 휑하니 대문을 나서서 박 의원 댁으로 향했다.

"만세에! 만세!"

"대한독립 만세! 만만세!"

길거리에는 고함소리가 하늘을 찔렀다. 천지를 진동하는 소리에 하늘을 날던 까마귀도 깜짝 놀라 빗겨 난다.

사람들 입에서는 단내가 풀풀 날렸다.

"만세에!"

"만세에! 만세!"

시위대는 흘러내리는 용암의 물결이었다. 가슴속에서 끓어오르는 용암은 굉음을 내며 입 밖으로 분출했다. 열기는 뜨거웠다.

"대한독립 만세! 왜놈들은 물러가라!"

젊은 사람들의 목통에는 퍼렇게 핏줄이 불거졌다. 태극기는 만세 소리에 맞추어 일제히 공중으로 솟았다가 내리곤 했다. 빈손으로 나온 사람들은 박수무당 춤추듯이 두 손을 번쩍 치켜들고 껑충껑충 춤을 추었다.

시위대의 물결은 갈수록 불어났다. 그들은 원정元町 파출소 앞으로 근접해 갔다. 무장 경관들이 총검을 들고 도열해서 시위대의 진행을 막고 있었다. 그러나 경관들은 물밀듯이 밀어닥치는 군중들에 의해서 주춤주춤 밀렸다.

우보는 대열 한가운데에 끼여 나아가고 있었다.

"대한독립 만세에! 대한독립 만세에!"

군중들은 두 손을 치켜들고 경찰관을 향하여 목청이 터져라 연호했다. 왜경은 2열 횡대로 도열해서 장총에 착검한 채 방어태세를 취하고 있었다. 총검의 칼날은 햇빛에 요동치는 생선 배때기처럼 공중에서 희번덕거렸다.

군중의 선봉대는 일단 멈추고 서서 경찰과 대치하여 만세를 연호했다. 경관 두어 명이 파란 잉크와 빨간 옥도정기를 시위 군중의 흰 옷에다 대고 마구 뿌렸다. 나중에 옷에 물감 묻은 사람들을 잡아들이려는 심산이었다.

그래도 몰려드는 군중을 제어할 길이 없게 되자 총검을 휘둘러 위협했다. 맨 선두에 서있던 시위대의 젊은이가 들이대는 총대를 휙 낚아챘다.

"네 이놈! 오데다 대고 칼을 부리고 있노!"

순경은 가까스로 총을 빼내어 뒤로 제치더니 총검술 자세로 청년을 향해 돌격했다. 격검은 기관차의 피스톤처럼 왕복으로 그의 배를 두어 차례 관통했다. 청년은 앞으로 폭 고꾸라졌다. 배에서 병마개 빠진 참기름처럼 주르륵 피가 쏟아져 나왔다. 무명 바지저고리가 뻘겋게 피로 물들었다.

군중들은 주춤했다. 경찰의 총검이 또 다른 젊은이를 향하여 들이대었다. 군중들은 삽시간에 양쪽으로 갈라섰다.

우보 노인은 왜경들을 마주해서 노려보았다.

'저놈들의 총검은 이미 전쟁터의 무기가 아니고 도살장의 흉기에 지나지 않는구나.'

군중들은 술렁이기 시작했다.

타앙! 탕! 타탕!

헌병이 발포했다. 군중을 겁박劫迫했다. 공포였다.

칼부림에 쓰러진 친구를 안고 있던 젊은이가 벌떡 일어서더니, 발포한 헌병의 총목을 비틀어 거머잡고 당기자 옆에 있던 왜경이 그를 향해 급히 방아쇠를 당겼다.

탕! 탕!

겨냥을 벗어난 유탄이 우보의 옆구리를 관통했다. 그의 몸은 박 의원 쪽으로 기울었다. 이내 사지가 허물어졌다.

"으음 … ."

목을 가누지 못했다. 황새 모가지 꺾이듯 축 처졌다. 두루마기 자락에 피가 번져 나갔다.

"어허, 이, 이 사람아!"

박구제 의원은 우보를 겨드랑이에 끼고 부축해서 허겁지겁 집으로 달려갔다.

"아이고, 영감! 이기이 도대체 우얀 일인교?"

밀양댁이 기겁을 한다. 상처에서는 아직도 피가 흘러나왔다.

"아버님, 아버님!"

세준은 부친을 받아 안고 방으로 들어가 요 위에 누인다.

우보는 이미 혼수상태였다. 세준은 팔로 부친의 목을 받쳐 괸다.

"아버님, 접니더! 정신 채리이소."

삼준도 곁에 꿇어앉아 부친을 걱정스럽게 들여다본다.

일본 경찰의 무라다 소총이 입힌 치명상 끝에 우보는 숨을 거두고 말았다. 바깥에서는 '타앙! 탕!' 총소리가 울려오고 있었다.

세준은 아이들의 조부에 관한 긴 이야기를 잠시 그치고 장오, 청수 두 형제와 조카 준오의 얼굴을 번갈아 뜯어본다.

세준은 비감에 빠져 목소리가 떨렸다.

"너거들 조부께서는 비명에 가셨다. 어른의 수壽가 의당 제 명을 다 해 선화仙化하시기를 바랬건만, 이 어인 악업인지 비명에 명부冥府로 보내드리고 말았으니 여한이 끝이 없다. 불효했다. 물어뜯어도 시원 찮을 이놈들에게 죗값을 물어 속량을 받아낸들 분통이 가시겠느냐."

그는 서안 위의 빛바랜 천을 다시 짚으면서 말하였다.

"이것이 그때 너거들 조부께서 만드신 태극기다. 박 의원에 안겨서 집으로 오실 때까지 꼬옥 움켜쥐고 계셨다. 보아라. 이 얼룩 자죽이 너거 할버지 핏자죽이다. 너거들 몸에는 이 피가 흐른다."

셋은 모두 다 들여다보았다.

어두운 다갈색의 얼룩이었다. 피는 대대로 흘러내려온 혈족의 심장 을 쿵쿵 두드리고 있었다.

장오는 '저 핏자죽은, 할아버지께서 육신의 흔적을 도장으로 찍어 남기신 것이구나.' 하는 생각에 부친 못잖게 비장한 느낌이 들어 입을 굳게 다물었다. 억울하게 가신 조부의 운명을 생각하니 피가 역류해 와 머리가 뜨뜻해졌다.

뚫어져라 내려다보는 청수의 눈썹은 꿈틀거렸다. 얼굴은 하얗게 질려 갔다. 백자 도기의 청화 문양처럼 면도 자국이 파랗게 도드라졌다. 대를 걸쳐 흘러내려온 피가 혈관을 역류해서 도로 거슬러 올라가려고 한다. 불끈 쥔 주먹이 떨린다.

'무슨 총 맞을 일을 지었길래 일제는 피를 쏟게 했는가?'

분노에 찼다.

준오는 피의 의미를 몰랐다. '얼룩진 색상이 옷감에 땡감 물이 묻어난 듯 핏물이 배었구나.' 하고 생각했다.

분위기는 숙연했다. 세준의 목소리는 착 가라앉았다.

"유명을 달리하시면서 혼백을 거두어 가셨지만, 유독 여기 남기신 피의 자죽을 어이 소중히 간직하지 않겠는고!"

그는 태극기를 다시 한 번 쓰다듬었다. 잠시 침묵이 흘렀다.

"너거들 조부께서는 평생 서책을 좋아하시어 학같이 사신 분이지만, 뜬구름 같은 데가 있으셨고 유수같이 막힘없이 흐르는 데가 있으신 분이셨다 … 그동안 집안에서 쉬쉬하여 휘기諱忌해 온 이야기다만 내놓고 말만 안 했을 뿐이지 다들 알 만큼 아는 내용이니, 인자(이젠) 말해도 알아들을 거 같아서 밝혀 두도록 하겠다."

세준은 근엄한 표정을 지으며 말했다.

"성준成駿의 이야기다. 핏줄로 치면 너거들한테는 푸네기로 친 아재 비뻘이 된다. 이미 양반 서얼庶孼 따로 반천의 구분이 없어진 세상이라 인자는 모든 것이 신식으로 다 바꼈으니 아재라 불러도 괜찮다…. 너거들 조부께서는 밀양 할머니에게 장가를 드시고 한참 동안 손을 못 보셨다. 할머니께서 태胎를 못 하시자 백방으로 약을 지어 자시고 절에 가서 불공을 올리고 온갖 공덕을 다 드렸지만 끝내 소식이 없었다. 물론 내가 태어난 것은 성준이가 태어난 것보다 훨씬 후의 일이다만."

조부 운재는 입버릇처럼 말했다.

"벼슬을 못 해드린 것만 해도 이미 불효를 하였는데, 자식이 없어 조상의 제사마저 끊기게 하는 것은 삼불효三不孝 중에서도 제일 큰 불효라. 낳아 주신 부모를 생각해서 대는 이어야 한다. 그것이 자식 된 도리다."

우보 운재는 밀양댁의 태기를 기다리다 못해 밖에서 웅천熊川 여인을 소첩少妾으로 두고 거기서 손孫을 보게 되었다.

"그아가 웅천 성준이로 나하고는 이복 손위 형뻘이 된다. 서출庶出이다. 그러니까 너거들한테는 아재뻘이 된다 그 말이라. 그러다가 그 후 한참 만에 밀양 할머니한테서 내가 태어나고 이어서 우준이, 삼준이 동생이 태어났다. 조부께서는 나를 두고 적통을 잇게 되자, 웅천 아재비한테는 진주먼당에 있는 천수답 마지기하고 밭뙈기를 떼어 주어서 먹고살게 해 주셨다."

세준은 잠시 딸그락딸그락 마른 호두알을 굴리다가 말을 이었다.

"그런데 성준이도 창원서 삼일만세 운동 때 앞장서 나섰다가 일본놈 총칼에 화를 당했느니라. 그의 자식이 최규崔珪다. 가아(그애)가 너거들하고는 촌수가 사촌 턱이 된다. 나이는 훨씬 우우(위)가 된다마는."

세준은 선친 운재의 별세 경위를 이야기한 데 이어 이번에는 성준이 죽게 된 과거 이야기를 해 주었다.

"마산서 만세 시위가 터지고 나자, 연이어 인근 군면에서도 들고일어났었다. 함안서는 군민들이 애국가를 부르면서 낫과 도끼를 들고 주재소와 우편소를 습격 파괴하고 일본 군대와 맨주먹으로 싸워 적지 않은 사람들이 다쳤었다. 그러자 창녕, 군북, 산청에서도 똑같은 일이 벌어졌다. 창원서 만세시위가 일어난 것은 4월 3일이었다."

조선국권회복단朝鮮國權回復團 마산지부장 안확安廓이 창원 시위를 주도했다. 성준은 이 단체의 지방연락 거점이 되는 미곡상 주인 밑에서 가게 일을 보고 있었는데 그 연으로 안확과는 평시에 연분이 있었다.

시위대는 천여 명의 군중이 동원되어 일제 군경에게 대항했다.

처음에는 평화적으로 진행되었으나, 일제가 주동자를 구금하고 무력으로 탄압을 가해서 강제로 해산시켰다. 이에 안확 지부장이 분격해서 시위대를 다시 모아 몽둥이, 낫, 곡괭이, 삽, 돌멩이 등으로 무장하여 파출소, 헌병대, 면사무소, 우편소, 금융조합, 일본인의 집 등을 차례로 파괴하였다.

"이에 놀란 마산경찰서에서 증원병력을 급파하여 소요 군중들에게 무차별 총격을 가하고 군도를 휘둘러 많은 사람을 살해하기에 이르렀다. 군중들은 사방으로 흩어지고 달아났는데, 안확을 따라 앞장섰던 성준이 가슴에 총탄을 맞고 절명하고 말았지."

세준은 이야기를 거기까지 마치고 물부리에 궐련을 꽂아 불을 붙였다. 뻑뻑 담배를 두어 번 빨고는 입맛을 쩝쩝 다시면서 이야기를 이었다. 준오는 노랗게 댓진이 밴 백부의 상아 물부리를 바라보면서 이야기를 들었다.

"원래 성준의 처는 남의 집 품앗이로 떠돌이 하던 하찮은 여자였는데, 성준의 자식 규를 낳고 얼마 있다가 소금장수를 따라 떠나 버렸다. 그래서 규는 웅천 할매 밑에서 자라게 된 것이다. 규는 너거들하고는 사촌 형제간이 되겠다만, 나이는 너거들 친삼촌 삼준 동생하고 같다. 사정이 이러하니, 너거들하고는 도통 알콩달콩 띠앗머리가 있을 리가 없다."

운재 어른의 초상을 치르는 날, 그의 소실이었던 웅천댁 그러니까 성준의 모가 손주 규를 앞세우고 아이의 친할아비 빈소를 찾아왔다.

"규야, 할애비 떠나는 길에 인사를 디려야 사람 노릇을 하는 기다. 디다보로 가자!"

웅천댁은 자신도 영감이 마지막 가는 길에 찾아뵙는 것이 도리라고 생각했다.

밀양댁 사씨 부인은 문상객들 사이에 있는 웅천댁을 보았다. 영감 관 앞에서 눈물을 철철 흘리고 있다가 밀양댁은 얼굴이 새파래졌다. 강샘과 투기로 바르르 떨며 웅천댁에 붙어 서 있는 규를 향해서 악에 바친 목소리를 냅다 질렀다.

"네 이놈우 손! 서출이 천연덕시럽게 여게가 오데라고 찾아오 갖고 초상을 베리 놓을라 카노! 당장에 다리몽댕이를 분질라삘라아!"

가고 없는 사람의 고깝던 행실을 두고 산 사람에게 투정을 부린다.

영감이 밖에서 씨를 뿌려 거둔 피붙이를 보자 눈에 시퍼런 불이 일었던 것이다. 영감 살아 있을 때 독수공방에서 새벽닭이 울 때까지 잠 못 자고 뒤척이던 일이 떠올랐다. 더운 여름 땡볕에 논일 밭일 도맡아 김을 매어도 영감은 소첩을 끼고 누웠는지 코빼기도 보이지 않던 일에 열불이 나서 벌벌 떨던 일도 생각났다. 그러다가 소실에서 아들 성준을 보았다는 소식을 듣고 절망적인 분노와 소외감에 부들부들 떨던 일도 떠올랐다. 그러나 늦게나마 제 몸에서 적자도 보았고 장성을 시켜서 자신도 이제는 집안에서 어엿이 종부宗婦 노릇을 하고 있으니 다 지나간 과거의 일이건만, 영감의 초상 자리에 불쑥 웅천댁이 나타난 것을 보고 문득 과거의 일이 떠올랐던 것이다. 가슴에 가시처럼 박힌 시퍼런 한이 다시 가슴을 난도질하기 시작하였다.

어린 규가 두 주먹을 말아 쥔 채 눈을 부릅뜨고 밀양댁을 올려다본다.

"이 사특한 놈! 오데다 눈을 딱 붙시고 꼴아보는 짓고오? 이놈이 집안 말아묵을 놈 아이가."

밀양댁은 규의 조모 웅천댁을 향해 눈에 불을 켰다.

"니가 와 여게 와서 초상을 흐리 놓노?"

"성님요! 아아 할부지 초상에 손주가 와서 문상 디리는 기이 사람에 도리가 아이겠십니꺼?"

웅천댁은 아이를 치마폭에 감싸며 비 맞은 개처럼 웅크리면서 변론을 댔다. 손은 먼저 보았다 할지언정 이쪽이 적통의 집이라 마나님을 '형님'이라 불렀겠지.

"머라꼬? 내는 니 같은 동시를 둔 적이 없다아! 내 앞에서 성님 소리 입 밖에도 내지 마라. 니가 피붙이를 핑계 삼아 어느 멘전에서 감히 양반행세를 할라 카노오! 주딩이 고마 나불거리고 당장 없어져라! 꼬라지도 뵈기 싫다!"

가시 돋친 밀양댁의 카랑카랑한 목소리는 칼날 끝에 서린 독의 서슬처럼 살벌했다.

어린 규가 변명이나 하듯이 밀양댁을 보고 말했다.

"크얼머이예, 할배한테 절하로 왔십니더."

밀양댁은 '이 볼강스러운 놈 봐라' 하고 뜨악했다.

"니, 다시는 큰어머이라 부르지 마라! 우리 집 족보에 니놈 이름은 없다."

웅천댁은, 빗자루 몽둥이에 휘둘려 쫓겨나는 개 신세가 되고 말았다. 집으로 돌아오는 길에 그녀는 손주를 보고 말했다.

"할 수 없다. 출상 때 언덕에 올라가서 마지막 황천길 가는 사람보고 절이나 하자."

"할무이요, 서출이 먼 기요?"

그녀는 한숨을 쉬었다.

"니가 탁생托生을 잘못 받았다 그 말인 기라 … 세준이는 적출이고 니 애비는 서출에 손이다."

"그라모 삼준이도 적출인교?"

"그렇다. 가아는 적출이다. 니하고는 다르다. 가아는 니한테는 아재비뻘이 된다."

규가 자라서 나이 아홉이 되자, 웅천댁이 세준을 찾아왔다. 추상같은 밀양댁의 눈치를 슬금슬금 보아 가며 부탁했다.

"규를 호적에 좀 올리 주시게. 아아를 핵교에 넣을라 카니 호적이 있어야겠네."

"……."

세준은 말이 없다.

"조카 되는 아아, 공부는 시키야 될 거 아인가배."

"그렇기는 하다마는 … 호적이라 카는 것이 집안 가족들의 명세를 적는 것이라 … ."

세준은 입맛을 다셨다.

밀양댁이 팩 토라졌다.

"피붙이라고 갖다 대지 마라. 호적 베린다!"

얼굴에 추상이 서린다. 웅천댁은 주춤해서 서둘러 세준의 집을 물러나 와야 했다.

결국 규의 조모는 친정이 있는 웅천면사무소로 가서 외갓집 최씨 호적에 손주를 올렸다. 최규崔珪가 되었다.

삼준은 규와 동갑내기로, 둘은 심상소학교尋常小學校를 같이 다니게 되었다.

규는 큰댁이 부러웠다. 떡 벌어진 기와집은 으리으리하여 규가 쉽사리 범접할 수가 없었다. 기와지붕 네 귀에 날렵하게 비어져 나온 처마 끝은, 살아생전에 보았던 조부의 정자관程子冠같이 도도하게 치솟아 위엄을 드러내고 있었다.

거기 비하면 자기가 들어 사는 초가집은 지붕이 축 처져서, 주인 앞에 다소곳이 수그리고 서서 하명을 기다리는 머슴같이 기가 질린 모습이었다.

다 같은 할아버지를 두고 있는데, 왜 자기는 그들에게 가까이 못 가고 멸시 받으며 따돌림 당해야 하는지 알 수 없었다.

학교에서 삼준은 규를 멀리했다. 그는 규가 집안의 피붙이라는 사실을 드러내기 싫었다. 그래서 규가 지나쳐도 부러 모른 척하고 말 한 마디 붙이지 않았다.

규는 자기 스스로가 서출이란 데에 기가 질려서 자격지심으로 늘 그늘진 얼굴을 하고 있었다.

소학교 선생 이영순은 학급 아이들의 가족조서를 보다가 최규의 란에서 이상한 점을 발견하였다.

"최규, 일어서!"

규는 일어서서 선생을 마주 보았다.

"할아버지 함자가 어떻게 되지?"

"강 자, 운 자, 재 자입니다."

"아니다. 최운재를 잘못 적어 넣은 거제?"

"강 자가 맞습니다."

"니가 최씨인데, 어찌 할애비가 강씨가 된단 말이고?"

" … 그래도 강 잡니더."

"아니다. 니가 잘못 알고 있다. 강운재 어른은 강삼준의 부친 되는 분의 이름이다."

선생은 삼준의 가족란을 다시 한 번 확인하고 말했다.

" …… ."

규는 우물쭈물할 뿐 말을 못한다.

선생은 정정해야겠다고 생각했다.

"최운재로 고쳐 놓겠다, 알겠제?"

규는 고개를 빳빳이 치켜들고 선생을 바라보며 손을 저었다.

" … 최 자가 아입니더. … 강 자가 우리 할버지 맞십니더."

여선생은 삼준을 불러 세웠다.

"이게 어찌된 일고?"

" … 강 자, 운 자, 재 자 어른은 우리 아버지가 맞십니더."

"봐라, 삼준이 이야기를 들었제?"

선생은 나무라는 투로 규를 힐난했다. 학급 아이들의 웃음소리가 킥킥 터져 나왔다.

규가 '와아!' 하고 울음을 터뜨렸다.

"우리 할배가 맞다! 엉엉, 우리 할배라 칸께!"

삼준은 모친의 추상같은 적서嫡庶 구분에 스스로 엄격했고 늘 당당한 자세였다. 조카 되는 규는 아재비뻘 삼준에게 항상 멸시를 당했고 가까이 갈 수도 없었다. 어린 규는 마음의 상처를 받고 자랐다. 웅천댁은 논밭을 팔아서 손주 최규의 동경 유학을 뒷바라지했다.

규가 와세다대학을 졸업하고 고향으로 돌아왔을 때에는 문자보급운동이다 브나로드운동이다 해서 농촌계몽운동이 활발하게 벌어지고 있었다. 지식인들이 농촌 깊숙이 파고들어 야학夜學을 열고, 농민들에게 한글을 가르치고 산술을 깨우쳤다. 말이 문맹퇴치운동이지, 무지몽매한 사람들에게 민족정신을 부추겨서 일제의 식민통치에 저항하자는 민족자강民族自强 운동이었다.

규는 창원에 눌러앉아 야학에서 아이들을 가르치면서, 그들에게 사회주의 사상을 보급시켜 장차 농촌사회를 개혁해 나가는 일꾼으로 길러야겠다고 다짐했다.

일찍이 만주 길림성에서 의혈단을 결성하여 일제의 요인 암살, 건물 파괴 등 무력적 수단으로 일제에 저항하던 약산若山 김원봉은 북경으로 건너가 '레닌정치학교'를 세우고 국내에 사회주의 사상을 보급하기 위하여 졸업생들을 침투시켰다. 그들은 지식인, 청년, 학생, 노동자들을 규합하여 독서회를 조직하고 사회주의 서클활동을 조장하였다. 여기저기 분출하는 노농운동에도 그들로 하여금 배후조종을 하도록 하였다.

규가 포섭되었다.

야학을 열고 농민들을 깨우치기 시작하였다.

밀양에 살던 김원봉이 젊은 시절에 일시 마산에 유학하여 창신중학교에 다닌 적이 있었다. 그때 최규는 이웃에 살면서 다소 내왕이 있어서 서로 알고 지내는 처지였다. 규는 공산주의 이론에 심취하여 사회주의에 관한 책은 닥치는 대로 읽었다.

왜경은 국내에 독버섯처럼 번지는 사회주의 사상을 탄압하려 특고特高에서 전국적으로 공산주의자들을 색출하고 체포하기 시작하였다. 1935년 조선총독부 경무국의 명령으로 문맹퇴치운동은 중단되고 따라서 야학도 문을 닫게 되었다. 규는 그길로 연해주로 피신하여 망명하였다.

세준은 자식 형제와 조카 준오 앞에서 규의 행실을 비판했다.

"규란 놈을 봐라. 동경 가서 기껏 배워 왔다는 것이 유물론인가 벤

징법인가 하는 무슨 놈의 쇠여물 씹는 소리를 하고 앉았으니 … 멀쩡한 남의 논밭 뙈기를 빼앗아 없는 놈들끼리 노나 가지고 온 세상을 갈아엎자는 소리를 하고 앉았으니. 인간 말종이다. 우리 집안에서 어찌 저런 파락호破落戶가 나왔는지. 공산주의 한다는 것들은 환부역조換父易祖의 패륜적 짓거리를 예사로 하는 놈들이야. 레닌이란 작자를 애비로 삼고 맑스란 놈을 할애비로 삼아서, 친부친조親父親祖를 갈아치우자는 놈들이 제사라고 지대로 모실 리가 있겠느냐. 규란 놈도 봐라. 어릴 때부터 어른을 공경해 보기를 했나아, 제사라고 모셔 보기를 했나아. 본데없이 벌로(허투루) 커 가지고 저리 막돼 버린 것이라. 살煞이 센 놈이다. 집안 들어먹을 놈이다.”

세준은 말을 마치고 입맛을 쩝쩝 다셨다.

“그래서 조상 제사를 잘 모셔야 한다는 기라. 너거들은 명심해서 새겨들어야 할 대목이다. 조상 잘 모시고 효하는 집안의 가풍에서 일찍이 파락호가 나왔다는 말을 들어본 적이 없다. 조상을 공경하고 어른을 잘 모시는 것이 사람 사는 기본이다.”

부엌에서 전 부치는 소리가 들려온다.

세준은 꼬나문 물부리에 성냥을 그어 불을 당긴다. 두어 번 뻑뻑 빨아 연기를 깊이 들이켜서 연기를 후우 내뿜는다. 반가부좌半跏趺坐를 틀고 앉은 채 말을 이어 나갔다.

“망자에게는 죽는 날이 생일이라. 이승에서는 죽어서 기일忌日이라 하나 저승에서는 새로 태어난 날로 생일인지라, 제사는 망자의 생일 잔치이니라. 제삿날 애통할 일도, 슬퍼할 일도 아니다. 슬퍼할 일은 재최齋縗 3년으로 끝냈으니 그것으로 족하느니라. 단지 생과 사가 갈린 명유明幽를 달리했을 뿐이지 혼령은 살아계시니, 이를 모시고 자식 된 도리로서 살아생전에 못 다한 효도를 해 드리는 것이 제사인지라. 세상에 나서 부모의 공덕만 한 은혜가 어디 있겠느냐. 이것을 잊으면 안 된다. 사람이 짐승하고 다른 것이 뭐가 있겠느냐, 사람은 효도를 한다는 것이다. 하물며 저 어쭙잖은 까마귀 새끼도 훗날 커서 어미에게 벌레를 물어다 줌으로써 길러 준 일에 보답할 줄 안다고 하지 않느냐. 이 하찮은 날짐승도 은혜를 갚는다는데, 어찌 사람 된 도리로서 자식이 부모를 섬기지 않을 수 있겠느냐 그 말이다."

세준은 콧등을 높이 치켜들고, 말을 할 적마다 버선코처럼 오뚝 돋은 목젖이 오르내린다. 준오는 꼴깍거리는 백부의 목젖을 줄곧 바라보며 개구리가 노는 것 같다고 생각하였다.

"말이 잠시 옆으로 샌다만, 이 까마귀 새끼의 반포反哺의 보은報恩 이야기는 잘못 전해진 것인 기라. 나이 든 어미 새가 먹으려고 입에 넣은 벌레를 다 키워 놓은 새끼란 놈이 뎀벼들어 뺏아 먹는 것을 선인先人들이 잘못 본 기라. 알고 보면 까마구란 놈은 결국에 부모의 은공도 모르는 숭칙한 조수鳥獸에 지나지 않는단 말이다."

마침 그때 형선이 마루를 지난다. 그녀는 안성 강우준의 딸아이다.

"니 마침 잘 왔다. 거기 잠시 앉아 봐라. 말 나온 김에 니도 같이 들어 두어야겠다."

세준은 고녀高女 중급반에 다니고 있는 조카딸의 불어난 몸을 그윽이 건너다보면서 '오래잖아 시집보낼 때가 되겠구나' 하고 생각했다.

"뒷날 니 애비 제사 때는 니가 모셔야 한다이. 니 집에는 아들 손이 없으니. 사위는 참례만 할 뿐이지 제관祭官이 될 수가 없다. 제사는 핏줄이 닿는 사람이 모시는 기라. 니가 사내를 낳으면 가아가 제주祭主가 되어 외조부 제사를 이어받아야 한다이. 조손간에 끈끈이 이어지는 것이 바로 이 혈연이라는 것이니라. 사위는 만년객萬年客이다이. 알아듣겠느냐?"

"예에."

"니 큰어미한테서 제수祭需 차림이며 제의祭儀절차를 잘 배우도록 하거라이. 시댁에서 제사 모시는 며느리의 범절을 보면 니 친정의 집안 됨됨이를 아느니라. 혹시라도 이쪽을 욕보이게 하는 일을 짓지 않도록 명념하거라. 어서 부엌에 가 보거라."

형선은 고개를 숙여 가볍게 절을 하고 물러났다.

"부모가 있고 자식이 있어 그 근본을 기리는 것이 제사라. 이 보본의식報本儀式에는 법도가 있느니라. 법도를 지키는 가풍에서 풍교 받은 자식은 커서 효를 지킬 줄 안다. … 규의 이야기를 하다 보니 말이 길어졌다. 그럴 리야 없지만 너거들이 만에 하나 규의 본을 볼까 보아서 한 말이니라. 그놈은 강가 핏줄이 아니라 생각하고, 아예 상종을 말아야 할 아이다."

세준은 일어나 잠시 뒷간으로 간다.

어른이 자리를 비운 사이 청수는 피 묻은 태극기를 반듯하게 접어놓았다.

"빈주먹 쥔 양민을 개돼지 쳐 잡듯이 이렇게 도륙할 수가 있겠소?

치가 다 떨리오."

청수는 주먹을 불끈 쥐고 형에게 들으라는 듯이 중얼거렸다. 젊은 피가 끓는다.

"왜 아니라 하겠노. 낸들 니 생각하고 다를 바 없다. 이 원수를 어이 갚아야 좋을꼬?"

"명색이 개명천지 법치국가에 이런 일이 있을 수 있소? 국력이 없다 보니 업신여겨서 그런 것 아니겠소. 나라의 힘을 길러 일제를 몰아내고 당한 만큼 보복해야 시원하겠소."

"어느 천 년에 무슨 힘을 어떻게 기른단 말고? 다 부질없는 일이라."

"형님은 법을 공부하게 되었지만, 조선 천지 어디에 법이 제대로 서 있기나 합디까? 일제가 법이란 것을 쥐락펴락 몽둥이 부리듯 마음대로 휘두르고 있으니 … 나는 과학을 공부할 거요. 과학의 힘으로 산업을 일으켜서 실력을 쌓아야 하오."

"니 생각은 맞다마는, 그게 그렇게 수울케 이루어질 일가?"

"먼저 사람들 생각이 바뀌어야 할 것이오. 제사 모시고 부모에게 효도 바치는 일만 일이고, 당장 살아가야 할 일은 어떻게 해 보자는 방법이 없고 그러니 어떻게 해 보겠다는 생각도 없지 않소. 유가儒家의 사회에는 산업정책이란 것이 없지 않소. 돌아가신 조상의 음덕을 기다린다는 것은 미신적 사고일 뿐이요."

"그것은 효를 강조하는 이야기고 … 자식 된 도리로서 부모에게 효도하는 것이 당연한 일이 아니겠는가. 제사도 그런 효의 한 부분이 아니겠느냐."

"부모를 공경하는 도리를 탓하는 것이 아니라, 세상은 바뀌었는데

시대에 맞지 않는 제사 형식만 고집하다가 어느 세월에 나라의 힘을 기르겠소? 미국이란 강대국이 풍요하게 잘사는 것은 과학문명이 발달한 결과가 아니겠소? 그들이 제사를 모신다는 이야기는 듣지도 보지도 못했소."

"종교는 과학 너머에 있다. 과학으로 설명할 수도 없다. 우리가 전래 의식을 지켜 질서를 잘 유지하는 것은, 결국 사람 사는 사회의 기본을 다지는 일이다. 우리가 사는 사회에 상하의 질서, 부모자식간의 질서가 무너지면 사회의 기본이 무너지는 일이 아니겠나. 이것이 다시 말해 효를 숭상하는 일이 우리 조선 사람들한테는 법보다 더 중요한 가치관이다."

"내 말은 미국 사람들은, 제사를 안 모셔도 다시 말해서 조상의 음덕 없이도 잘살고 있단 말이오. 우리는 모든 가치를 유교에만 끌어매고 매달려 있다가 나라마저 빼앗긴 것이 아니겠소?"

장오는 동생의 말이 마음에 안 차서 앙앙불락이다.

"조상의 음덕이 없다고야 말할 수 없지. 그 미국 사람들이 잘사는 것은 조상이 미국 대륙이란 좋은 터를 잡아준 덕이지. 다시 말해서 풍수를 잘 고른 덕분이라 할 수 있지. 끝없이 광대한 땅에 무슨 농사를 지어도 잘 자라 먹고도 남을 만큼 수확을 거두어들이지 않느냐? 우리야 이 좁고 척박한 땅에 목을 매고 아등바등 니 것 내 것 따지고 살아왔으니 … 조상의 음덕을 기댈 수밖에 없지."

"내 생각에 제사는 간소화했으면 좋겠소. 조상을 모시는 뜻만 살리면 되지, 절차가 형식에 매여 현실에 맞지 않은 내용이 너무 많소. 사흘들이 제사상 차리다가 집안 거덜 나겠소."

"예는 바뀌는 것이 아니다. 제사를 모셔야 할 필요가 없다면 몰라도, 의례儀禮는 지켜 나가야 한다. 그것은 전통이다."

세준이 돌아와 착석했다.

"아암, 예는 지켜야 한다. 그런데 청수 니가 말하는 간소화라고 하는 것이 당장에 무슨 말을 하는 것고? 조상 모시기를 그리 허투루 생각할 수 있느냐?"

"제 말은 그런 뜻이 아니고 … 내용에 충실하되 형식에 치우칠 일은 아니라는 뜻에서 … 너무 의례가 까다로워서 시의에 맞게 … ."

세준은 벌컥했다.

"네 이놈! 감히 제사가 형식이라고? 오데서 그리 망령된 말을 함부로 하는고? 학교에서 신식으로 그리 가르치더냐? 아니면 니가 조상 모시기를 벌로(허투루) 생각해서냐? 어디서 배운 작탠고. 오데 한 번 더 들어보자!"

청수는 움찔했다.

세준은 요놈이 어른 앞에서 부룩소 덤비듯이 부룩부룩 되지도 않는 말대꾸를 하는 것이 괘씸하였다.

어른은 잠시 말을 아꼈다가 타일렀다.

"니는 우째 그리 생각이 짧노? 세상에 나서 키워 주신 부모의 공덕만 한 것이 어디 있겠느냐. 제사는 정성이다. 공을 디리는 일이다. 공 디리는 제의에는 다 법식이 있느니라. 조상을 서운케 하지 마라. 내 죽거든 너거들 마음대로 하거라. 나는 그리 못 한다!"

2. 역장 逆葬

"선산의 산소를 이장했던 이야기까지 마자 해야겠다. 작년(1940년)
가을 박학추朴鶴秋 의원이 날 찾아와서 이야기해 주어 알게 되었다."

박 의원이, 중리中里 내서면장의 집에 올라가 노모의 병환을 침으로
다스리다가 면장으로부터 들은 이야기를 세준에게 들려주었다.

박학추 의원은 작고한 박구제 의원의 아들로서 제생당의 대를 이어
가고 있었다.

"세준이, 갓골을 뚫고 신작로가 난다 카제? 선산이 무사하겠는가?"

염려스러운 얼굴로 말한다.

"산을 깎아 길을 튼다 카는 말은 들었네마는, 설마 넘우 산소를 건
디리기야 하겠는가? 길이 돌아가야지, 산소를 옮길 수야 없는 일 아인
가. 별일 없을 기라 칸께. 생각해 보게, 저거들도 사람이모 조상은 있
을 거 아인가배."

말은 그렇게 하면서도 세준은 속으로 꺼림칙했다.

'일본 애들이 철도를 내네 길을 닦네 해서 빨간 말뚝만 한 번 박으면
논밭이고 집이고 여칙 없이 파 헤쳐 버리께….'

얼마 전 삼각다리 측량기를 둘러메고 도리우치(헌팅캡) 모자를 쓴
기사가 안성 골짜기 쪽으로 가는 모습을 보았다.

세준은 산소에 가 보기로 했다.

안 골짜기의 물을 막아 만든 저수지에서 흘러내리는 개천을 건너 갓

골 어귀로 다가가자, 빨간 깃발을 단 막대기가 두 줄로 늘어서서 선산을 넘어가는 것이 보였다. 그 늘어선 막대기들 사이로 산소가 층층이 앉아 있었다. 묘토를 지키고 있는 사방 우거진 금양임야禁養林野 속에 해묵어 구부정한 소나무들이 산소를 내려다보고 있었다.

"어허! 이기이 무슨 수작인고?"

세준은 숨이 턱 막혔다.

'산소를 파헤친다!'

청천벽력 같은 소리였다. 그러고 보니 과연 갓골로 올라가는 비탈길 입구에 팻말이 눈에 띄었다. 가을 잠자리가 막대기 끝에 앉아 고개를 갸웃거리며 볕을 쬐고 있었다.

세준은 팻말에 다가가서 두루마기 자락을 걷고 구부려서 일본말로 된 공고내용을 한 자 한 자 짚어 가며 읽어 나갔다.

이장移葬 공고公告

하기下記 공사工事에 의거依據해서 산기슭山脚을 절개切開하게 되었으므로 분묘墳墓 연고자緣故者는 산개散開한 분묘를 철거撤去 이장할 것을 명命함.

- 공사명工事名: 회성-칠원 간 지방도로地方道路 개통開通 〔활개闊開〕
- 공사기간工事期間: 소화昭和 15년 10월~소화 16년 3월
- 이장기간移葬期間: 소화 15년 10월 1일~10월 30일

창원군수昌原郡守 백白

"허허어, 묘를 파 가라고? 네 이놈들, 천지개벽이 나 봐라 끄떡이나 하는지. 택도 없다 택도 없어. 내 눈에 흙을 퍼 넣고 마음대로 해라!"

세준은 팻말의 말목을 뽑아 냇물에 던져 버렸다.

어떻게 해서든지 공사를 막아서 산소를 지켜야겠다고 다짐했다. 그래서 안성의 우준 동생에게 일러서 공사가 시작되면 즉시 연락을 주도록 해 두었다.

돌아오는 길에 면사무소에 들러 면장을 만났다. 배가 나오고 둥근 얼굴을 한 면장은 관내 가을걷이의 공출관계 서류를 멀리 쥐고 눈을 찌푸린 채 훑어보고 있었다.

"안녕하시오, 면장 양반!"

세준은 중리 사람인 면장을 전에부터 잘 알고 지내는 사이였다.

"어서 오시오. 그래 건강은 여전하시고요? 신수가 좋아 보입니다."

면장은 나무 의자를 내밀면서 세준을 맞았다.

"얼마나 바쁘시오? 내 오늘 찾아온 것은, 우리 문중의 산소를 이장하라고 해서 의논차 왔소이다. 이것이 도대체 말이 되기나 한 소리요?"

"중리에서 칠원 가는 신작로 공사 말입니까? 그러고 보니까 댁의 선산이 그쪽에 있었군요."

면장은 애써 외면을 짓는다.

"그래, 아무리 길이 중하기로서니 남의 묏자리를 허물고 공사한다는 것이 말이 되기나 할 법이요? 그러니 면장이 나서서 공사를 변경시켜 주시오."

"그렇기는 하오만, 워낙이 총독부 공사가 돼 나서."

"아니오. 군청에서 벌이는 공사요."

"공고는 군수 이름으로 났지만, 다 총독부 재가받고 하는 일이라 … 총독부에서 일단 말뚝을 박았다 하면 빼도 박도 못 하는 거 잘 알지 않소? 말이 통해야 말을 해 보지."

"그런 법이 어디 있소? 자기들은 애비 에미 조상도 없는가? 어찌 조상을 둔 사람들이 남의 선산의 묘를 파헤쳐라 할 수가 있소?"

면장은 남의 일에 말려들기 싫어하는 눈치가 역력했다. 세준은 면장하고는 일이 안 되겠다 싶어서 자리를 박차고 일어섰다.

'도청으로 가 봐야겠다. 그렇다. 김재우를 찾아가 부탁하자.'

김재우는 경남도청 산업국장으로 있었다. 그는 원래 중리 사람으로, 일찍이 조부가 아전으로 지내던 집안의 자식이었다. 마침 김 국장의 아들 태수가 장오와는 학교를 같이 다녔고 동경에 가서도 한방을 같이 쓰기로 되어 있어서, 김 국장과는 피차에 알 만한 처지이니 세준은 일단 부산으로 가 보기로 하였다.

목탄차 버스는 타작을 하느라고 한창 탈곡기 소리가 요란한 김해평야를 지나 구포다리를 넘어서 부산으로 들어섰다.

서면 차부에 내려서 따가운 가을볕 속에 도청까지 걸어서 찾아갔다. 육중한 현관 유리문을 밀치고 복도로 들어서서 두리번거리며 이마에 밴 땀을 모자로 부채 삼아 저으며 산업국을 찾아 들어갔다.

학교 교복을 입은 급사 아이가 주전자를 들고 지나다가 웬일로 오셨냐고 묻는다.

"김재우 씨를 만나러 왔다. 어디 계신고?"

아이는 세준의 아래위를 훑어보더니 대답했다.

"지금 안 기십니더."

"없다이. 어디 갔는고?"

"경성 출장 갔십니더."

"출장을 갔다아? 언제 오제?"

"잘 모르겠십니더."

"그렇다면 떠나기는 언제 떠났는고?"

"오올(오늘) 아침에요."

"만나보기는 틀렸구나. 할 수 없지, 몇 자 적어 간찰簡札을 남기고 돌아가는 수밖에."

그는 아이에게서 종이와 연필을 얻어 급사의 책상에 앉아서 청원 내용을 또박또박 적어 나갔다.

신작로 공사로 인하여 선산의 조상 묘가 폐묘 당할 처지에 있다는 것과 공사 주무부처는 창원군청인 듯하니 군수에게 일러서 공사를 변경하도록 지시해서 선처해 주기 바란다는 내용이었다.

종이를 접어서 봉투에 넣고 침을 발라 봉했다.

"야야아! 이거 김재우 국장 오시거든 건네주거라, 강세준이가 전하는 것이라고."

세준은 오후 차로 돌아가기에는 너무 늦어서 여관에서 하루를 묵고 다음 날 아침 목탄차로 집으로 돌아왔다.

김재우한테서는 아무런 연락이 없었다.

'편지 부탁 내용대로 일이 잘 처리되고 있는지. 고향 마을 일인데, 김재우가 강세준의 부탁을 감히 깔아뭉갤 수는 없는 일이지. 궁금하지만 기다려 보는 수밖에 도리가 없지 않나. 이 강세준이가 모처럼 드린 부탁을 김재우가 설마 모른 척할 리야 없을 기다.'

9월이 다 가고 10월로 접어들었다. 공사는 10월 초하룻날부터라고 했다. 안성 우준 동생한테서도 아무 기별이 없어 궁금하여 직접 올라가 보았더니 노가다 꾼들이 막 곡괭이질을 시작하고 있었다.

세준은 숨이 턱 막혔다.

"이놈들, 네 이놈들아! 이기이 머슨 짓들이고? 넘우 산소는 우짤라 카는 것고?"

노인은 고함을 질렀으나 일꾼들은 힐끗 노인에게 눈길을 한 번 주고는 계속해서 곡괭이로 땅을 내려찍는다. 그래서 세준은 곡괭이를 쥔 장정 놈의 팔목을 휘어잡았다.

"와 이카노, 이 영감탱이가!"

노가다는 세준을 밀쳐 버리고 작업을 계속했다. 세준은 저만치 나자빠졌다가 일어나서 다시 다가갔다.

"저리 몬 가겠나, 이 놈우 영감탱이! 머 산소라꼬? 오냐, 니 혼자만 조상 음덕으로 멩덕明德도 하다, 자알났다! 산소고 나발이고, 말뚝 박고 공사하는 일에 웬 지랄이고. 저리 비키라!"

또 확 밀어 버렸다.

세준은 다시 땅바닥에 내질러졌다. 갓 테는 찌그러지고, 끈이 풀려서 벗겨져 버렸다. 흙 묻은 두루마기는 찢어져 너덜거렸다. 망건을 고쳐 쓴 채 다시 일어나 이번에는 쫓아가서 노가다의 등을 와락 밀어 버렸다. 장정은 파 놓은 구덩이에 빠졌다.

"이기이 환장을 했나아, 일하는 사람을 와 미노?"

그때 일본인 현장 공사감독이 나타났다. 당꼬바지(니코보코)를 입고 도리우치를 눌러썼다.

"뭐 하는 영감이야?"

세준은 이번에는 공사감독에게 삿대질을 해댔다.

"벼락을 맞아 급살헐 놈들! 길을 낼라거든 돌아가거라, 여게는 안 된다!"

공사감독은 어이가 없다는 듯이 말했다.

"왜 관청에서 정한 공사를 방해하고 있어? 저리 비켜!"

세준은 양팔을 벌리고 일꾼이 곡괭이질로 땅을 파고 있는 앞쪽을 막아섰다.

"비키라니까, 저리 비키지 못해!"

감독이 노인을 와락 밀어 버렸다. 세준은 넘어졌다. 양팔을 벌리고 땅바닥에 아예 큰대자로 드러누웠다.

"오냐, 이놈들아. 내로 타넘고 가거라! 나는 몬 일어난다!"

그때 메마른 폭발음이 산 위에서 들려왔다.

쾅!

세준은 깜짝 놀라서 간이 콩알만 해졌다.

"아이쿠 귀청이야! 웬 대앙꼬(대완구) 소린고?"

동그랗게 눈을 크게 뜨고 산소를 올려다보았다. 묘터 바로 아래 있던 큰 바위가 둘로 쩍 갈라져 있고, 아직도 먼지와 화약 연기가 자욱했다.

"끌어내라!"

감독은 일꾼들에게 지시했다.

세준은 일꾼들에 질질 끌려서 주재소로 갔다. 버둥질을 쳤으나 노인은 그들의 완력을 도저히 이겨낼 수 없었다.

"이 영감이 도로 공사를 방해하고 난동을 부려서 공사를 진행할 수가 없소. 인계하오."

감독이 헌병경찰에게 말하고 돌아갔다. 번쩍이는 군도를 찬 헌병은 세준을 노려보며 물었다.

"왜 공사를 방해하고 있어?"

"조상 묘를 파헤치니 어찌 그냥 두고 보겠소?"

"이장 공고도 못 봤어?"

"보았소."

"그러면 그대로 이장하면 되잖는가?"

"이장이라니, 어찌 조상에게 욕을 뵌단 말이오. 이장할 수 없소."

"뭐라고? 이장을 못 하겠다고? 공고를 했는데도 관청공사를 고의로 방해하겠다? 당장 유치장에 쳐 넣어 버리겠다."

헌병은 칼집을 잘그락거리며 벌떡 일어섰다. 헌병은 움찔하고 몸을 웅크린 노인의 팔을 잡고 유치장으로 끌고 갔다.

"이 팔 놔라, 이놈아! 너희는 조상도 없고 산소도 없는 놈들가?"

헌병은 세준을 유치장에 밀어 넣고 찰칵 자물쇠를 잠가 버렸다.

"무덤을 지키고 싶거든 옮기면 된다. 공사 방해는 용서할 수 없다!"

세준은 장오, 청수와 준오 등 아이들에게 갓골 선산의 증조부 내외분의 묘 두 기와 조부 내외분 묘 두 기의 이장 경위를 설명했다.

"이래서 내가 출소하고 본께 이미 산은 깎이고 신작로는 나 버렸고, 안성 우준이 동상이 부랴부랴 조상 묘를 옮긴 곳이 노룻골 산소다. 풍수도 지대로 살필 겨를도 없이 … 내가 끝내 묘 터를 지켜내지 못한 것이 천추의 한이 된다."

노인은 치를 떤다.

"육시랄 놈의 공사감독! 지 애비 묘를 파헤쳐서 부관참시剖棺斬屍할 놈의 손!"

그런데 우준이 급히 서둘러 이장한 묏자리는 역장逆葬이 되어 있었다. 세준의 부 운재의 묘가 선대 어른 조부의 묘보다 윗자리에 모셔져 있었다.

"허허 이 일을 우째야 옳을꼬? 유택에 계신 조부님께서 얼매나 마음이 편찮으실꼬. 조상 음덕 보기는 틀렸다. 요새는 통 꿈자리가 상그럽다. 언제 무슨 일이 생길지 그기이 늘 걱정이다."

세준은 탄식하였다.

"그렇다면 조부님의 묘를 징조부님의 묘 아래로 이장하시면 될 것 아니겠습니까?"

청수가 건의했다.

"안 될 일이다, 또 파묘破墓라니. 조부님을 두 번 욕 뵈일 수는 없는 일이다. 대신에 우리가 살아가면서 근신하는 수밖에 없다."

세준은 다시 개장改葬한다는 일은 반대하고, 차라리 걱정거리를 떠안고 가려 했다.

3. 북으로 간다

곽상수郭相洙는 어려서 부모를 급살로 여의고 한때 창원에서 방앗간 집 일꾼으로 자랐다. 일찍이 아버지가 염병에 걸려 고열로 신음하다가 죽고 나서 얼마 되지 않아 어머니도 잔칫집 돼지고기를 잘못 먹었는지, 산나물을 잘못 캐어 먹었는지 토사곽란을 하다가 죽었다.

나이 열네 살 때였다.

사고무친四顧無親으로 오갈 데 없는 신세가 되었는데, 어머니가 생전에 드나들며 품삯 받고 부엌일 봐 주던 방앗간 주인의 아낙 의령댁이 상수를 불러다가 방앗간 일을 도우며 먹고 지내도록 했다.

방앗간 주인 조점식趙点植도 의령댁에게 상수 칭찬을 하였다.

"자아가 배운 거는 없어도 원캉 부지런한 데다 눈살미가 있고 영악해서 어지간한 일은 맽기도 혼자서 잘 치라 낸다 말이오. 어린 나이에도 머슴 하나 몫은 너끈하이 해 내는구려."

그 무렵 상수는 저녁을 먹고 나면 읍내에 새로 생긴 야학에 다니기 시작하였다. 조선어 읽기와 쓰기도 익히고 산수도 배우고 짬짬이 공민公民도 배웠다.

선생은 동경서 대학 공부를 마친 청년이었는데, 별로 다른 직업은 없는 사람이었다.

막 모심기가 끝난 무논에서 개구리 우는 소리가 교실 창 너머로 들려왔다.

가갸 거겨 가갸 거겨 … 개골 개골 … .

개구리들도 지지 않고 학동들을 따라 한글을 익히고 있었다.

최규 선생은 언제나 더부룩한 머리칼에 바싹 마른 체구였는데 교실 햇불 아래서 눈빛이 날카롭게 반짝이는 젊은이였다.

'선생님이 학생들 한 사람 한 사람을 둘러볼 때는 미친 사람 눈알처럼 희번덕희번덕 빛을 낸다니까' 하고 상수는 마음속으로 생각했다. 자신이 선생의 눈과 마주치면 파란빛이 이는 것 같았다.

상수는 저렇게 자기 일에 열심인 선생에 마음이 끌렸다. 자신의 처지를 털어놓고 의논하여도 잘 받아줄 것 같은 친근감이 들었다.

하루는 최규 선생이 상수를 불러 따로 말했다.

"오늘로 조선어 읽기를 다 끝냈으니 내가 딴 책을 줄 테니까 열심히 마치도록 해 봐라."

선생은 상급반용 책을 건네주었다.

상수는 반에서 학업 진도가 단연 뛰어났다. 자기보다 나이가 위거나 아래인 학생들 간에 그 누구도 상수를 따라오지 못했다. 그들이 겨우 '기역 니은 디귿 … 히읗'을 손가락으로 짚어 가며 떠듬떠듬 익히고 있는데, 상수는 방앗간에 돌아가서 밤을 새우다시피 복습하여 앞서나갔다. 그렇게 하는 데에는 최규 선생의 조언이 한창 커 가는 상수에게 큰 영향을 주었다.

"너는 돈이 없어 학교를 못 다녔을 뿐이지 머리가 없어 공부를 못하는 것은 아니다. 그러니까 너도 공부를 열심히 하면 남과 같이 잘 될 수가 있다 그 말이다. 글을 알면 세상 돌아가는 물미를 깨우칠 수 있게 된다. 그리되면 너가 무엇을 해야 할 것인가를 너 스스로 알게 된다. 내 일은 내가 알아서 챙겨야만 남의 밑에서 벗어나는 길이다. 세상에 독학으로 공부해서 성공한 사람도 많다. 미국에 링컨 대통령은 책 살 돈이 없어 남의 책을 빌려다가 혼자 공부했는데, 통나무집에 빗물이 새서 책을 버리기도 했지. 책 주인에게 찾아가서 잘못을 이야기하고 대신 자기가 할 수 있는 일을 시켜 주면 그로써 갚겠다고 해서 사람들을 감동시킨 일이 있다. 나중에 커서 대통령이 되었단다."

상수가 물었다.

"대통령은 머 하는 긴데요?"

"대통령이란 말하자면 옛날로 치면 나라의 임금 같은 자린데, 인자는 그런 나라가 임금의 나라가 아니고 인민의 나라다 말이다. 그래서 나라의 주인이 인민들이란 말이다. 그런 나라에서는 백성들이 대표를 뽑아서 앉힌 사람이 다스린다. 왕은 왕 자신을 위해서 나라를 다스리지만, 그렇게 뽑힌 사람들은 인민을 위해서 나라를 다스린다."

"그라모 그런 나라에는 양반 같은 거는 없는 세상인가요?"

"그렇다. 바로 그런 나라에 사는 사람들은 서로가 다 같은 동무 사이다. 양반도 거지도 없이 똑같이 잘사는 세상이다. 우리나라도 인자 그런 세상이 올 것이다. 일본놈만 물리치고 몰아내기만 하면 …. 너도 열심히 공부해서 어서 그런 세상이 오도록 같이 도와야 한다. 인민들이 같이 일하고 같이 농사지어서 그 소출을 똑같이 나누어 가지는 공평한 세상 말이다. 그런 나라는 러시아란 나라가 만들어 가고 있다. 우리도 위대한 러시아의 10월 혁명을 본받아 지주를 몰아내고 노동자 농민의 사회주의 건설을 향해 매진해 나가야 한다."

상수는 규 선생의 이야기 가운데 어려운 말은 이해를 못 했지만 일하는 사람들이 일한 만큼 서로 똑같이 나누어 가진다는 말은 옳은 이야기라고 생각했다.

'정말 그런 세상이 있었구나. 러시아 혁명이라. 나도 열심히 공부해서 어서 그런 세상을 만드는 일을 하고 싶다' 하고 다짐했다.

상수는 교실바닥을 싸리비로 쓸고 있는 끈님을 건너다보았다. 땋아 내린 까만 머리채를 한쪽 목덜미에 드리우고 하얀 저고리에 까만 치마를 입고 있었다. 그녀는 힐끗 상수를 쳐다보고는 얼른 고개를 돌리고 빗질을 계속했다.

끈님은 야학에 매일같이 새 옷을 갈아입고 나왔다.

"야핵교가 머 하는 덴데, 니는 초여름에 새 적삼을 매일같이 갈아입고 댕기 쌓노? 땀이 차서 우째 감당을 할라 카노?"

모친이 잔소리를 한다.

"빨래하고 풀 믹이기도 안 기찮은가배?"

"야핵교는 공부하는 데라예. 밭일 농사하고는 딴 기라요. 공부로 배울라 카모 몸도 맴도 칼 겉게 해야 정신도 맑애진다 말이요."

끈님이 대꾸한다.

"앗따 정승 나겠다 정승 나겠어! 잘난 딸 자석 하나 두었더이 …."

어미가 하는 말을 고분고분 담지 않고 튕겨내는 딸의 말투에 적이 심사가 틀린다.

'저것이 애비 없이 컸다고 혼자 사는 어미 말을 우습게 듣는가 ….'

상수는 최 선생이 넘겨주는 책을 받아 옆구리에 끼고 교실 밖으로 나왔다. 달이 휘영청 중천에 떠서 길을 비쳐 주고 있었다.

개구리가 논에서 복습을 하느라고 개굴개굴 목청을 돋우어서 서로 질세라 떠들고 있었다. 상수는 발길에 걸린 돌을 논으로 차 넣었다.

풍덩 소리에 놀라 개구리 울음소리는 일제히 멎었다.

그는 동네 입구 서낭당 옆에 가지를 벌리고 서 있는 느티나무 아래까지 와서 그늘로 들어섰다.

"선상님하고 머슨 이약이 그리 길었는고?"

나무 뒤에 끈님이 몸을 숨기고 있었다.

"어엉, 좋은 세상 만들기 … 다 같이 잘사는 세상 말이다."

상수의 몸에서는 방앗간 일로 땀에 전 군내가 났다.

"세상에 오데 그런 좋은 나라가 있기나 하든가?"

"만들모 된다 카이. 있는 놈들을 몰아내고 재산을 뺏어서 노나한다 말이다 …."

공산주의 사회는 상수의 머릿속에서 그려진 이상적인 세상이었다. '만들면 된다. 러시아라 하는 나라가 그런 나라라고 한다.'

"울 오매가 날보고 시집가라꼬 야단이다. 둘이서 밥 묵고 살기도 어렵운데, 근구 하나 줄여서 입을 덜끼라꼬 입만 벌렸다 카모 시집 이야기다. 우애야 될꼬?"

"중신 자리가 났는가배?"

"아이라 칸께. 말이 그렇다는 기지."

"그렇게 당장은 아이지만, 좋은 자리 나오면 당장 시집보내겠다 그 소리네."

끈님은 제 머리통 하나보다 더 큰 상수를 올려다본다.

"내하고 고마 도망갈까? 먼 데로 … ."

상수는 끈님의 손목을 잡으며 그녀의 얼굴을 들여다본다.

그녀는 손을 빼며 대답한다.

"둘 다 어린 기이 같이 가모 오데로 간단 말고? 내가 답답해서 해 본 소리지. 시집은 머슨 시집고, 아즉 멀었다."

"그라모 와 내 복장 디집어지거로 그런 말을 대놓고 해 쌓노?"

"내 시집 소리 들으모 심장이 그리 상하나?"

"쪼끔만 기다리라이. 나도 때가 오모 니부터 찾을 기라이."

"그기이 운제 오는데?"

"곧 올 끼다."

상수는 끈님의 손목을 와락 힘주어 쥔다.

최규 선생은 상수에게 시간 나는 대로 사회주의 사상에 관한 이야기를 들려주었다.

"가진 자는 없는 자에게 가진 것을 나누어 주어야 한다. 왜냐하면 그들이 가진 것은 못 가진 자들로부터 빼앗아 간 것이기 때문이다. 가난한 자가 못 가지게 된 것은 빼앗겼기 때문이다."

상수는 방앗간 곳간에 높이 쌓여 있는 쌀가마니를 생각했다.

'다른 집에서는 쌀뒤주가 바닥이 나서 끼니를 걱정하는데, 어떻게 주인집 곳간에만 쌀이 쌓여 있는 것일까? 최 선생은 그것을 나누어 가져야 한다고 말하고 있다. 맞다!'

하루는 야학을 마치고 같이 집으로 돌아오는 길에 최 선생이 상수에게 말했다.

"우리가 지금 가진 것을 수탈당하는 것은 일차적으로는 일제의 식민 자본주의 때문이다. 우리는 그들의 지배로부터 독립하여야 한다. 우리는 군대도 무기도 없다. 그러니까 동지를 규합하여 지하에 숨어서 끊임없이 독립을 찾기 위한 저항을 전개해야 한다. 결정적인 순간이 오면 들고일어나서 우리 손으로 사회주의 사회를 건설하는 것이다!"

상수는 선생 말이 옳다고 생각하면서 어둠 속에서 머리를 끄덕였다.

"나는 너를 우리의 조직원 동지라고 여긴다. 우리의 조직은 … 아직 너한테 이야기하기는 이르다. 너가 더 큰 다음에 이야기해 주마."

최 선생은 안주머니를 뒤지더니 접혀 있는 헝겊을 내놓았다.

"이것은 우리나라 태극기다. 너한테 준다. 깊이 지니고, 항상 나라의 독립을 염원하는 표상으로 삼거라."

최 선생은 사회주의 이념 서적을 상수에게 권할 때마다 매번 한 단계씩 높은 수준의 책을 읽도록 빌려주었다. 그리고 반짝이는 눈으로 상수를 쳐다보며 알아듣기 어려운 말을 중얼거렸다.

"일체의 현실적 혁명은 종이 위에서 출발한다. 열심히 읽어 봐라."

지상혁명론을 말하는 그의 눈은 빛나고 있었다. 상수는 그것을 정독하였다. 그리고 얼마 후 최규는 상수를 불러 놓고 까만 보자기를 건네주면서 말했다.

"이 책들은 너가 보관하거라. 잘 보관해야 한다. 우리 집에는 더 이상 둘 수가 없게 되었다. 남에게 들키면 큰일 나는 책들이다. 깊이 간수하거라. 너도 다음에 더 배워서 한 권씩 천천히 읽어 보거라."

보자기는 매듭이 단단히 묶여 있었다.

1930년대 중반 무렵 브나로드 운동과 문자보급 운동이 전국적으로 전개되었다. 출발은 농촌계몽운동으로 시작되었다. 전국의 문맹퇴치 운동을 전개하면서 계몽운동과 문화운동을 병행하여 전개했다. 그러나 회를 거듭할수록 일제의 식민통치에 저항하는 사상에 눈을 뜨게 되면서 거국적 민족자강 운동으로 발전했다. 거기다가 급진적 혁명사상의 계몽과 선전이 보급되어 농촌을 근간으로 하는 사회주의적 급진주의 사상이 뿌리를 내리고 있었다.

1935년 조선총독부는 경무국장의 명령으로 브나로드 운동을 중단시켰다.

야학도 문을 닫게 되고, 일체의 민중을 상대로 한 계몽운동은 중단되었다. 일제는 민족주의 단체들을 탄압하기 시작했다. 걸핏하면 그들을 치안유지법 위반자로 몰아 검거하기에 이르렀다. 젊은 지식인들이 중심이 되어 지하로 숨어들어 불법 독서회 등 비밀결사를 조직하여 은밀하게 모임을 계속했다.

야학이 문을 닫을 무렵, 최규 선생은 사라졌다.

경무국 특고特高에서 전국적으로 뿌리를 내리고 있는 공산주의 조직을 뿌리 뽑는다는 지령이 내려와 경찰서 사상계 담당이 야학으로 찾아와서 최 선생의 책상서랍을 뒤지고 선반에 꽂힌 책들을 살피며 법석을 떨었다. 물론 최 선생의 집안도 구석구석 다 뒤졌다고 한다. 그래서 수상한 책들은 모조리 경찰서로 싣고 갔다.

'최규 선생은 블라디보스토크로 갔다'는 소식이 학생들 사이에 풍문으로 들려왔다.

상수는 차츰 정미소 일에 회의가 일었다.

주인집 기와지붕 처마 끝이 양반들 팔자수염처럼 뾰족하게 하늘로 치솟아 마치 아랫것들을 도도히 내려다보는 모습인데, 바로 코앞에 상민들의 초가집이 차마 황송해서 머리를 들지 못하고 조아리듯이 늘어서 있는 모습 … 눈꼴이 시었다.

방앗간 주인의 아들 조태구泰求는 상수보다 여남은 살 아래인데도 상수를 예사로 업신여겨 주인집 아들 행세를 한다.

"상수야, 홍말紅馬 태우도고."

상수는 못 이긴 척 아이 앞에 웅크리고 앉아 목말을 태워 준다. 어깨에 걸터앉은 어린 태구는 상수의 귀를 잡고 말고삐처럼 몬다.

"이랴, 이랴! 워어, 워어!"

상수는 은근히 부아가 치솟는다.

태구는 또 머슴 주제에 무슨 공부냐고 상수를 비아냥한다.

"야학교 댕기 봐야 배울 기 머 있다고. 호롱불 키고 밤늦가까지 공부한다고 벨 수 있나, 소학교에 가야 지대로 다 배우는 기지."

'그래 너는 팔자를 잘 타고나서 좋은 학교에 다닌다마는 … 너 힘으로 댕기는 줄 아느냐? 다 너 애비 덕이다, 이놈아!'

상수는 일부러 땅바닥에 나뒹굴었다. 아이는 패대기쳐졌다.

"으아앙!"

상수가 일어나서 아이를 안고 먼지를 털어 주는 척하며 힘주어 패 주었다.

집으로 돌아온 아이는 부모에게 전부 일러바쳤다. 조점식이 상수에게 야단을 쳤다.

"상수 이놈아! 아아를 그래 왈개 갖고 우짤라 카는 것고? 곱게 다루야지."

상수는 어느 틈엔가 없는 자의 편에 서서 세상을 바라보게 되었다.

방앗간에서 됫박질을 할 때에는 고봉으로 넉넉히 담아 올려놓고 대로 깎는 척 시능만 하고 그대로 남겨서 넉넉하게 인심을 쓴다.

'이것이 가진 자의 것을 없는 자에게 나누어 주는 방법이다. 까짓거, 이 정도는 있는 자에게는 아무것도 아이다. 그러나 없는 사람에게는 큰 적선積善이다.'

봄도 다 가기 전 바구니를 끼고 치마를 질질 끌고 집으로 돌아가는 끈님의 모친을 상수는 들녘에서 마주쳤다.

"끈님이 어머이 아입니꺼? 오데로 댕기오는 길입니꺼?"

그녀는 쑥스러워하며 송기를 벗기고 나물을 뜯어 채운 바구니를 뒤로 감춘다. 양식이 떨어져 피죽이라도 쑤어 먹으려고 하는 것이 죄나 되는 듯이 입가에 실소失笑를 흘리며 객쩍어 한다. 치마가 처져서 치렁치렁 땅에 닿는다. 고무신이 터졌는지 질질 끌린다. 궁기가 낀 얼굴이 부옇게 떴다. 웃음이 실실 샌다.

상수는 느닷없이 쌀 생각이 떠올랐다.

'쌀은 목숨이다. 주인한테는 재산에 지나지 않지만.'

그날 밤 상수는 정미소 고방에 보관 중인 쌀가마니를 헐어 반 가마를 퍼내어 포대기에 넣어 둘러메고 끈님이 집으로 갔다.

'쿵' 하고 마루에 내려놓고 말했다.

"모친요! 이거 쌀인데, 짧이 묵도록 하소."

노친네가 정지간에서 나오면서 쌀을 보고 눈을 크게 뜬다.

"아이고, 이 일이 머슨 일고? 오데서 난 쌀고?"

"가만히 있으소! 내가 내 묵을 거 내 몫을 미리 가아 왔소. 앞으로 그 집 밥을 내가 덜 묵으모 되요. 쌀이 요게 왔다는 거를 알모 내뿐만 아이라 어머이도 같이 다칠 기요. 입 다물고 조용히 있기나 하소. 내는 목구녕에 칼이 들어와도 말 않을 긴 께네."

돌아서서 나오는 상수의 소맷부리를 잡아당기며 그녀는 정말 괜찮겠느냐는 걱정스러운 표정으로 물었으나, 그는 호기 있게 뿌리치고 집을 나섰다.

다음 날 저녁 무렵 쌀이 빈 것을 주인 조점식이 발견했다.

그는 상수를 불러다가 꿇어앉히고 추달을 시작했다.

"쌀이 비었다. 우찌된 일고?"

상수는 묵묵부답이다.

"내가 묻고 안 있나. 와 답을 몬 하노?"

음성이 높아졌다. 조점식의 기름진 얼굴이 일그러진다.

"니놈이 훔쳤고나, 네 이놈!"

그래도 상수는 말이 없다.

"밖에 도둑 열은 막아도 안에 도둑 한 놈은 몬 막는다 카더이, 니놈이 바로 집 안 도둑일세."

부엌에 들어가 장작을 들고 나와 상수를 두들겨 패기 시작했다.

'퍽 퍽' 등짝이 장작 받는 소리가 둔탁하게 났다.

"이래도 몬 불꼬? 축나기 전에 얼른 찾아와야 할 거 아이가."

그래도 상수는 불지 않는다. 머리를 꼿꼿이 든 채 지그시 눈을 감고 있다가 한참 만에 입을 열었다.

"내가 일한 거만치 빼다 썼소."

"머가 우짜고 우째? 니 일한 몫이라고? 니 끼이 이 세상천지에 따로 오데 있었더노? 이놈아, 올 데 갈 데 없는 니놈을 멕이 주고 입히 주고 재워 줬더니 …. 내가 그동안에 도둑놈을 키운 줄을 몰랐구나!"

"내가 일한 거만치 안 주었지 않소? 내한테는 내가 노동한 거만치 받을 권리가 있단 말이오. 착취당한 거만치 내가 빼내어 썼소."

"어허어, 이놈 바라! 오데서 빨갱이들 하는 소리를 하고 있노? 그기 이 오데서 배운 말버릇고? 이노옴!"

등판을 다시 후려친다.

"이 도둑놈! 당장 파출소에 처넣어야겠다. 거게서 고문받고 불어 바라. 안 불고 배기겠는지. 이런 배은망덕한 호로오자석!"

상수는 머리를 향해 내려오는 장작을 두 손으로 받아 쥐었다. 주인은 열여덟 나이에 불과한 상수의 손아귀에 쥐인 장작을 빼낼 수가 없었다.

'허어, 이놈이 벌써 이리 컸구나!'

상수는 벌떡 일어나더니 제 방으로 달려갔다. 간단한 옷가지와 책 두어 권 등을 손에 잡히는 대로 챙겨서 보자기에 쌌다.

그리고 밖으로 나와 달아났다.

"저놈 잡아라! 도둑놈 잡아라!"

주인의 소리를 뒤로하고 상수는 그길로 조점식의 보리밭으로 달려갔다.

정강이 높이로 실히 자란 청보릿대를 모짝모짝 뽑기 시작했다.

"조가야 이놈! 머슴들 착취해서 이 보리 양석 니 혼자 다 챙길 거 아이가. 이거는 니한테 없어도 된다. 어차피 머슴들한테 몬 갈 거라면 몽창 뽑아뻬고 말아야지."

열 마지기나 되는 보리밭의 새 보리를 모조리 뽑아 버리고 나서, 상수는 한밤중에 무학산으로 올라갔다. 꼭대기에 올라서자 나뭇가지를 꺾은 꼬챙이에 태극기를 매달고 땅에 꽂았다.

그리고 두 손을 치켜들고 외쳤다.

"위대한 사회주의 동맹 소비에트 러시아 만세! 사회주의 만세! 만세! 만세!"

산 아래 펼쳐진 도회지의 야경을 내려다보면서 다음에 반드시 다시 찾아오겠다고 속으로 다짐하고, 북으로 달아났다.

최규 선생이 상수에게 장차 여기를 뜨게 될 일이 생기거든 찾아오라고 일러준 주소가 있다.

"노령 연해주 블라디보스토크 신한촌 개척리로 와서 마을의 안풍존安風尊 노인장을 찾아서 물어보면 내 거처를 가리켜 줄 것이다. 찾아오너라."

바닷가의 삶이란

1. 여승 女僧

　발동선은 거제도를 향해서 떠난다.

　장승포로 귀항하는 일환호日の丸號에는 선장 겸 기관장 한 명과 승객으로는 스무 살 넘어 보이는 장골이 한 명, 노파 두 사람이 타고 있었다. 노파 중 한 사람인 우렁쉥이 할멈은 선장의 모친이다.

　선장 춘성은 일본인 멸치잡이 권현망權現網 선단의 선원인데, 거제에서 잡아 가공한 건멸치를 운반선에 싣고 와서 마산 어시장 천일天日상회에 부리고 돌아가는 길에 손님을 태워 주었다.

　부두에는 통영 가는 기선이 '뚜웃! 뚜웃!' 하고 뱃고동을 울리고 있다. 고동은 흰 증기를 '찌익 찌익' 내뿜는다. 출발이 임박해서 승선을 마감하는 소리다.

　발동선이 닻을 올리고 막 떠날 즈음해서 여승 한 명이 걸망을 메고 가까스로 배에 올랐다.

선장은 기관실에서 시동을 걸었다.

통! 통! 통!

발동기는 하얀 뱃길을 열었다. 연통에서 가락지처럼 둥근 고리 모양의 연기를 뿜으면서 통통배는 물살을 가르고 초가을 바다 위를 미끄러져 나간다.

끼룩 끼룩!

갈매기가 두어 마리 뱃전에 붙었다.

"아이고, 춘생이 선장은 풋심(학질)이 걸리 갖고 와들와들 떨고 있다 아이가."

우렁쉥이 할매가 조타실을 돌아보고 아들 걱정을 하면서 미더덕 할매한테 말한다. 우렁쉥이 껍데기 오그라들 듯 낯바닥이 불그죽죽 쪼글쪼글하다.

선장은 금계랍金鷄蠟을 구해 먹었는데 약독이 올라 얼굴이 노래서 이불을 뒤집어쓴 채 조타操舵를 하고 있었다.

"지금 떠나모 얼매나 걸릴란고?"

바람에 날릴까 걱정이 되어 장을 본 대바구니, 소쿠리, 고리짝, 채묶음을 뱃전 옆으로 밀어놓고 얼굴이 미더덕 껍질같이 까무잡잡 우툴두툴한 노파가 말한다.

"넉넉잡고 두어 시간은 너머 걸린다 칸께."

우렁쉥이 할멈이 말한다. 허리가 많이 굽었다.

"오올(오늘)은 두 시간도 채 안 걸릴 끼요. 시방 물때가 여덟물 아인교, 여덟물."

상고머리에 굵은 팔뚝을 뱃전에 짚고 서서 아스라이 먼 수면 위에 떠 있는 연보랏빛 거제도를 바라보며 젊은 사내가 끼어들었다.

"그라모 해딴에는 갖다 대겠네."

통! 통! 통!

발동선은 쟁기질하듯 물살을 갈아엎으며 하얗게 바다를 갈라놓는다. 뱃길은 거품을 남기고 파도는 거품을 지운다.

쪽진 머리 풀어진 노친네들의 귀밑머리며 목덜미 잔털이 사뭇 바람에 뽑힐 듯이 날린다.

뼈대가 굵고 피부가 오지그릇 색으로 햇볕에 탄 젊은이는 가을 어장 한창 바쁜 철을 맞아 거제도 멸치어장에 일하러 떠나는 신태산辛泰山이다. 늦더위 값을 톡톡히 하는 초가을 불볕 햇살에 목덜미며 팔뚝이 졸아붙어서 따갑다.

배 뒷전 고물에 오도카니 앉아서, 하얀 이빨을 드러내고 으르렁거리며 따라오는 물살을 내려다보는 비구니는 얼굴에 아무 표정이 없다. 걸망을 벗어 옆에 풀어놓고 먹빛 물들인 무명 장삼의 옷자락을 바람에 펄럭이며, 날리지 않도록 밀짚모자를 한 손으로 비스듬히 쥐고 저녁 햇살을 가리고 있다.

명주 폭 한가운데에 가위를 넣어 베를 타듯이 배는 넓은 바다를 가르며 미끄러지고 있다. 해는 기울었다. 날빛은 서쪽 바다에 섰다. 눈이 부시다. 속세의 번뇌를 버린 스님은 얼굴을 찌푸렸다. 미간에 골이 진다.

"아이고, 아직도 시퍼런 낫살인데 … 시집갈 생각은 안 허고 … 아깝다."

미더덕 할매가 눈을 엇뜨고 여승을 쳐다보며 괜한 걱정을 해 준다. 말갛게 티 없이 고운 얼굴이었다.

"절에 묻혀 고마 세상 잊고 죄앵(조용)히 살라 캅니더."

신중은 미소를 띠며 노파의 말을 받았다.

"오데 절인교, 이름은요?"

우렁쉥이 할매의 묻는 말이 불어오는 바람에 반토막은 날려 버린다.

"정원靜圓이라 캅니더."

"고 나이에 부처님을 기둥서방 삼고 펭생을 살라 카는가배. 아즉도 청춘이 만 리 길인데 … ."

배가 부도를 지나 진해만 바다 한가운데로 나오자 파도가 높아졌다. 난바다에서 높은 파도가 밀려왔다. 뱃머리가 솟았다가 다시 내려박는 식으로 오르락내리락했다.

여승은 느지막이 급히 먹은 점심으로 속이 보깬다. 손으로 입을 가리고 울렁거리는 속을 달래다가 구역질을 시작했다. 마파람에 배는 옆으로도 기울어진다.

웨엑! 웨엑!

여승은 헛구역질로 도리질을 해대더니 기어코 목구멍에서 점심 먹은 음식물을 토해낸다. 두세 번 더 게워내어 토사물은 뱃바닥에 사발 엎어놓은 것처럼 봉을 이룬다.

"산에 살더마는 갯가에 내리오게 속이 왈랑거리는가배."

우렁쉥이 노파가 안됐다는 듯 말하고는 등을 토닥토닥 두드려 준다.

"갠찮나? 시님아!"

파도가 자서 좀 숙지근해지자 미더덕 할매가 우렁쉥이더러 장에 갔다가 들은 이야기를 들려준다.

"들어 보소. 양반들이 괴기 묵는 기 우리하고 닳더라 칸께. 웃쪽을 다 발가묵고 나서 젯가락으로 고대로 빼간지만 걷아 내고 아래쪽 살키를 파묵는 기라 카더라. 쌍시럽게 생선을 뒤비 묵는 기 아이라 카더라. 시상에 뒤비 묵으모 우떻고 발가 묵으모 우떻다고 … 아무따나 묵기만 하모 됐지, 양반이라 카는 기 깨깡시럽기는 … ."

기관실의 동력이 영 시원찮다.

텅! 텅! 터렁! 터러렁!

갑자기 모터가 가쁜 숨을 몰아쉬더니 시커먼 연기를 자아올리고 시름시름 배가 멈추어 선다. 바람에 밀리는 연소가 덜된 기름 냄새가 역하다.

스르릉 스르릉.

발동이 해수咳嗽 끓는 소리를 내더니 아예 숨이 넘어가고 말았다.

뱃사람들한테는 뱃길에 여자를 태우는 것이 금기로 되어 내려왔다. 여자는 방정맞은 데다가 달거리를 하니까 용왕의 부정을 탄다고 믿었다. 선장은 모친을 태우느라고 여자 승선에는 별로 개의치 않았다.

"발동이 와 지질로 꺼질꼬? 나이든 할망구는 용왕도 안 쳐다본다 카더라마는, 달거리가 없은께 … 젊은 신중을 태우서 그렇는가?"

선장 춘성은 혼자서 중얼거리며 여승 쪽을 돌아보았다.

원래 용왕은 삼신제왕과는 지극한 상극 사이다. 서로 앙숙이다. 여자의 잉태는 삼신왕의 점지를 받는다. 삼신과 내통하는 여자를 배에 태우고 바다에 나오면 용왕이 대로大怒하여 부정을 타게 되는 것이다.

그녀는 합장을 하고 눈을 감고 있었다.

"나무아미타부울 … ."

지는 해를 향해 앉아 조용히 발원을 하고 있다.

선장이 기관실로 내려갔다. 모터에 감은 줄을 우악스럽게 힘껏 잡아챈다.

드르릉! 드릉 드르릉! 터엉! 터엉! 터어엉!

시동이 걸릴 기미가 보이지 않는다.

신태산은 선장 쪽으로 다가가 보았다. 춘성은 기름 묻은 손으로 기계를 만지더니 태산을 올려다보며 말했다.

"모터가 타서 나가삐렀다 칸께. 에잇, 재수 없다!"

"이리 비키 보소."

태산은 선장을 밀어내고 기계 앞에 앉았다. 그는 어릴 때부터 배를 타서 어깨너머로 배운 기술이지만, 기계 고장에는 잔손 정도는 볼 줄 알았다.

기계를 뜯어내고 이리저리 들여다보더니 고개를 갸우뚱했다.

"벨로 잘못된 기 없는데 … ."

끈을 모터에 감고 휙 잡아챈다. 역시 시동은 걸리지 않는다.

노파들이 기관실 문을 빠끔히 열고 고개를 들여놓는다.

"아즉 안 되는강?"

뱃전에 물살이 남실대는 소리가 들린다.

해가 많이 기울었다. 노파들은 옹송그리고 앉아서 지는 해를 걱정하고 있었다.

"집에 손지 새끼 혼자 있는데, 내가 가야 저역밥을 해 멕일 낀데. 지

애비는 어장에서 밤을 샌다 카던데 ⋯ . 내가 엊저역 꿈자리가 상그럽더이 뱃전에 객구가 들러붙을라꼬 그랬던가배. ”

미더덕 할매가 손주 생각에 구시렁거린다.

“오늘은 우쩨 이리 재수가 옴 붙는 일만 생기 쌓노? ”

우렁쉥이가 야기죽거린다. 그 소리가 귀에 거슬려 미더덕도 한마디 받는다.

“재수가 옴 붙다이? 내가 옴쟁이라 그 말가? 이 할망구가 말을 해도 그리 서운커로 하고 있노? 그래 쌓으게 니 낯짝이 우렁쉥이맨키로 얽었빈 기라. ”

“누가 니보고 옴쟁이라 카더나. 뻿기기는 가시나들맨키로 잘도 뻿기 쌓노? 내 말은 씰데없이 방정맞은 소리로 한다 그 말이지 ⋯ . 해는 저무는데 자꾸 늦어지이 걱정이 돼서 하는 말 아이가. 그런데 니 낯짝은 미더덕 껍데기 같은 꼬라지로 해 갖고 지가 무슨 춘행이나 행단이 낯짝이나 되듯기 ⋯ 그 꼴에 넘보고 머같이 생깄다 카노. 꼭 밉생이 짓만 골라가미 해 쌓는 기라. ”

“앗다 그래, 니 낯짝은 풀 멕여 대려 논 멩주보겉이 억시기도 보드랍다!”

“아이고, 문딩이 같은 소리 고마 씨부리고 ⋯ . ”

두 늙은이는 배가 움직일 생각을 않자 공연히 역정이 나서 시비를 해댄다.

옆에서 듣고 있던 선장 춘성이 대구 아가리같이 생긴 넓적한 턱주가리를 벌리고 툭박진 목소리로 왈칵 역정을 내었다.

“시끄럽소! 되모시나 과부나 신랑 없기는 그기이 그긴데 ⋯ 배 타고 여자가 방정을 떨모 역귀가 꼬이는데 와 자꾸 떠들어 쌓소, 재수 없거로 … 고마 죄앵히 하소!"

두 할마시는 선장에게서 퇴박을 맞고 잠잠해졌다.

미더덕 할미가 말머리를 돌린다.

"점슴을 방아 잎사구에 쩟국을 얹어서 쌈을 싸 묵었더이 물이 씨인다 아이가. 아이고 목말라 죽겠네."

우렁쉥이가 지청구를 준다.

"아즉도 땡볕이 불볕인데 그 짭은 거로 와 묵었노? 물 켕기거로. 소금 바가지에 생메루치로 쩔아 갖고 푹 삭훈 쩟국이 바로 순 소곰인 거 모르고 퍼묵었더나?"

"더부 타서 입맛이 떨어지길래 밥 한 숟갈 뜰라고 짭게 묵은 기라. 모처럼 점심 한 분 맛있게 묵었다 캤다마는 … ."

갈증이 목줄을 바작바작 죄어 왔다. 단내가 풍겨 나온다. 입술이 바싹 말라 주름이 패고 입 둘레에 하얀 테가 붙었다. 쭈글쭈글 주름이 진 목덜미는 소 먹미레같이 축 쳐졌다.

선장은 기관실에서 아직도 기계를 만지작거리고 있으나 배는 도무지 움직일 기미를 보이지 않는다.

"이라다가는 꼽다시(고스란히) 배에서 밤새는 거 아인지 모르겠다."

미더덕이 걱정을 한다.

배가 멈추어 있는 지점은 고성군 구산면과 진해만 한가운데 떠 있는 부도섬과의 중간쯤 되는 곳이었다. 남쪽으로는 거제도 장목면이 저 아래 바라다보였다.

바다는 흐르고 있었다.

먼 바다에서 밀고 올라오는 남해안 해류는 통영 근해에 이르러서 방향을 바꾸어 거제도와 고성반도를 끼고 일본 대마도와 규슈 지방을 향해 흐른다. 이 동해난류의 근원은 제주도 남쪽 필리핀해에서 올라오는 쿠로시오黑潮해류다. 지구 자전의 영향으로 북반구의 해류는 시계 방향을 따라 흐른다. 그래서 배는 조금씩 동으로 나아가고 있었다.

해가 기울면서 물 위에 미끄러지는 햇살은 뱃전 너머로 되비쳐 태산의 눈을 부시게 한다. 그 빛을 등지고 앉은 여승의 모습이 눈에 들어왔다. 밀짚모자를 벗어 든 민머리의 그녀는 금빛 배광背光을 등에 진 부처의 모습같이 보였다. 가늘게 실눈을 뜨고 수면을 내려다보고 있다가 힐금 태산을 쳐다보는 눈은 동그맣다. 신중의 얼굴은 수심이 짙었다.

멀리 바닷가 뭍 쪽에는 산그늘이 내리고 있다.

"에잇, 모타가 완전히 뿌사진 기라. 두 손 들었다."

선장이 이렇게 투덜거리며 기어 올라왔다.

"야야아, 배가 여엉 못 떠는가배."

우렁쉥이가 걱정이 되어 아들에게 묻는다.

"그라모 우리는 우떻게 되는 기제?"

미더덕 할매도 걱정이 된다.

"할 수 없소. 밤을 새야겠소. 낼 아직(아침)에 지나가는 배라도 붙잡고 끌어 달라 카는 수밖에."

선장이 기름투성이가 된 손가락으로 머리를 쓸어 올리면서 자신 없는 목소리로 답한다. 학질 추위로 벌벌 떨고 있다.

"아이고 이 일로 우짤꼬? 오도가도 몬 하고 배 우에서 밤을 새야 된다 카이."

해가 떨어졌다. 서편 하늘은 노랗게 물이 들고 동편 하늘은 벌써 자색 빛을 띠기 시작했다.

"그런데 묵을 기이 없으이 저역은 꼼다시 굶게 됐네."

우렁쉥이가 허리를 접으며 맥 빠진 소리로 탄식한다.

여승은 뱃전을 쥐고 앉아 축 처져 있다. 다행히 바다가 출렁이지 않아서 구역질은 진정되어 보였다. 엷은 노을빛에 얼굴은 누래 보인다.

일몰은 어둠을 거느리고 왔다. 진해만 도투마리섬의 등대가 불을 밝혔다. 선장은 조타실로 올라가서 랜턴을 켰다. 뱃전을 핥는 파도 소리가 찰싹찰싹 들려왔다.

별이 하나둘 돋아난다. 달은 백도白道를 따라 밤하늘을 항해하고 있었다. 태산은 배에서 꼬로록 소리가 나는 것을 들으면서 말했다.

"운(누워) 자자. 이래도 저래도 우짤 수가 없으이께 일찌감치 뒤비자고 날이나 새거든 봅시다."

뱃바닥에 드러누웠다. 캄캄한 바다 한가운데서 올려다보는 별은 점점 더 또렷하게 돋아나고 있었다. 빛의 간섭이 전혀 없는 그믐날 밤의 새파란 별은 하늘의 틈새기를 비집고 나온 빛이었다.

여승은 하늘을 올려다보았다.

'이승의 불빛은 꺼지고 저승의 별빛이 밤을 밝힌다. 빛은 사라지지 않는구나. 잠시 숨는 것일 뿐…. 이승의 빛은 붉은데 저승의 빛은 푸르구나. 붉은빛이 삭아서 푸른빛이 되는가. 파란 하늘색에 젖어 물이 들었는가. 수미산 꼭대기의 별빛이 아득하구나…. '

저 멀리 가덕도 해안은 인광燐光이 파랗게 테를 두르고 있다.

배에서 자란 태산은 쉬이 잠에 빠져들었다.

멀리 기선이 지나가는 불빛이 보였다.

"배다!"

여승 정원의 가느다란 목소리는 비단 스치는 소리로밖에 들리지 않았다. 미더덕 할멈이 선장실로 가서 알렸다.

선장은 배 이물로 나가 랜턴을 흔들면서 배를 향하여 손을 모아 쥐고 고함을 지른다.

"여어어! 여어어!"

한 손을 입에 대고 몸을 오그렸다 펴면서 목청껏 외쳐댄다. 그러나 선장의 목소리는 넓은 바다 가운데서 모깃소리에 지나지 않고 파도 소리와 바람에 날려 허공으로 사라졌다.

"택도 없다. 가암(고함) 질러 봤자, 핑비(풍뎅이) 호롱불 끄는 소리도 안 된다."

우렁쉥이가 중얼거렸다.

기선은 점점 멀어지면서 선실 창틀에 비친 불빛은 가물가물 멀어져 갔다.

모두들 지쳐 버렸다.

새벽에는 이슬이 내렸다. 뱃바닥에 누운 사람들은 몸을 웅크리고 뒤척이며 선잠으로 밤을 샜다. 이슬에 젖은 몸은 아침에 무거웠다.

날이 밝아오자 밤을 지키던 별들이 하나둘 스러져 갔다. 날은 금세 새었다. 홍조를 띤 바다 물결이 비쳤다. 하늘은 금빛이었다.

여인네들은 부수수한 얼굴로 일어나 바다를 둘러본다. 육지 쪽 산이 아스라이 건너다보이고 난바다 쪽은 망망대해다.

미더덕 할멈은 밤새 뺨은 푹 꺼지고 광대뼈만 불룩 솟았다. 움푹 팬 눈자위에 눈알을 힘없이 굴리면서 말했다.

"춘생이 선장, 물 좀 없나?"

물을 찾는다. 어제 낮에 먹은 멸치젓이 갈수록 물을 켜이게 한다.

"두세 시간 떠 댕기는 배에 무슨 물을 실고 댕기겠소. 물 없소."

선장이 물을 찾지 말라고 잘라 말하자 컬컬한 목은 더욱 더 말라 왔다.

"목이 타서 갈라지는 거 같다. 더 몬 참겠네. 고마 갱물이라도 퍼마시까?"

가뜩이나 휜 허리가 밤새 더 휘어 버린 미더덕이 바다를 내려다보며 말했다.

"머라카노. 갱물 마싰다가는 소금 퍼묵은 기나 같다 칸께. 뒷감당을 우짤라꼬 … ."

우렁쉥이가 손을 저으며 아예 생각도 말라고 말렸다.

태산이 부스스 일어나더니 기지개를 쭉 켜고 어깨를 토닥거린다. 멀리 바닷가에 아침햇살을 받고 있는 산 쪽을 바라보며 대중 잡고 중얼거렸다.

"가덕도 가참거로(가까이) 밀리왔는갑다."

배는 밤새 해류를 따라 떠내려와서, 배 고물 쪽 너머로 거제도 장목면 산비탈이 가마득히 바라다보이는 가덕도 앞바다에서 아침을 맞고 있었다.

"한 분 더 손을 바야지."

태산은 이렇게 중얼거리며 하릴없이 기관실로 내려간다. 발동기에 매단 줄을 잡아당긴다.

부르릉 부르릉.

역시 속절없이 시동은 걸리지 않는다.

어느새 해는 중천에 떠올랐다. 배 위에서는 우렁쉥이, 미더덕, 여승 할 것 없이 모두가 지나가는 배가 나타나기를 바라며 사방을 두리번거리고 있었다.

목은 점점 말라오고 내려쬐는 햇살은 뜨거워지고 있었다. 가을 땡볕은 뱃바닥을 달구었다. 송판은 닳아서 생선 가시같이 돋아난 나이테의 결이 살갗에 따가웠다.

사람들은 모두 지쳤다. 허기진 육신은 축 늘어져서 얼굴에 천이나 손등으로 햇빛을 가리고 뱃바닥에 드러누웠다. 햇살이 강해서 얼굴을 모로 돌렸다. 그래도 눈앞이 훤해서 버거웠다. 아예 손바닥으로 눈을 덮는다.

바다 위에는 전어가 수면을 차고 올랐다가 떨어지는 소리가 뱃전 너머로 들린다.

"배애지(배때기)가 아즉도 간그럽은가배. 알 깔 때가 지났일 낀데."

태산이 중얼거렸다.

"전어잡이 배가 나타나 줄란가?"

배에 잘못 오른 갯강구가 뱃전을 기고 있다.

태산은 목이 마르다. 목통이 조여 온다. 입안이 바싹 말라 혀와 입천장이 모래밭을 핥듯이 까칠했다. 넘길 침도 말라 버리고 없다. 뭍에 오른 생선 아가미처럼 목젖만 벌떡거려 볼 뿐이다.

그는 가만히 손을 바다에 담가 본다. 땡볕에 달아 미지근하다.

'찬물이 내려올 때가 돼 가는데 ….'

동해에서 냉수대가 내려오면서 멸치 떼를 몰고 오기를 기대한다.

선장은 조타실에서 이불을 뒤집어쓴 채 배가 나타나기를 기다리며 가늘게 뜬눈으로 바다를 살펴보고 있다. 그러나 표류선은 이미 여객선의 정기항로에서 멀리 벗어나 있었다. 막상 배가 나타난다 하여도 이 지점에서 구조요청을 알릴 방법이 없다. 객선이 다니는 길목은 조난선에서 지르는 고함 소리가 닿을 수 없는 먼 거리였다.

비행기 프로펠러 소리가 들린다. 쌍엽 비행기가 잠자리처럼 머리 위를 날고 있었다.

태산은 일어나서 웃통을 벗어 휘젓는다.

"여어, 여어!"

그러나 비행기는 산을 넘어 군항 쪽으로 사라져 버렸다.

소나기가 뿌렸다.

"야시비!"

사람들은 고개를 치켜들고 하늘을 올려다본다. 흰 구름이 하늘을 가리고 햇살은 구름 사이로 내려 비치면서 반짝이는 은가루를 뿌리고 있다. 여우비였다.

미더덕 할매는 입을 벌리고 혀를 날름거려 본다. 가느다란 빗방울이 혓바닥에 든다. 손바닥으로 빗물을 받는 시늉을 지었다.

비는 감질만 내고 이내 그치고 말았다.

" … 야시가 변덕을 부린 기지."

우렁쉥이가 중얼거린다.

하늘은 도로 쨍쨍 햇빛이 넘친다.

"올라 카모 푹 쏟아지든지 안 하고 … 이놈우 야시가 넘우 모간지만 간질어 놓고 지나가노."

할멈은 손바닥을 펴서 핥았다. 때에 절은 살갗이 짭조름했다.

해가 중천을 넘어 서쪽으로 기울었다. 빗겨 받은 햇살에 잔잔하게 이는 파도는 바다의 잔등에 돋은 비늘이었다. 조각조각은 비늘로 반짝인다.

미더덕은 소피가 마려웠다. 소쿠리와 함께 묶어 놓은 바가지를 끌러다 구석으로 가서 거기에 소피를 받았다. 바닷물에 쏟으려고 바가지를 기울이다가 그녀는 멈췄다. 잠시 노란 액체를 들여다보다가 그대로 들이마셨다. 미지근한 액체가 목구멍을 잠시 달래 주었으나, 갈증은 이내 맹렬한 기세로 타올랐다. 가뭄에 논바닥 벌어지듯 목구멍이 갈라진다.

"목이 탄다. 쎗바닥이 다 씹네."

입꼬리에 백태가 두텁게 눌어붙었다. 미더덕은 헛바닥으로 백태를 핥는다. 씁스름하다.

선장도 지쳤다. 벽에 기대어 눈을 감았다.

하늘과 맞닿은 난바다 끝 먼 곳에 까치놀이 떠서 밝게 물들었다. 그네를 밀듯 넘실거리며 몰려오는 너울은 꿈틀대는 생선의 등지느러미였다. 저녁햇살은 조개구름을 하늘에 엎어놓고 불그무레하게 해무늬를 덧칠했다. 이내 어두워지고 밤이 되었다.

가덕도 남단에 세운 등대에서 불이 켜졌다 꺼졌다 한다. 배는 거제도와 가덕도 사이의 바다에 떠 있는 것이 확실했다.

바다는 밀물이 들어와 흥건하게 부풀어 올랐다.

그날 밤엔 멀리 대마도 바닷가 해읍海邑의 불빛이 바다 위로 건너다 보였다. 다들 허기져 축 처진 몸으로 잠이 들었다.

사흘째 아침에는 해미가 끼었다. 가을 바다를 부옇게 덮어 사방이 보이지 않는다. 짙은 안개는 뱃전과 갑판에 눅눅하게 묻어났다. 뺨과 코를 스치며 흐르는 안개 방울은 얼굴을 적신다. 태산의 콧수염에 물방울이 돋는다. 해는 하늘에 떡국 도막처럼 하얗게 떴다.

먼 데서 안개 속을 헤집고 '부웅부웅' 뱃고동이 들려온다. 여객선이 지나는 모양이다. 아무도 고함지를 염도 않는다. 모두 지쳐 빠져 체념하고 있었다.

태산은 바다에 손을 담가본다. 수온이 식어 있었다. 차가웠다.

"올 때가 되었는데 …."

안개가 걷힌 한낮의 바다는 조용했다.

땡볕은 여전히 양동이로 퍼부었다. 햇살은 물엿처럼 녹아내렸다. 빛살은 잔잔한 물결 위에서 미끄러지고 수면은 기름처럼 끈적거렸다. 물 밑에는 해파리가 촉수를 휘저으며 양산을 폈다 오므렸다 하며 유영遊泳하고 지나간다. 배때기를 번뜩이며 몰려다니는 준치 떼도 보인다.

사람들은 모두 뱃바닥에 드러누워 있었다. 허기에 지치고 갈증에 지치고 햇볕에 지친 나머지 체력은 소진되어 갔다.

찌익, 찍.

새소리가 들렸다.

태산은 눈을 뜨고 게슴츠레 올려다보니 조타실 지붕 위로 제비가 두어 마리 날고 있었다. 벌떡 일어나 살펴보니 멀지 않은 곳에 하얀 모래톱이 보이고 그 너머 숲이 보였다. 파도가 모래톱을 훑고 있다. 밀물이다.

"야아, 땅 바라! 땅이다!"

숲은 진한 초록색이었다. 허기진 뱃사람들 눈에는 축축하게 젖어 보였다. 그 속에는 무한한 생명이 깃들어 생동하고 있을 것이다. 초록색은 생명의 빛깔이었다.

사람들은 고개를 잠시 들어 육지를 바라보더니 이내 머리를 떨구고 널브러진다.

태산은 바닷물을 손으로 휘저어 보지만 배를 젓는 시늉에 불과할 뿐 전혀 나아가지 않는다.

'이렇게 누워서 죽음을 기다리고만 있을 수만은 없다'고 생각했다. 그는 웃통을 벗어 깃대 중간쯤에 반기半旗로 매달아 놓았다. 그리고 도로 드러누워서 바람에 펄럭이는 옷자락을 올려다보고 행운을 빌었다.

끼룩끼룩 갈매기 우는 소리가 들렸다. 갑자기 그의 배 속에서도 마치 새소리에 공명이나 하듯이 꼬르륵 하는 소리가 울린다.

귀에는 이명耳鳴 소리가 난다. 먼 데서 앵 하고 떠는 모기 소리 같은 것이 울렸다.

모로 누운 그의 눈에는 멀리 산기슭이 부옇게 보였다.

얼마나 잤을까.

'타르르 타르르 … .'

날개 떠는 소리에 태산은 눈이 뜨였다. 잠자리가 돛대를 맴돌고 있었다. 귓전에 '쨱 쨱' 우는 새소리도 들렸다.

'땅이 가차워졌는가?'

여승이 토해 놓은 토사물을 참새가 쪼고 있는 광경이 눈에 들어왔다. 그는 그쪽으로 다가가서 새들이 쪼고 있던 바싹 말라 버린 밥알을 집어먹기 시작했다. 허기는 맛을 가리지 않았고, 그는 공복을 채우는 일에 급급했다. 건더기까지 말끔히 먹어 치웠다.

새파란 잎을 단 나뭇가지가 뱃전을 스치며 떠내려간다. 수수알갱이같이 생긴 기포 주머니를 단 갈색 모자반도 물에 떠서 지나간다.

그는 바다에 손을 담가 수온을 재어 본다.

'참다!'

물 밑에는 휘두르는 군도軍刀의 칼날같이 새파란 갈치가 희번덕이며 지나가는 것이 보였다. 그는 눈을 크게 뜨고 다시 내려다보았다. 분명히 갈치가 멸치 떼를 쫓아 칼을 휘두르며 질주하고 있었다.

"아아, 왔다! 멜치가 왔다!"

그러고 보니 갈매기 떼가 수면 위를 스치며 퍼덕인다. 배 밑으로 멸치 떼가 일사불란하게 몸체를 흔들며 지나가고 있다. 간혹 하얀 배때기를 은장도처럼 뒤집으며 부유하는 놈들도 있다.

이맘때쯤 해서 동해로 올라갔던 멸치는 한류에 밀려서 대마도를 거쳐 따뜻한 남해안으로 다시 몰려오기 시작한다.

태산은 벌떡 일어나서 물간으로 뛰어가서 뜰채를 찾아 쥐고 왔다. 한 손으로 뱃전을 잡고 다른 한 손으로 뜰채를 물속에 잠가 멸치 떼를 건져 올렸다.

몇 마리가 걸려들어 그물 속에서 파닥인다. 그는 손톱으로 멸치 배를 훑어 내고 입에 넣어 우적우적 씹어 삼켰다.

 다시 뜰채를 바다에 넣어 휘저었다. 계속 멸치를 건져 올렸다. 어지간히 배가 찼을 때에는, 날로 먹은 멸치의 비린내가 역했다.

 태산은 잠시 뱃전에 드러누웠다. 허기는 가셨다.

 '인자 곧 멸치어장 배가 뜰 때가 됐구나.'

 모로 고개를 돌리는데 널브러져 있는 여승의 종아리가 눈에 들어왔다. 눈부시게 흰 살결이 눈에 파고들었다. 하얀 피부는 갑자기 야성의 빛을 발했다. 눈앞이 부옇게 흐려졌다. 아랫도리가 부듯하게 부풀어 올랐다.

 그는 여승 쪽으로 다가갔다. 그리고 여체에 덤벼들었다. 신중은 버둥댄다. 먹물 들인 장삼은 미끄러져 벌어지고 맨살이 드러났다.

 바랑을 베고 누운 그녀는 고개를 가로저을 뿐 마음과는 달리 몸이 말을 듣지 않는다. 몸을 틀면서 안간힘을 써 보지만 육중하게 힘으로 몰아붙이는 사내에게는 별다른 저항이 되지 못했다. 기습은 의외로 간단히 이루어졌다.

 조개껍질 틈새로 정지칼을 끼워 넣어 다문 입을 벌리게 하듯 태산의 몸은 우격다짐으로 암컷의 생식 구멍을 파고들었다. 여승은 아랫배에 생살이 찢기는 아픔을 느꼈다. 뜨거운 인두가 살을 지지며 들어온다.

 그녀는 안간힘을 다하여 그의 머리카락을 잡아당겼다. 한 움큼 머리카락이 빠져 나왔다. 남정네의 밀어붙이기는, 마치 미닫이 서랍을 장롱에 밀어 넣듯이 기어코 아귀가 맞아들었다. 그러고 나서 미닫이는 열심히 여닫기를 반복하고 있었다. 가녀린 여승의 손아귀에서 머리카락이 흘러내렸다.

파란 모근에서 막 솟아나는 여승의 밭은 머리털을 볼로 비비며, 그는 비린내가 섞인 뜨거운 입김을 헉헉 토했다. 뱃전 너머로 멀리 저녁 햇살이 깔린 바다의 끝이 보였다. 수평선은 한 가닥 선이었다.

2. 전생에 지은 약속 … 부부 맺다

태산은 잠이 들었다.

부웅 붕!

뱃고동이 울렸다. 태산은 눈이 뜨였다. 고개를 들고 바라다보니 눈앞에 산더미 같은 여객선이 나타났다.

조난선은 여객선의 뱃길로 떠내려왔고, 기선의 선장은 망원경을 통해서 조난선의 깃대에 반기가 걸린 것을 보고 구조차 접근해 왔던 것이다.

태산은 벌떡 일어나서 고함을 질러댔다.

"사람 살리소! 사람 살리소!"

기선은 서서히 곁으로 다가왔다. 큰 배가 갈라놓은 물살이 파도를 이루어 통통배가 출렁이자 기선이 옆에 바싹 닿았다.

소형 구조보트가 밧줄로 내려지고, 구조원이 발동선으로 건너왔다.

그들은 지쳐 늘어진 사람들을 안고 보트로 옮겨 싣기 시작했다. 태산도 거들었다.

보리누름이 시작되었다.

봄바람에 밀려 따뜻한 물결이 남쪽 바다에서 멸치 떼를 몰고 올라오면 한겨울 서슬 푸른 청보리도 노란 이삭을 간댕거리며 익어간다. 뭍에서는 풋보리로 힘겹게 보릿동을 넘기고 있을 때에 남쪽 갯가 어부들은 멸치 떼를 거둔다.

멸치는 따뜻한 연안을 찾아 알을 슬러 몰려든다. 알밴 봄 멸치는 기름지다. 내만內灣 바다 가운데에는 후릿배 두 척이 떠서 멸치가 오기를 기다리고 있었다.

태산은 후릿배에서 갈매기 떼가 수면 위를 낮게 스치면서 나는 것을 바라다보았다.

'멸치가 가차이 다가왔구나.'

그는 손을 자주 물에 담가본다. 그의 손끝은 멸치를 몰고 오는 수온을 기억하고 있다.

동신호東信號의 선주 상도相道도 태산과는 다른 후릿배를 타고 바다 밑을 열심히 살핀다. 물빛보다 짙은 등 푸른 멸치 떼가 빗겨 드는 햇살에 배때기를 흔들면서 스멀스멀 배 밑을 지나간다. 바닷속은 갑자기 멸치 떼의 행군이 시작되면서 거대한 군무群舞의 율동이 펼쳐진다.

선주는 건너편 후릿배에 탄 태산을 쳐다본다. 태산은 손을 들어 신호를 보내왔다.

선주 상도는 '이때다' 하고 고함을 질렀다.

"투마앙投網!"

배꾼들은 접어서 사려 놓았던 후릿그물을 부지런히 바다에 밀어 넣으면서 두 배는 서로 등지고 벌어져 나간다. 양쪽 배에 연결된 후릿그물은 날개처럼 벌어져서 고기를 몰기 시작했다. 후리가 다 풀렸다. 배는 해안을 향하여 동시에 선수를 돌려 방향을 꺾는다. 두 배는 돛폭을 펴고 서로 경쟁하듯이 노를 저어서 전속력으로 달리기 시작한다. 후릿그물은 배의 속력을 따르지 못하고 뒤처지면서 반원을 그리며 멸치를 가운데로 몰아붙인다. 멸치 떼는 후리를 벗어날 생각은 못 하고 한 가운데 달린 자루그물 쪽으로 몰려든다.

동력을 쓰면 속도를 내어 어획을 훨씬 많이 올릴 수 있겠지만, 어민들은 비싼 동력선은 엄두도 낼 수 없다.

태산은 물 밑을 내려다본다. 멸치 떼가 우글거린다. 갈매기들이 수면으로 내리박으며 멸치를 쪼기 시작한다. 부리에 물린 고기는 퍼덕인다.

두 배는 해안이 가까워오자 서로 마주 보고 거리를 좁혀 접근해 간다. 그물은 항아리처럼 오므려진다. 배가 갯가에 접안하자 뱃사람들이 후리 끝에 매인 끌줄을 각각 바닷가로 던졌다. 그리고 배에서 뛰어내려 그 밧줄을 말뚝에 묶었다.

선원들은 양쪽으로 갈라서서 어망을 잡아당기기 시작했다. 양쪽 그물의 간격이 어지간히 좁혀지자 다들 주선主船 동신호로 올라간다.

"양망揚網!"

선주가 소리를 질렀다.

배꾼들은 그물을 배 위로 끌어당기기 시작한다. 하얗게 거품을 일으키면서 자루그물이 물 위로 떠오른다.

그물코 밖으로 비어져 나온 놈들을 겨냥해서 갈매기들이 내리꽂으며 잽싸게 쪼아 챈다. '끼익 끼익' 극성이다. 개중에는 날개를 접고 수면에 내려앉아 진을 치고 모이를 쪼는 놈도 있다.

"영차! 영차!"

오늘은 그물이 유난히 배가 부르다. 산더미같이 가득 찬 그물은 터질 듯이 뱃전에 처진다.

선원들은 힘이 넘친다. 그물이 무거우면 무거울수록 힘이 더 솟는다. 배가 만선滿船한 날에는 배꾼들 손에 돌아오는 와리(몫)가 커지는 것을 알기 때문이다.

"살살 땐기라! 멜치 배 터진다!"

선주의 외치는 소리가 높다.

쏴아아!

뱃바닥에 쏟아 놓은 멸치 떼가 금세 조그만 동산을 이룬다. 멸치는 서로 몸을 비비면서 요동을 친다. 은빛 비늘을 반짝이며 부리는 몸부림은 목숨을 향한 처절한 율동이었다.

만선이다. 선주는 입이 벌어졌다.

'국 국' 복어 우는 소리가 들린다.

"조놈이 이빨을 간다."

배꾼 용보龍甫가 말하자 태산이 덧붙인다.

"복어가 배 앓는 소리를 낸다, 분하다고."

사람처럼 고른 치열을 가진 복어의 치아는 넙적니. 배 속에서 신음하는 소리가 꼭 그 이를 가는 소리처럼 들린다.

"복쟁이 갖고 멋들 하고 있노. 퍼뜩 내버리삐라!"

선주가 고함을 친다. 복어가 이빨로 그물을 쏠아 그물코가 터진 일이 여러 번 있었다. 용보는 복어를 가려내어 뱃바닥에 패대기쳤다. 선원들은 뱃전에 쌓인 멸치를 삽으로 떠서 손수레로 옮겨 싣는다. 훈증막으로 삶으러 보냈다.

"태산이, 오늘 수고했네. 모레 어장 배도 같이 타야제?"

선주 상도가 태산에게 딴 배에 가지 말고 동신호를 타도록 권유한다. 태산이 배에 오르는 날에는 어획이 더 많았다. 그는 멸치 떼가 몰려오는 바다의 길목을 알아서 후릿배를 세우게 하고, 또 몰려오는 때를 맞추어 그물을 내리도록 하는 남다른 재주를 가지고 있었다. 그래서 태산에게는 어로 작업 삯전 외에 선주 자기의 몫에서 얼마간 따로 떼어 웃돈을 얹어 준다.

"거제도 앞바다에 괴기 댕기는 길목은 손금 보듯이 훤언하다 칸께. 손바닥으로 물속에 담가 보모 멜치 올 때가 감이 잽힌다 카이. "

태산은 손가락을 들어 보이며 자신 있게 말한다.

"멜치 떼 찾는 데는 왜놈들 탐지기보다 태산이가 더 낫다. "

어군魚群을 찾는 데에는 일본인들 권현망權現網 선단보다 태산이 쪽 판단이 더 정확하다고 뱃사람들 사이에 소문이 났다.

태산은 열 살에 어장 배를 탔다. 화쟁이火匠 일을 맡아서 밥 짓는 일도 하고 잔일 뒤치다꺼리도 하면서 어장 일을 배웠다. 짬짬이 바다에 손을 담가 수온을 재기도 하고 바람 부는 위치와 파도의 세기 등을 재면서 멸치가 잡히는 조건을 익혀 왔다.

"저놈은 총구(총기) 가 있어서 다음에 한몫 넉넉하이 치라낼 놈이다. "

어른들이 어린 태산을 두고 말했다.

물 밑에는 수로가 있다. 어장이 만선하는 날에는 태산은 봉돌을 단 건지를 배 밑에 드리워 수심을 재 본다. 멸치 떼는 한류를 싫어해서 깊은 곳을 피해 수면 가까이 떠돈다. 바다 밑 찬물이 흐르는 골과 난류가 흐르는 길목을 그는 기억하고 있다.

"오늘은 안 나가는 기이 백 번 잘하는 기라요."

높새바람이 부는 날에는 태산이 출어를 만류한다. 파도는 바람이다. 파도가 출렁이면 고기는 숨는다. 그런 날 나갔다 온 어장 배는 잡어 몇 마리에 그쳐야 했다. 출어경비만도 만만찮게 드는데 그 정도 어획으로는 고스란히 손실을 뒤집어써야 했다. 애초에 태산의 말을 들었어야 했다.

"이 길로 가서 벌리입시더."

태산이 손가락질로 가리키는 뱃길을 따라 배는 떠난다.

계절, 물때, 바람, 파도, 수온, 물색의 변화 등을 그동안 자기 나름대로 쌓아온 감각으로 판단하고 어장에 나서기 때문에 태산이 타는 배는 다른 배보다 어획고가 높았다.

어장이 파하고 뭍으로 나온 용보가 태산을 구슬린다.

"어이 태산이, 한잔 마시로 가자!"

뱃놈들은 물에 나갔다 오면 여자부터 밝힌다. 어장 배 타기 전 남녀의 교접은 금기다. 교접한 흔적을 알아채면 용왕이 대로하여 부정을 타게 된다. 출어 전에 몸을 사린 뱃사람들은 뭍에 올라 풍랑에 시달린 금욕의 몸을 여체로 푸는 것이다.

3년 전에 맹장염이 터져서 마누라를 잃고 혼자되고 나서부터 용보는 줄곧 읍내 주막으로 겉돌았다. 아침마다 술지게미 같은 눈곱을 비비고 색시 방을 나서곤 했다.

"뱃놈이 벨 거 있나. 낮에 어장 배 타고, 밤에 지집 배 타는 재미로 사는 거 아인가배. 태산아, 술집에 가자 칸께."

밤에 계집을 끼고 잔 날 아침에 선주가 알게 되면 그날은 그를 배에 안 태웠다.

"용보 이놈아, 니 어장 배 아이라고 밤새 지집질하고 남에 고깃배 오를라 카나? 당장 내리라!"

놀던 계집은 결딴이 나도 엉덩이짓이라도 남지만, 용보는 어장 놓친 날에는 빈손밖에 남는 것이 없다. 부득불 배 안 타는 날을 가려서 작부집을 찾아야 했다.

뱃사람들에게는 여자를 두고 가리는 것이 많았다.

아내가 출산한 사람은 삼칠일간 배를 못 탄다. 출어하는 날 아침에 여자하고 말다툼하거나, 여자가 앞을 가로질러 가면 크게 재수가 없다고 하였다. 용왕이 여자를 싫어하기 때문이다.

용보는 뱃일 삯전 받는 족족 술집에다 뿌려 대서 계집질이라면 이골이 났다. 미욱스레 여자를 밝히는 용보를 두고 술김에 투정 반 재미 반 부르는 노래가 있다. 소말소말 얽은 그의 낯짝을 두고 빗대어 하는 소리였다.

바둑바둑 뒤얽어진 놈아 / 제발 비자 네게 / 냇가에란 서지 마라.

눈 큰 준치 허리 긴 갈치 / 두루쳐 메오기 츤츤 가물치

부리 긴 꽁치 넙적한 가재미 / 등곱은 새오

결네만 한 곤쟁이 / 그물만 여겨 / 풀풀 뛰어 다 달아나는데

열업시 생긴 오증어 둥개는고나.

아마도 너 곳 와 서 있으면 / 고기 못 잡아 대사大事로다.

용보는 세간에 그런 내용의 노래가 있다는 것은 어려서부터 들어서 알고 있다. 그 노래가 귀에 들리면 이제는 옛날같이 욱하고 치밀어 덤벼들거나 하지 않는다. 한두 번이 아니기 때문이다.

"흥, 지집한테 채이고 용심이 나서 그라는 기지. 머라꼬, 내 낯판대기가 그물같이 얽었다고? 그래도 지집만 잘도 걸린다. 흥, 알고나 씨부려라."

이렇게 용보는 자위했다.

"정말로 안 갈래?"

그는 태산을 다시 구슬린다.

"니 혼자 갔다 온나. 몸이 곤해서 밥이나 묵고 고마 뒤비(드러누워) 잘란다."

태산은 매번 똑같은 대답이다.

그는 애써 번 돈을 술잔 속에 부어 날릴 수는 없다고 생각했다.

'평생 고기잡이나 하는 주제에 술이야 계집이야 돈을 물 쓰듯 뿌려 댄다는 것은 꿈에도 생각 못 할 일이다. 돈은 먹고사는 데에 쓰는 것이지, 마시고 취하는 데에 써 버리는 것이 아니다.'

어려서 열병으로 양친을 잃고 사고무친으로 오갈 데도 없고 기대고 비빌 언덕도 없이 혼자 힘으로 자라면서, 장차 큰 어장을 가지는 것만이 자기 살길이라고 항상 마음을 다지고 여물게 살아왔다.

"용보 이 사람아, 술독에 빠진 놈은 건지내도 지집에 빠진 놈은 몬 건진다. 정신 채리라!"

마을은 바다를 향해 툭 터진 양지바른 곳에 터를 잡았다. 바닷바람이

거세게 불어와 집들은 돌담을 높게 쌓고, 마을 어귀에는 방풍림으로 유자나무를 둘러 심었다. 사시장철 염분에 절어 끈끈한 해풍에 시달리면서도 숲은 해마다 달걀만 한 노란 유자 열매를 주렁주렁 달았다.

산세가 가파른 어촌에 논배미라고는 산비탈에 계단으로 층을 진 몇 마지기가 고작이고 거기에 밭뙈기가 띄엄띄엄 흩어져 있을 뿐 어민들은 바다를 일터로 삼고 생업을 일구며 살아가고 있었다.

남자들은 바다에 나가 볼락, 혹돔, 자리돔, 문어, 뱀장어, 가자미, 도다리, 갈치, 고등어를 그물로 거둬들이고, 아낙들에게는 개펄이 삶의 텃밭이었다.

뻘밭에는 톳나물, 몰, 피조개, 꼬막, 바지락, 굴, 군수, 개불들이 자라고, 물속에는 질피, 파래, 곤피, 톳나물, 몰(모재기), 천초(우뭇가사리), 미역들이 자랐다. 해삼과 전복도 건지고 멍게도 주워 올렸다. 더러는 가재미도 찍어 올렸다.

드러난 뻘밭 너머 물속에는 마을 공동재산으로 미역밭이 있고, 그 옆에는 천초밭이 있었다. 천초는 일본 사람들이 와서 거두어 갔다. 우무로 녹여서 요캉(양갱) 만드는 데 쓰기도 하고, 은행 창구의 행원이 돈다발을 셀 때 손가락에 물을 찍어 쓰는 갯솜으로도 쓰였다. 천초를 건네고 들어오는 수익금은 모곽전 미역을 처분해서 들어오는 수익금과 합쳐서 모아 두었다가 정초에 별신제別神祭 지낼 때 공동경비로 쓴다.

오늘 물때는 조금이다. 물은 바다 밑을 한참 드러내 놓고 저만큼 빠져나가 있었다.

개펄이 시커멓게 속살을 드러내고 참나무로 질러 놓은 어漁살이 줄을 지어 서 있다. 말목에는 파랗게 파래가 피고, 어김없이 굴 껍질이 붙었다. 해풍에 삭아서 새빨갛게 녹슬어 버려진 닻이 뻘밭에 드러나 있다. 굴 껍질이 다닥다닥 붙은 바위도 물 밖으로 나와 있다.

뻘밭은 물이 썰며 빠져나가자 잠수부처럼 깊은 숨을 내뱉는다. 개펄 비린내가 갯바람에 묻어온다.

용보와 헤어진 태산은 코를 벌룽거리며 집으로 향했다. 배에서 지내다 뭍에 올라와 비칠거리던 그의 발걸음은 이내 제대로 보폭의 균형이 잡히면서 가볍게 내디뎌졌다.

먼 모래톱 뒤 소나무밭 너머로 노을이 내리고, 별은 곧 하늘에 돋아날 것이다. 그는 갯내음을 한껏 들이쉬었다.

가을날 저녁 어촌 마을에는 생선 굽는 냄새가 집집마다 담을 넘었다. 갈치, 전어, 전갱이, 감성이(감성돔), 청어, 꽁치 타는 냄새가 연기를 타고 퍼져 나간다.

용보네 집 바자울 너머로 웬 아낙네가 마당을 넘보고 있다. 머리에 수건을 덮어쓴 여인은 집 안을 기웃거리며 서성댄다.

황토를 개어 매대기를 친 벽에 휜 소나무를 기둥으로 올려 대들보를 얹었고, 지붕 위에 올린 이엉은 해를 넘겨 거무튀튀하게 삭은 초가였다. 문간채의 봉창 문은 찢어진 문종이가 너덜너덜 바람에 날린다.

그녀는 삽작을 조심스럽게 밀고 집안으로 들어섰다.

"오데서 온 뉜교?"

미더덕 할매가 다가와서 얼굴을 빤히 들여 보다가 고개를 외로 꼬며 묻는다.

"가마이 있자, 이 사람이 누구더라? 마히 본 얼골인데 ⋯."

여인은 다소곳이 머리를 숙이고 서 있다.

"아아, 맞다! 정원 시님이 맞제? 와, 지난분에 함께 통통배 타고 떠 내리갔던 그….."

"그렇십니더. 안녕하싰습니꺼?"

이제야 생각이 났다는 듯이 떠드는 노파의 큰 목소리가, 막 어장에 서 돌아와 저녁밥을 안치려고 아궁이에 얼굴을 들이박고 불을 지피던 태산에게도 들렸다.

"오데서 본 피색은 있는데 수건으로 얼골을 가리고 있은께 여엉 알 아볼 수가 있어야제. 반갑소. 그란데 우짠 일고?"

태산은 이 집 문간채에 방을 얻어 들어 있었다.

'정원 스님이라….'

태산은 매운 연기로 말미암아 흐르는 눈물을 훔치며 부엌 밖으로 고 개를 내밀었다.

'맞다! 일환호에 탔던 바로 그 신중이다!'

그녀는 허름한 치마저고리 차림으로 보따리를 안은 채 서서 쭈뼛쭈 뼛한다.

지 지 지….

병어 타는 냄새가 미더덕네 정지(부엌)에서 마당을 건너왔다.

"어서 들온나! 와 그카고 섰노?"

태산은 그녀가 자기를 찾아온 것임을 직감했다. 주인 되는 남정네 가 당연히 제 아내에게 하는 소리인 체 퉁명스러운 말투였다.

"빨리 들오라 칸께."

태산은 그녀에게로 다가가서 보따리를 빼앗아 마루 구석에 던져 놓고, 그녀의 등을 밀면서 정지로 들어왔다. 그는 독에서 쌀을 한 바가지 퍼내서 그녀의 손에 건넸다.

바가지를 받아 든 그녀는 주저 없이 샘가로 가서 쌀을 씻어 와, 솥에 밥을 안친다.

마른 솔가지를 분질러 아궁이 속으로 던져 넣고는 수건을 벗어 부채질로 불길을 살린다. 맨머리에는 머리칼이 풋풋하다. 봄날 모판에 막 싹이 튼 벼 모종같이 오롯하게 자랐다.

태산의 정지 안을 들여다보며 미더덕 할매가 들으라는 듯 말했다.

"절에서 고마 잘 내리왔다. 죽은 부처보다야 산 낭군이 백배 낫고 말고. 여자는 머라 머라 캐도 낭군 만나서 아아 놓고 살림 잘 챙기는 인연이 제일로 복인 기라. 그렇게 부부는 전생에 지은 약속으로 맺어진다 안 카더나."

평시에 태산이 홀아비로 사는 것이 궁상맞아서 늘 마음 구석이 안쓰러웠던 할멈은, 이제 짝을 만나도 제대로 된 짝을 찾았다 싶은 생각이 들자 한편으로 부러운 마음이 들었다.

'태산이 총각은 호박이 통째로 굴러들었제.'

미더덕 할매는 마누라를 잃은 이래로 허구한 날 술과 계집질로 날을 새우는 아들 용보가 떠올라 혼잣말로 중얼거리며 부엌으로 돌아갔다.

"이놈우 호부래비 자석, 낫살 더 묵기 전에 어서 새 짝을 지어 주어야 할 낀데. 이왕에 처이(처녀) 장가들기는 틀린 일이고 … 태산이맨키로 여자가 지 발로 들어와 데불고 살게 되모 얼매나 좋겠노?"

할멈은 정지칼로 도미 배때기를 벅벅 긁었다. 손톱만 한 비늘이 툭 툭 튀어서 몸뻬에 들러붙었다.

"아이고 이놈우 신세, 메누리 복도 지지리도 없는 내 팔자야!"

그녀는 생선을 도마 위에 올려놓고 칼로 힘껏 내리쳐 토막 지었다.

절을 버리고 내려온 정원 스님은 그길로 태산의 방에 보따리를 풀고 분녀奔女로 들어앉아서, 둘은 남정네와 여편네로 작배하여 신접살림을 시작하였다.

세간은 장에 나가서 간단하게 장만하였다. 솥과 냄비를 위시해서 밥그릇, 국그릇, 숟가락, 젓가락에 개다리밥상, 간장 종지, 뚝배기, 접시 … 하다못해 소쿠리, 다래끼까지 장을 보아 왔다. 쌀도 한 가마 새로 들여놓았다.

"우리가 운제 육례 다 갖추고 살게 됐던고. 뱃놈은 뱃놈대로 고마 찬물 한 그륵 떠다 놓고 작수성례酌水成禮해서 한 지붕 밑에 같이 살모 되는 기지. 꼭 청실홍실을 매야만 연분인가. 살림이야 살면서 하나씩 장만하기로 하고 … ."

태산은 산인댁을 위로했다. 정원 스님의 친정이 함안 산인면山仁面이었으므로 미더덕 할멈이 새댁을 산인댁으로 불러 주었다.

"인자 내는 혼자 몸이 아이고 이녁하고 둘인 께네, 서로 이지하고 살아가야 할 끼이 아인가배. 다른 거는 몬 채리도, 내달 초이렛날 당집으로 올라가서 지왕님 지사에 치성이나 올립시다. 바다에 목줄 매고 묵고사는 놈 멩줄이나 거무줄같이 오래오래 질기도록 빌어 봅시다."

태산은 아내를 달래었다.

바다 밑 돌에 붙어 있는 해면海綿의 구멍 속에 새우가 들어와 더부살이로 먹이를 먹고 살다가 어느 날 몸집이 불어나서 헤어 나오지 못하면 평생을 그 안에 갇혀서 살아야 한다. 산인댁이 환속해서 제 발로 태산이 있는 곳을 찾아 들어와 해로동혈偕老同穴하여야 할 인연은, 이 사내와 통통배를 같이 타던 날부터 맺어지도록 생을 타고 났던 것이다.

썰때였다.

조금 물이 훌쩍 빠져나갔다. 마을 앞 개펄에는 돌을 질러 두렁을 삼아 지어 놓은 경계가 드러났다.

물기가 자작자작 남은 고운 뻘밭에 게들이 집게발을 치켜들고 기어다니며 실처럼 가느다란 눈금을 긋는다. 물 밑에는 새파란 파래가 일렁인다. 바위에 들러붙은 말미잘이 촉수를 움츠리며 먹잇감을 말아 넣는다. 가리비가 물살을 타고 지나간다.

갯골에 질러 놓은 구장네 돌무더기石箭도 뻘 위로 드러나 있다. 그 옆에 거룻배가 한 척 물 빠진 바닥에 동그마니 올라앉았다.

개펄에는 군데군데 파인 허방에 물이 고여 있다. 동네 청년들이 파 놓았다.

"피조개 뜬다고 수군포(삽) 질도 우악시럽게 파제깼네."

미더덕이 중얼거렸다.

옆구리에 구덕을 끼고 손에는 뜰채를 든 채 막 살막에서 나와 갯가로 들어서는 구장 상도의 아내를 바라보며 우렁쉥이 할매가, 돌 두렁너머 큰 반구(바위) 앞에 쪼그리고 앉아 굴을 따는 미더덕한테 말을 걸었다.

"구장 댁이 돌살에 물 보러 가는 갑제?"

"와 아인 기라. 저 오감사는 호강이 요강에 받힌 기라. 물때 맞차서 돌살에 나가 건지기만 하모 돔이야 준치야 돈거리가 걸리들고, 허다 몬해 잡어는 건지내께 빈탕 치는 일은 없다 아이가. 돌살은 논마지기 하고도 안 바꾼다 안 카더나. 우리도 운제 한분 저런 돌살 자리로 얻어 볼꼬?"

바닷물이 빠진 뻘밭에는 물고랑이 드러난다. 돌무더기를 쌓아 갯골을 막아 두면 밀물 따라 들어왔던 고기떼가 물이 빠져나가면서 이 고랑으로 모여들었다가 함정에 갇히고 만다. 돌살은 돈을 주고 허가를 사야 했다.

"도다리다!"

상도 처는 돌살의 임통 구멍으로부터 채그물로 도다리를 두 마리나 떠 올리며 기대하지도 않은 어획에 즐거운 비명을 지른다.

미더덕은 호미로 부지런히 굴을 쪼면서도 귓전으로는 구장 댁의 목소리를 듣고 있다.

이내 이어서 채그물 속에서 돔이 퍼드덕거리는 소리가 들렸다.

"돔이 걸리들었다 카제?"

우렁쉥이도 다 듣고 있었다. 대오리로 둘러친 임통 구멍에서 돔을 건지는 구장 댁을 부러운 듯이 건너다보았다.

'사리 때라 물살이 원캉 빨라 나서 미처 못 빠져나간 기지 ….'

"벵어다!"

이번에는 병어를 일곱 마리나 건졌다. 머리 위로 갈매기가 날아와서 구경을 한다.

"훑은 지 얼마 안돼서, 조개가 오올(오늘)은 잔챙이만 수두룩하네."

파래가 끼어 미끈미끈한 돌멩이를 타고 앉아 조개를 캐는 우렁쉥이가 미더덕더러 들으라고 말했다.

햇볕에 달아오른 따개비가 열을 식히느라 '찍 찍' 물을 뿜는다.

바닷가에는 해녀들이 따 가지고 온 천초를 햇볕에 말리고 있었다.

"아이고 무루팍이 쑤시서 더 몬 앉아 있겠네."

미더덕이 치마를 걷고 일어선다. 관절이 시리다. 굴이 소복이 들어찬 소쿠리를 들고 일어서며 우렁쉥이에게 물었다.

"우뭇가사리는 운제 걷우로 온다 카제?"

"다음 그믐날이라 안 카던가? 그라나 저라나 청물이 져 갖고 파래고 모재기고 톳이고 말캉 녹아삐고 말았는데, … 우뭇가사리라꼬 벨 수 있겠나."

미더덕이 맞장구를 쳤다.

"청물에는 꼬막도 몬 겐디고 다 죽어삐더라."

어느 날 갑자기 새파랗고 투명한 바닷물이 들어차고 바닥이 말갛게 내려다보인다. 동해 쪽에서 청물이 밀려온 것이다.

청물을 뒤집어쓴 바위는 소금이 눌어붙어서 하얗게 간이 핀다. 염분이 진해서 치어들은 이 청물에 들면 견뎌 나지를 못한다. 좀 더 일찍 오뉴월에 청물이 졌더라면 멸치 치어들이 전멸해서 금년 여름 멸치어장은 망칠 뻔했다.

그러나 청물로 바다 밑이 환하게 밝아지면 해녀들은 서둘러 물 밑으로 내려가 느려진 도다리나 준치를 갈고랑이로 찍어 건져 올린다.

"올개(올해)는 우뭇가사리가 여엉 시언찮겠다, 그쟈? 그래도 작년에는 수학이 갠찮아서 그 덕에 기금은 좀 모있다 카더라마는."

미역밭 너머에서 해녀 수생水生이 물을 차고 자맥질에서 솟구쳐 오른다.

"후유이!"

전복을 따고 올라와 뒤웅박을 안은 채 숨 고르는 휫개(휘파람) 소리가 바람에 실려서 들려온다. 바닷새가 길게 우는 소리 같다.

"벨신굿은 내년 정초가 3년째 맞제? 아즉도 가맣네. 통영서 무당을 데리고 올라카모 수울찮게 돈푼이나 들 낀데, 울매나 모있는고?"

"돈이사 있는 만큼 맞차서 돈대로 지내모 돼지만 … 마실에 궂은 일이 자꾸 생기 쌓으께 벨신을 빨리 모싰이모 좋겠는데. 금년 봄에만 해도 인구네 애비가 타고 나간 배가 무단히 뒤집혀 고마 물괴기 밥이 되고 말았지를 안했나, 꼭지네 에미가 쌍딩이 낳다가 급살을 맞지 안했나, 또 작년 여름에 점순이가 옘병에 걸리 죽다가 살지를 안했나, 우물가 호부래비 김 씨 영감이 자고 나니 죽어 있지를 안했나, 지난여름에는 태풍이 모질게 불어 유자나무가 뿌리째 뽑히 나가고 당집도 무너졌제. 어장도 한동안 허탕만 치고 … 벨벨 궂은 일이 다 생긴다 칸께."

"그렇기 말이다. 다 인력으로는 안 돼는 일이라, 노하신 산신령도 달래 주고 토라진 용왕한테도 빌어야 할 때가 된 기라."

어민들은 하늘이 두렵고 바다가 무서웠다. 어민들은 자연 앞에 너무 허약했다. 그래서 별신제를 지낸다. 산신에게는 마을과 가정의 평안을 빌어야 하고, 용왕에게는 어부들의 목숨과 풍어를 빌어야 했다. 게다가 마을 어귀의 돌벅수에게도 부정을 막아 달라고 빌고, 동네 한

복판에 하늘 높이 솟대를 세우고 하늘에도 빌어야 했다. 마을 구석구석 빌어야 했다.

너울지는 바다

1. 제주 해녀의 딸

어느덧 여름이 가고 서리가 내렸다.

"후유이잇!"

허파가 오그라들도록 길게 자아올린 횟개소리로 가쁜 숨을 고르며, 입술이 파래진 장상군 제주댁은 뒤웅박을 안은 채 진저리를 쳤다.

'오늘이 일곱물이니 곧 보름달이 뜨겠구나.' 하고 그녀는 하늘을 올려다보았다.

"그믐 전에 다 걷어 가지고 제주도로 돌아가야지."

제주댁은 혼잣말로 중얼거렸다.

진달래 피고 청어 배 돛 달 무렵, 봄 멸치 따라온 제주 해녀들은 서리가 내리고 산국山菊이 지면 물질을 거두고 돌아갈 때가 되는 것이다.

장상군은 허기가 졌다. 뒤웅박 속을 더듬어 꼬막을 끄집어내어 손바닥에 올려놓고 호미 등으로 내려찍어 껍질을 깼다.

피 같은 빨간 체액이 흘러내리는 조개의 속살을 바닷물에 헹구어 입에 넣었다. 상큼한 날 비린내는 입안에 단맛을 남겼다.

'아나, 수생이 너도 하나 묵어라.'

미역을 한 다발 안고 막 솟아오른 딸에게 꼬막을 건네준다. 딸에게 먹으라는 시늉을 손으로 짓는다. 미역을 한 다발 안은 딸은 가쁜 숨을 몰아쉬고 나서 물안경을 이마로 걷어 올린다. 낫을 뒤웅박에 담아 놓고 핏물이 흐르는 꼬막을 받아 쥔다.

수생은 길 반이 넘는 미역밭을 부지런히 자맥질했다. 머리를 처박고 일렁이는 미역을 한 줌 쥐고 소 꼴 베듯 낫으로 밑동을 싹둑 자른다. 젊은 해녀는 허리에 납덩이를 찼다. 물구나무선 허연 다리가 수면에서 바둥거리면 물 위에 속살이 비친다.

이번에는 수생이 입맛을 다시며 제 그물 속에서 주먹만 한 홍합을 끄집어낸다. 장상군은 머리를 가로저으며 '홍합은 비싼 물건이다. 제수로 쓰이니 내다 팔자'고 수화手話로 가르쳐 주었다.

'대신에 꼬막이나 더 까먹고 허기를 때워라. 집에 가서 얼른 저녁을 해 먹자.'

제주댁은 딸에게 다시 꼬막을 건네고, 물 밑으로 기어든다. 그새 들물이 더 밀고 들어서 물 밑은 캄캄해졌다. 물질을 끝내야 했다.

'인제 뭍으로 나가자.'

딸에게 수화했다.

수생은 미역 바리를 거두고 가랑이 사이로 세차게 흐르고 있는 들물을 긴 다리로 휘저으면서 뒤웅박과 어구를 챙겼다.

뭍으로 나오자 다리가 후들후들 떨리면서 오한惡寒이 들었다. 물안경을 벗어 들고 젖가슴을 출렁이며 맨발로 걸어 나오는 수생의 젖은 물옷에서 바닷물이 허벅지를 타고 줄줄 흘러내렸다.

차라리 물 밑이 따뜻했다.

제주댁은 집으로 바로 가고, 수생은 턱을 덜덜 마주치며 바닷가 살막 옆에 피워 놓은 장작불로 다가갔다. 갯밭에서 올라온 마을 아낙들 몇이 곁불을 쬐고 둘러서 있었다.

수생은 뻘 칠갑이 된 통바지를 걸친 아낙들을 비집고 불 앞에 쪼그리고 앉았다.

"허허, 와 이리 밀고 야단을 지이 쌓노!"

아낙들 사이에 서 있던 용보가 옆으로 비켜서면서 투덜거린다. 입에서 문뱃내가 풀풀 날린다. 쪼그리고 앉아 불을 쬐는 수생의 포동포동한 손등이 내려다보인다. 흰 사발에 입혀 놓은 유약같이 매끈하다.

용보는 짐짓 화가 덜 풀린 듯 입에서 투정 섞인 소리가 튀어나온다.

"와 이리 털바리(조심성 없는 사람) 짓을 해 쌓노, 이놈우 보재기(해녀) 년이!"

수생은 아무 반응이 없다.

"이년이 귀가 먹었나?"

불길 건너 마주 앉은 아낙네가 수생에게 손짓을 했다. 그제야 그녀는 용보를 빤히 올려다본다.

입술이 새파랗게 오그라들고, 아직도 바닷물이 귀밑머리를 타고 흘러내리고 있는 수생은 와들와들 떨고 있다. 그러나 '왜요?'라고 하는 듯 겁 없는 표정이다. 입은 야무지게 다물고 올려다보는 눈매가 다부

지다.

'와요라니, 당장 쥐어박아도 시원찮을 것이….'

용보는 내뱉으려는 욕설은 거두어들이고 알아듣게 말했다.

"밀지 마라 그 말이라 내 말은."

" ……?"

처녀는 여전히 말이 없다.

'이년이 들은 척도 않네.' 하고 생각하는데, 그중 나이 많은 노파가
손등으로 코를 쓱 문지르고는 일러 주었다.

"수생이 가아는 버버리라 칸게. 말로 몬한다."

용보는 그제야 사정을 알아차리고 손을 불쪽으로 내저어 그녀에게
계속 불을 쬐라고 시늉을 했다.

수생은 휘몰아치는 바닷바람에 날름대는 화톳불을 두 손으로 잡을
듯이 시린 손을 들이댄다.

드러난 그녀의 무르팍이 떡살같이 희다고 용보는 느꼈다. 퍼진 궁
둥이가 갑자기 뭉클하고 그의 가슴을 흔들어 놓는다.

"아이구 이년아. 맨살은 가리야지, 쯧쯧."

옆에 앉은 아줌마가 수생의 벌어진 아랫도리를 손가락질했다.

그녀는 흠칫 용보를 올려다보았다.

얼굴에는 숨숨 얽은 손님 자국이 저녁 햇살을 받아 점점이 그늘을
드리우고 있다. 그래도 무서워 보이지는 않고 오히려 열없어 보인다
고 생각했다. 축 처진 괴춤을 비집고 나온 배가 볼록하다. 비늘이 눌
어붙은 삼베 핫바지는 무르팍이 불거졌다.

장작은 딱딱 소리를 튕기며 기세 좋게 바람을 탔다. 물에 젖었던 옷

도 김을 내며 마르기 시작했다. 용보는 갑자기 코끝에 풍겨오는 수생의 암내를 맡는다.

사람들은 하나둘 돌아간다. 용보는 타다 남은 나뭇개비가 꺼져 가는 것을 보고 불을 살려 수생이더러 더 쬐어 보라고 할 요량으로 살막 안으로 들어가서 땔감을 찾아가지고 나오는데, 정작 그녀는 살막을 돌아나가고 있었다.

그녀 앞으로 가서 그는 엉거주춤하게 서서 안고 나온 나무판대기를 내밀었다. 말이 통하지 않을 것이어서, 불을 더 쬐라고 그냥 저절로 취해진 행동이었다. 그러니까 말없는 호의의 표시였던 것이다.

그녀는 빤히 쳐다보며 머리를 도리질했다. 사내가 자기를 위해서 그런다는 것을 그녀가 눈치챘다손 치더라도 무거운 뒤웅박을 안고 있으니 정작 덥석 땔감을 받을 수도 없는 처지였다.

용보는 그녀 얼굴에 잠시 웃음이 비쳤다고 생각한다.

'벙어리는 웃을 줄 모른다고 하더니, 그래도 좋으니까 웃음이 나온 것이겠지.'

용보가 앞서고 수생이 뒤따랐다. 둘 다 집으로 가는 길이 같은 방향이었다. 처녀는 뼈대가 실하고 등판이 넓은 남자 뒤를 주춤주춤 걸어 갔다. 휘적휘적 걸어가는 그의 뒤를 따라 그녀는 겁에 질려 움츠린 자세로 지남철에 끌리듯이 따라가고 있었다.

골목이 갈라지는 곳에서 용보가 돌아서더니 집 쪽 길로 꺾어 드는 수생의 손목을 덥석 쥐고 딴 길로 끌었다. 그녀는 엉거주춤 엉덩이를 빼면서 손을 빼려고 하나 그의 우람한 손아귀를 벗어나지 못한다. 몸을 틀면서 앙탈을 부려 보나 그의 힘을 당할 수가 없었다. '버 버 버' 하고 용쓰는 소리만 입가에 맴돌 뿐 고함 소리가 나오지 못한다. 샛길로 질질 끌려가다가 나중에는 끌려가는지 따라가는지 걷고 있었다.

고샅이 끝나자 그들은 산을 향해 비탈길을 올라갔다.

당집 마당에 서 있는 귀기 서린 동백나무 밑 시커먼 그늘을 지나 댓돌 위로 올라섰다. 막 솟아오른 보름달이 한껏 부풀어 오른 바다 위로 넘실거리는 것이 내려다보이고, 마을에는 골목 사이로 호롱불이 봉창에 돋아나고 있었다.

용보는 수생을 당집 안으로 끌고 들어갔다. 괴기가 서려 고요했다. 용보의 숨소리만 거칠었다.

그는 수생을 와락 껴안았다. 바들바들 떨고 있었다. 여인은 앙탈을 부리면서 버텼지만 사내의 품속을 벗어날 수가 없었다.

수생은 당집의 산신 앞에서 용보의 사람이 되었다.

다음 날 아침 용보는 제주댁의 거처로 찾아왔다.

그는 부엌으로 들어가서 제주댁에게 다짜고짜로 말했다.

"딸은 고마 내한테 맽기소."

입에서는 아침부터 술 냄새가 풀풀 날린다.

"갑작시럽거로 무신 말을 하는교?"

"딸한테 물어보소."

수생은 정지 바닥에 웅크리고 앉아 주먹으로 눈을 가리고 울고 있었다. 분위기가 심상찮은 낌새를 채고 어미는 딸에게 다그쳤다.

"아이구 이년아, 무슨 일고?"

그녀는 엊저녁에 늦게 돌아온 딸년이 저녁도 들지 않고 쓰러져 잔다 싶었는데, 그전에 용보하고 무슨 일이 있었구나 하고 직감했다.

"이년아, 무슨 일고? 말을 해 봐라. 귀먹었다고 에미 말도 못 알아 듣겠나?"

딸은 고개를 숙이고 훌쩍이기만 한다.

용보는 수생의 손목을 거머쥐고 끌고 나가려 한다.

"이 사람아, 날 좀 보게. 지금 당장 우짜자는 짓고?"

"데불고 같이 살라요."

모주 먹은 돼지 목청이다.

"이놈아, 니 말뚝은 총독부 말뚝이더나, 아무데나 박아 대고…. 멀쩡한 딸년 다 베리 놓고 우짤라 카는 것고?"

용보가 받았다.

"오다가다 옷깃만 스치도 전생에 인연이 삼백 번이라 카는데, 인자 맺아진 인연 고마 내한테 맽기 놓으소."

제주댁은 용보가 상처하고 홀몸으로 지내는 것은 알고 있었다. 홀아비 3년에 이가 서 말이라더니 궁하다 궁하다 못 해 하필이면 내 딸을 가로챌 줄이야 꿈에도 생각지 못했던 일이다.

"아무리 막된 일이기로 초례는 치라야 할 일이 아인가배. 둘이서 좋다고만 되는 일이 아일세 … 살림살이 세간도 장만하고 … 달랑 도공 수건 하나 차고 물 건너와서 물질하고 산다고 도무지 배운 기이 없으이, 살림 사는 기본은 가르치서 시집을 보내야 될 말일세."

"말 구멍으로 빠진 거는 다 망아지고, 뱃놈에 자석은 다 뱃놈이지…. 머 뱃놈이 거치장시럽거로 식이라고 챙길 거 없고요. 세간은 쓰던 거 고대로 쓰모 되께 새로 장만할 일 없소 … 농짝, 디주, 게짝, 장독, 밥그륵, 수저, 반짇고리 … 쓰던 거 다 있소. 벨로 돈 디릴 거 없이 몸만 고스라이 들앉으모 된다 말이요. 살림이 벨것 있소, 밥하고 빨래만 빨모 됐지."

그날로 용보는 수생을 집으로 들어앉히고 둘은 가시버시로 붙어살게 되었다.

2. 우렁쉥이 할매, 미더덕 할망구

태풍은 비를 거느리고 불어닥쳤다.

강구벌레가 숨어 살던 바위 밑을 버리고 뭍으로 올라오자, 바람은 산더미 같은 너울을 몰고 와서 방파제를 때렸다. 길길이 치솟은 물보라가 하얗게 부서지며 공중에서 물방울을 뿌린다.

미더덕 할매네 초가는 지붕을 졸라맨 고삿이 삭아 터져서 볏짚이 날려가 버리고, 용마루를 가운데 두고 양쪽으로 서까래가 발라먹은 생선 가시처럼 앙상하게 드러났다. 흙담을 두른 집들은 흙이 무너져 내리고, 문짝이 덜컹거리다가 견디다 못 해 떨어져 나갔다.

몇 그루 나무가 뿌리째 뽑혀 드러누웠다. 동네 어귀의 장승이 바람에 넘어지고, 마을 한복판에 서 있던 솟대도 부러져 버렸다.

갯가에 늘어선 목선들은 닻줄을 드리운 채, 밧줄에 매인 황소처럼 늘어서서 날뛰는 파도에 출렁이다 못해 서로 부딪쳐 뱃전이 부서지기도 하였다.

죽방렴竹防簾 활대며 참나무 말목도 파도에 휩쓸려 없어져 버렸다.

바람에 실려 빗겨 나는 갈매기도 자취를 감추고, 고기 떼는 바다 밑으로 깊이 숨어 버렸다. 비 맞은 동네 강아지들은 마루 밑으로 기어 들어가 눈만 말똥거리며 빗줄기를 바라본다.

해가 나자, 바닷가 가까이에 서 있던 감나무, 유자나무, 후박나무 등의 잎사귀들은 물보라를 뒤집어써서 간기(소금기)로 초록빛을 잃고 벌겋게 혹은 갈색으로 시들었다.

태풍이 개펄을 쓸었다. 물이 빠진 갯가 텃밭에는 파도가 때려서 경계돌담이 흩어져 버렸다.

미더덕 할멈은 간단후꾸簡單服 가랑이를 걷어 올리고 며느리 수생과 함께 돌멩이를 주워 모아서 뻘밭에 경계를 새로 짓기 시작했다. 돌무더기는 그래도 드문드문 남아 있어서 거기에다 가늠해서 쌓아 나갔다.

갑자기 우렁쉥이 할매가 팔을 걷고 삿대질을 하며 외친다.

"이 바라! 사람이 겡우가 있어야지, 넝큼시럽거로 우쩨 넘우 밭에 들어와서 담을 치노?"

"머슨 소리고! 요게 남아 있는 돌멩이들 좀 보라모. 이기이 전에 니 집 내 집 돌담 아이고 머꼬? 속아지는 똑 메루치 똥집만 해 갖고 좁으당한 기이 똥고집은 지이 쌓노."

"거어 돌멩이는 물살에 떠밀린 기라 말이다. 요게 요 반구 돌 좀 보라 칸께. 이기이 전에 우리 밭 한가운데 있던 기란 말이다. 동네 사람 불러다 놓고 물어 바라, 온 삼이웆이 다 안다. 그란데 와 반구 있는 데까지 넘어와서 엄뚱(엉뚱한) 땅을 차지할라 카노? 이 환한 대멩천지에 복장이 새카만 도독년 심뽀 아이가."

미더덕은 지지 않고 일일이 응수한다.

"택도 아이거로 와 이리 엄뚱 소리로 해 쌓노! 운제 저 반구가 그쪽에 있었다 카더노. 땡깔(생떼) 고만 부리라. 이 개멩천지에 묵기는 흰밥 처묵고 와 시커먼 거짓말로 하고 있노? 와이고오 시상 사람들아, 삶은 개대가리가 다 웃겄다."

우렁쉥이는 말이 통하지 않는다 싶어 욕설로 들어간다.

"오냐, 이 매구야, 새 X같은 소리 고마 씨부리라. 쑤세미로 칵 틀어박아삘라."

"오냐, 고놈우 주딍이 고마 인두로 콱 문대삘라."

바닷가 사람들의 거친 말씨는 듣기에 상그럽다.

미더덕은 저쪽의 낯짝에 대고 삿대질을 한다. 우렁쉥이도 지지 않고 맞질을 한다. 끝내 둘은 머리끄덩이를 부여잡고 밀치고 댕기고 싸움이 벌어졌다.

"에레기 요년에 할망구가 ⋯ ."

"요년에 할망구가 오데다가 손목대기로 놀리고 있노."

둘은 뻘 구덩이에 넘어졌다. 엎치락뒤치락 뒹굴어서 옷이고 얼굴이고 뻘 칠갑이 되었다.

미더덕의 얼굴에 피가 흘러내렸다. 돌멩이에 붙은 따개비에 긁힌 모양이다. 진집이 난 상처에서 피가 줄줄 흐른다. 수생은 제 치마를 걷어 올려 시어미의 얼굴에 흐르는 피를 닦아 준다.

"아이고 요년, 니 낯판때기도 한 분 긁히 바라."

미더덕은 우렁쉥이의 머리끄덩이를 새로 잡고 힘껏 낚아채 바닥에 처박는다.

"고만들 해라. 와 이 쌓노! 동네 초상 났나, 외고 패고 야단고. 자고 나모 또 볼 얼골, 싸우서 될 일가?"

구장 상도의 아내가 나타나서 둘을 뜯어말렸다. 그녀는 머릿수건을 벗어 미더덕의 피를 훔쳐 준다.

"시상에 이 피 좀 보소. 패냉기(얼른) 집에 가서 된장을 찍어 바르소. 어서 아물거로. 돌담은 내가 사람을 시키 갖고 쌓아 놓으낄 께네."

도지賭地 내는 사람들은 밭주인의 말을 들어야 했다.

수생더러 얼른 데리고 가라고 손짓한다. 미더덕은 못 이긴 척 누그러뜨리며 우렁쉥이를 보고 한마디 하고 돌아섰다.

"시근(철) 들자 노망나더라고, 할망구 니 년은 펭생 가야 시근 들기는 틀렸다."

"니나 철나거라. 지랄용천 고만 떨고."

태풍은 온 세상을 휘몰아 쓸어버리고, 어촌마을의 착한 이웃 간에 싸움까지 붙여 놓고 물러갔다.

3. 멸치 떼

태산은 태풍 내내 멸치잡이 어장 배 띄울 궁리를 하고 있었다.

장차 언젠가는 직접 멸치어장을 할 요량으로 그동안 배꾼으로 일해 받은 품삯을 능구렁이 알처럼 차곡차곡 모은 돈으로 우선 퉁구밍이배를 한 척 마련했다.

대충 흥정이 이루어졌다고 생각되자 태산은 용보에게 제안을 한다.

"어장을 할라고 내가 니 배 산 것 아이가. 니가 내 배 같이 타도고. 내 혼자서 배 저어라 그물 빠자아라 우째 다 하노."

갓후리 어장을 하자면 배를 저으랴, 고기를 쫓아 그물을 드리우랴, 양망을 하랴 혼자서 되는 일이 아니다.

"내가 구장 배 버리고 니 배 타모, 구장이 써운타고 내중에 내로 다 부(도로) 써 줄라 카겠나?"

"세상에 구장 배 하나뿐가? 내가 구장보다 잘해 주모 될 거 아이가? 와리(분배)는 4할 5부 치 주꺼마. 니 안 타모 내는 배 몬 산다."

보통 어획의 와리는 선주 6할, 선원들 4할로 되어 있었다.

용보는 난감해진다. 배를 팔아야 빚을 갚을 일인데⋯. 그동안 술 마시랴 계집질하랴 돈을 흥청망청 쓰고 다니다가 종내 술값은 외상으로 긋고 마시기 시작하여 득달같이 빚 재촉을 받는 일이 한두 번이 아니었다.

그래도 용보는 태산의 배는 타고 싶지 않다.

'시프게(같잖게) 굴지 마라. 니나 내나 같이 구장 배 타던 신세가, 언제부터 내 앞에서 선주 티를 내고 있노? 내 와리가 4할 5부라 캐도, 구장은 두 척으로 배후리船引網로 하니까 그쪽 모가치가 더 크다 말이다.'

용보는 말이 없다.

하늘에 구멍이라도 난 듯 내리퍼붓는 폭우 속에서 산골짜기로부터 콸콸 쏟아져 내리는 벌건 황톳물을 건너다보며 태산은 속으로 헤아려 보았다. 자기가 어장을 벌이려고 용보의 배를 흥정했다는 이야기가 퍼질 것이 뻔하니 태산은 도리 없이 자기의 제안을 거두어들이고 흥정은 마쳐야겠다고 결심했다.

"싫다 카모 할 수 없제. 사람은 따로 구해 보지."

태산은 용보에게 셈을 치르고 배를 인수했다.

퉁구밍이는 작은 목선이다. 흘수吃水가 얕고 선폭이 좁아서 풍랑에 쉽게 뒤집어지기 때문에 먼 바다에는 나갈 수가 없는 돛단배였다. 연안에 나가 그물을 쳐 놓고 있다가 외끌이로 멸치를 몰고 들어오는 갓후리 어장밖에 할 수가 없다.

태풍으로 집채 같은 파도가 바닷속을 뒤집어 놓고 지나가면, 물 밑 깊이 숨어 있던 고기 떼들이 조용한 수면으로 몰려나온다. 게다가 골짜기에서 벌겋게 흘러내린 황토로 물이 바뀌면 없어졌던 회유성回遊性 물고기들이 연안으로 몰려든다. 특히 멸치, 삼치, 장어, 숭어 등이 눈에 띄게 나타난다. 뱃사람들에게는 태풍이 불어와 한 번씩 바닷속을 뒤집어 주어야 했다.

태산은 길길이 솟구치는 물 갈기가 해안을 덮는 것을 보면서 퉁구밍이로 조업해도 남 못지않게 충분히 어획을 올릴 수 있다고 자신했다.

그는 마을 앞바다를 제 손바닥 들여다보듯 고기가 몰려다니는 길목을 환히 알고 있다고 믿기 때문이다.

태산이 배꾼을 구해 처음 배를 저어 바다로 나가는 날은 밀어닥치는 들물이 고기 떼를 몰고 왔다.

태산은 바닷가에 말뚝을 박아 한쪽 끌줄을 거기에 매어 두고, 배에 실은 후릿그물의 한쪽 벼리를 다시 그 끌줄에 이었다. 그새 배꾼은 노를 저어 통구밍이를 몰고 바다로 나갔다.

태산은 접어서 사려 놓았던 그물을 물속으로 밀어 넣으면서 나가다가 후리가 끝이 나고 자루그물이 시작될 즈음해서 배를 세우고 닻을 내렸다. 배는 멸치 떼의 진행 방향으로 보아 선측을 가로질러 선수를 돌려놓았다. 그물 내리기가 수월하다.

태산은 멸치 떼가 오기를 기다렸다.

붉은 깃발을 매달고 떠 있는 정치망의 부표 너머 멀리 난바다로 나가는 길목에는 일본 사람들의 권현망 선단이 막아서서 들어오는 멸치 떼를 훑고 있었다. 태산은 열심히 수면을 살펴보면서 권현망 그물을 피해서 빠져나온 멸치 떼의 시거리 물살을 기다리고 있었다. 바다가 조용한 날에는 수면에 물살을 일으키며 멸치 떼가 다가오는 모습이 보이는 것이다.

"떴다!"

태산이 외치며 배꾼의 어깨를 쳤다. 배 밑으로 멸치 떼의 선두가 지나간다.

태산은 닻을 걷었다. 멸치가 어지간히 다 지나갔다고 판단되는 순간 태산은 자루그물을 바다에 밀어 넣었다.

"노를 젓어라! 멜치를 쫓어라!"

배꾼이 해안을 향해서 노를 힘차게 젓기 시작하고 태산은 자루그물을 밀어 넣고 멸치 떼를 후리면서 몰고 갔다.

"멜치를 가운데로 옥아(휘감아) 몰아라!"

태산이 외쳤다.

돛폭에 항아리처럼 바람을 잔뜩 안은 통구밍이는 놋좆(쇠돌기)을 문 노가 힘차게 삐걱대는 소리를 내며 해안을 향해 비스듬히 나아간다. 풀린 그물은 물속에서 반원을 그리면서 멸치를 가운데로 몰아넣었다.

배는 말뚝 박아 놓은 자리로 되돌아왔다.

둘은 배에서 내려 양쪽에서 끌줄을 쥐고 그물을 잡아당기기 시작했다. 자루그물이 물속에서 모습을 드러내자 멸치가 비비적거리며 퍼덕이는 것이 보이기 시작한다.

"찾다!"

태산이 외쳤다.

그물을 바싹 잡아당겨서 뭍으로 끌어올려서 미리 가마니떼기를 여러 장 깔아 놓은 곳에 멸치를 쏟았다. 멸치 떼는 봉우리를 이루며, 파닥거리며 위에서부터 미끄러져 내렸다.

"퍼뜩 실어라!"

물에서 갓 건진 생멸치가 공기를 쐬면 맛이 가기 때문에, 가공을 서둘러서 맛을 살려야 금(金)을 더 받을 수 있음을 태산은 알고 있었다.

태산은 멸치 떼가 몰려드는 제철에 밤을 새워 작업했다. 잠은 배에서 통밤을 새우기도 하고, 때로는 새우잠으로 때운 날은 낮에 토막잠으로 채우기도 했다. 집을 한참 동안 떠나 한뎃잠으로 지냈다.

"여보게 태산이, 야아 새야 좀 데리고 써도고. 지놈이 커서 뱃놈이 될라 카모 애릴 때부터 일찌감치 뱃일을 배와야 할 거 아인가배."

용보가, 여름방학 동안 집에서 빈둥빈둥 놀고 있는 아들 녀석 수명水明을 데리고 와서 태산에게 부탁한다. 소학교를 마치면 공부는 그만큼 하면 되었으니까, 일찌감치 배를 태워야겠다고 생각하였다. 코흘리개 아이놈을 배에 태워 달라고 부탁하기에는 태산이가 제일 만만했던 것이다. 뱃일 끝내고 용돈이라고 몇 닢 얻으면 학비에 보탬도 될 것이다.

"설마 지 을사금(월사금)이야 손에 쥐고 오겠지."

수명은 용보가 수생을 들이기 이전에 작고한 전처의 소생으로 나이 열네 살이었다.

태산은 수명을 어선에 태웠다.

"새야, 화쟁火匠이 일부터 맡아 해라이. 밥도 짓고 잔일도 돕고 …. 여자는 배에 태울 수 없으이 천상 수멩이 니가 맡아라."

'새'는 수명의 어릴 때부터 불리던 아명兒名이다.

태산은 일찍이 부모 둘을 다 잃고 어린 나이에 무의무탁無依無托 오갈 데 없는 고아로 지내다가, 어쩌다 어선을 타고 바다에 나가 밥도 짓고 그물도 당기고 하여 그길로 인연이 되어 뱃사람이 되었다. 잠도 배에서 웅크리고 자고 조석도 배에서 끓여먹었다. 배가 집이고 뱃바닥이 방바닥이었다.

태산은 그 생각이 나서 어린 수명에게 뱃일을 가르쳐 배꾼으로 키워 주어야겠다고 마음을 먹었다.

새는 배에 오른 첫날부터 파도에 시달려 뱃멀미를 했다. 왝왝하고 토악질을 해대는 아이가 마저 다 토하도록 태산은 등을 토닥거려 얼러 주었다.

"뱃놈은 파도한테 지모 안 된다이. 저게 가서 놋좆을 물고 있거라 이!"

태산은 고물 쪽으로 데리고 가서 노를 걷어내고, 아이는 엎드려서 노의 배꼽이 걸렸던 노종쇠를 핥으며 헛구역질을 삭힌다. 한참 그대로 엎드려 있자 멀미는 서서히 수그러들었다.

배가 닻을 놓고 멸치 오기를 기다리는 동안 태산은 수명에게 재미삼아 통발 놓기를 가르쳐 준다.

'아이가 제 힘으로 고기 잡는 재미를 느껴봐야 배에서 버텨내겠지' 하는 생각에서였다.

"물 밑에 담가만 두모 게란 놈이 지 발로 기어들고, 장어도 찾아들오고, 문어란 놈은 단지가 좋아서 죽고 몬 산다. 한심 자고 나서 건지기만 하모 된다이. 쉬엄쉬엄 짬이 나거든 해 보라모."

아이는 통발을 드리웠다.

"괴기는 물 따라 옮겨 댕긴다이. 덥은 물 따라 올라갔던 멜치도 가실에 찬물 피해서 다부 돌아온다 말이다. 물 온도를 알아야 멜치 괴기 떼 몰리 댕기는 거를 알 수가 있제. 그기이 15도라 말이다."

뜨거운 햇살에 목이 마르다. 태산은 냉수 한 사발에 간장을 풀어 새끼손가락으로 휘휘 저어 들이켜서 간기를 채우고, 나머지는 수명더러

마저 마시게 했다.

수명은 기다리다 감질이 나서 통발 줄을 끌어 올리려고 한다.

"아즉 멀었다. 좀 더 지긋하이 있다가 걷아야제 …. 새야, 어장 할라 카모 달 따라댕기는 물때도 알아야 한다이. 달이 차고 달이 찌불모 (기울면) 괴기 떼도 왔다 갔다 움직인다."

갈매기가 높이 날고 있었다.

"바람도 알아야 한다이. 파도가 바람 아이가. 바람이 불모 괴기가 숨어삐고 안 문다 말이다. 갈매기가 높이 뜨모 바람이 쎄게 불어서 그렇다 말이다. 뱃놈은 하루 천기는 볼 줄 알아야지."

드디어 통발을 건져 올렸다. 통발을 뒤집자 장어가 한 마리 미끄러져 나와 요동을 친다.

"붕장아다!"

대가리와 꼬리를 반대로 휘젓는다. 태산이 아이에게 일렀다.

"첫 괴기는 고사 절 하는 벱이다. 내중에 가 가서 너거 할매 고와 디리도록 해라이."

수명이 처음으로 야간 조업에 따라나선 날은 물때가 자배기였다. 바다는 물이 부풀어 올라 그득했다. 들물이 빠져나가기 직전 파도도 자고 바람도 잤다.

내항 밖 밤바다에는 권현망 어선이 집어등集魚燈을 휘황하게 밝히고 멸치 떼가 들어오는 길목을 지키고 있다. 남십자성을 바라보고 방향과 위치를 잡고 바다로 나아가는 퉁구밍이배에는 관솔다발로 횃불을 밝혔다. 날름대는 불길은 잔잔히 이는 물결 위에 얼룩진다.

"새야, 산을 잘 바 두야 한다이. 야밤중에 집으로 돌아올라 카모 산가름을 해야 한다이. 시커먼 산 모양을 보고 찾아온다 그 말이라. 고래 등겉이 솟아오른 동네 뒷산 모양을 눈에 꼭 넣어 두어야 한다이…. 날이 흐려서 이도 저도 안 되모 도리 없이 배로 세우고 닻을 놓고 그 자리서 가마이 있어야제, 안 그라모 바다 우에서 길을 잃는다."

바닷가 산언덕에 모닥불이 보였다. 숭어잡이 망쟁이(어로장漁撈長)가 바다를 굽어보면서 시거리를 살피고 있다. 밤중에 고기 떼가 몰려오면 야광물질이 비늘 같이 빤짝이며 시거리가 인다. 산모퉁이에서 얼마 떨어지지 않은 바다 가운데에 숭어들이 어장 배들이 모여 조용히 기다리고 있다.

산기슭을 따라 돌아가는 해안 물굽이에 배들은 자릿그물을 쳐 놓고, 배꾼들은 숨을 죽이고 바람을 기다린다. 침 넘어가는 소리만 꿀꺽꿀꺽 날 뿐이다. 기침 소리라도 내는 날에는 망쟁이한테서 불벼락이 떨어진다.

"숭어놈에 귀가 개새끼보다 더 밝다! 잔기침 소리만 들려도 다 도망간다!"

태산네 배의 관솔이 송진을 흘리며 '지직 지직!' 타들어가고 있다. 뱃전에 물살이 출싹대는 소리가 들린다.

서서히 밀려오던 안개가 밤바다를 덮는다. 별이 물에 불어 뿌옇다. 멀리 바다 위에 뜬 집어등과 언덕 위의 모닥불은 바알갛게 흐려지다가 농무濃霧 속에 파묻히고 말았다. 뱃전도 돛대도 뱃바닥도 눅눅하게 습기에 묻어났다.

숭어잡이 망쟁이는 이제 허사다.

태산은 고개를 들고 하늘을 올려다보았으나, 부옇게 번진 횃불 아래 안개만 흐르고 있을 뿐이다. 진로를 가늠하기가 어려워졌다.

태산은 자칫하다가는 항로를 잃고 헤맬지도 모른다는 생각이 들어 고물에 앉아 있는 수명에게 이른다.

"닻을 빠자아라, 뱃길 잃어삘라! 안개가 짙다."

흐르는 안개는 목덜미를 적셨다. 얼굴이 끈적끈적해 왔다.

바다는 자고 있었다.

태산은 횃불을 쳐들고 물 밑을 들여다본다. 관솔다발에 걸은 송진방울이 불꽃을 달고 안개 속으로 떨어진다. 수명은 뱃전에 기대어 출싹거리는 물살 소리를 들으며 잠이 들었다.

밤은 자정을 넘기고 새벽으로 들어서자 흐르는 안개도 멈추고 세상은 조용했다. 여명이 트자, 이윽고 바람이 불기 시작했다. 북동풍이 파도를 몰고 왔다. 갑자기 '풍덩! 풍덩!' 하는 소리와 함께 '와아! 와아!' 하고 사람들 소리가 떠들썩했다.

수명은 잠에서 깨었다. 손등으로 눈을 비비고 사방을 둘러본다.

"아재요, 먼 소린교?"

태산은 산언덕을 바라다보고 말했다.

"석조망石造網 치는 소리다. 돌로 던진다 말이다."

"돌은 와요?"

"숭어몰이 할라꼬."

"숭어 잡는데 돌은 웬 기요?"

"괴기 앞에 돌로 던져서 겁주 갖고 바닷가 덤장으로 몰아붙이는 소리다. 이쪽 바다로 몬 빠져나오거로."

숭어 떼는 낙동강 어구 쪽에서 샛바람이 몰고 왔다. 바람에 이는 물살에 지레 겁을 먹고 해안 쪽으로 붙어서 도망쳐 오기 때문에 어부들은 미리 그물을 쳐 놓고 기다리는 것이다.

숭어몰이 돌 던지는 소리가 잦아지나 했더니, 이번에는 '철벅! 철벅!' 하고 목나무 판대기로 수면을 치는 소리가 요란하게 건너온다. 마치 보리마당에 도리깨 태질하듯이 배꾼들이 물을 치면서 숭어를 몰아붙이고 있다.

"저래 다그친다고 몇 마리나 걸리들 끼라고. 돌멩이하고 몽딩이는 산돼지 몰 때나 쓰는 기지 …. 괴기는 살살 달개 갖고 잡아야지 두드린다고 잽히나?"

태산은 숭어들이 어장을 얕잡는 투로 중얼거린다.

어린 수명이 일본인들 권현망 어선 있는 쪽을 쳐다보면서 말했다.

"일본놈들맨키로 과학적으로 잡아야. … 판대기로 두드린다고 잽힐 일입니꺼?"

"자석, 총구(총기) 있는 소리한다!"

수명은 영악한 아이였다. 배 탄 지 얼마 안 가서 들물 날물을 헤아려 물때도 감쪽같이 알아채고, 고기 떼 움직이는 방향도 금세 요량해 내는 그 어린 깜냥이 예사롭지 않았다. 나이에 비해 나름대로 사리를 옳게 분간하고 사물의 물미를 깨우치는 것을 보고 태산은 속으로 탄복한다.

"지금은 저 수밖에 없다이. 니가 후제(훗날) 좋은 방법이 있는지 연구해 보라모."

태산은 '이놈은 애비하고 달라서 커서 참한 뱃놈이 되겠구나' 하고 생각했다.

"논밭이란 거는 가진 놈만 가지고 없는 놈은 대대로 땅 가진 놈한테 붙어묵고 살아야 한다이. 그런데 물 밑에 돌아댕기는 괴기는 임자가 따로 없다. 잡는 놈이 임자다. 니도 잘 배와서 장차 어장을 벌리 바라. 너거 아부지가 내한테 부탁한 일이다."

"…내는 커서요오, 뱃사람은 안 할 기라요. 중핵교, 대핵교 가서 공부로 할 끼라요."

'지 애비하고는 생판 딴생각을 하고 있구나. 지 할매가 어릴 때부터 어장터를 떠나 뭍에 가서 살아라고 불러 준 이름대로 새가 되어 훨훨 날아갈 생각을 하고 있구나.'

"오냐, 옳은 생각이다. 꼭 그리하거라이. 뱃놈은 만년 가야 비린내 몬 벗는다."

태산은 뭉그러진 자신의 손마디를 들여다보며 말했다.

부릉 부릉!

안개가 걷히고 희붐히 동이 트자 왕잠자리같이 생긴 쌍엽비행기가 바다 위를 낮게 날아간다.

"톤보우 비잉기!"

수명이 외쳤다.

"저놈우 비잉기 소리! 괴기 다 달뺀다!"

망쟁이는 언덕 위에서 공중에 대고 삿대질을 해댄다. 비행기는 진해 군항 쪽으로 사라졌다.

점심나절에 물 따라 멸치 떼가 몰려왔다.

"반닥이다!"

태산은 신이 났다. 어깨에 힘이 솟구쳤다. 후리를 끌면서 배를 날쎄
게 해안으로 몰아간다.

"아재요, 반닥이는 먼교?"

"비싼 놈이다. 딴 메루치보다 금을 더 쳐준다 칸께. 잘 데다(들여다)
바라, 배때기가 넓고 몸통이 길게 생겼제? 비늘도 빤닥거리고 ⋯."

수명은 뱃전에 턱을 괴고 그물을 벗어나지 못하고 끌려오는 반닥이
떼를 유심히 내려다본다.

태산의 어장은 하루가 다르게 늘어났다.

"태산이는 똥밭에 굴러 나자빠졌나아, 어장 나갔다 카모 산떼미같
이 싣고 들온께."

마을 배꾼들이 부러워했다.

태산은 아직도 통구밍이배 한 척으로 외끌이 갓후리어장을 벗어나
지 못하고 있었으나 '배를 한 채 더 늘리자. 인자 두 배로 배후리로 할
때가 되었다.' 하고 새 배를 주문해서 건조하기 시작하였다.

배는 뼈대가 올라가서 바닷가에 차차 그 모습을 드러내기 시작하였
다. 드디어 용골龍骨을 앉히는 전날 저녁에 선주 태산은 산인댁에게 개
다리밥상과 안주가 든 광주리를 들게 하고 술 주전자는 자신이 챙겨서
배 건조장으로 갔다.

짓다만 배는 바닥에 용골을 드러내고 양쪽으로 판대기를 덧대 놓고
있었다. 그 모양이 마치 기와집 대들보와 서까래를 거꾸로 뉘어 놓은
꼴이었다.

태산은 상을 차리고 잔에 술을 쳤다. 손바닥으로 가리고 초 심지에

불을 붙였다. 불꽃은 바람에 심지를 물고 자지라질 듯이 가물거린다. 그는 합장하여 비손했다.

바람은 기어코 촛불을 껐다. 그는 아내를 껴안고 뱃바닥에 눕혔다.

"아이구우, 넘이 보요, 한데서 이기이 머슨 짓인교?"

"죄앵히 해라. 새 배 짓고 큰 어장 벌릴라 카모 양밥(양법禳法)을 해야 한다."

그들은 송진 냄새를 맡으며 새 배의 풍어와 요행을 빌었다. 선주가 된 어부한테는 배가 안방이었다. 말하자면 그들은 용골 위에서 성주받이 상량식을 치른다.

그들의 인연은 배 위에서 이루어졌고 새로운 앞날을 위한 발원도 배 위에서 벌어지고 있었다.

의식을 끝내자 태산은 산인댁의 손목을 잡아끌었다.

"따라오이라! 이녁도 같이 올라가잖고."

태산은 산망山望을 보러 처를 데리고 뒷산으로 올라갔다. 섣달그믐 매서운 바람이 밤바다를 건너왔다. 바닷바람은 등을 떠밀어 두 사람을 산으로 밀어 올렸다.

언덕에서 내려다보는 사위는 캄캄했다. 하늘과 바다의 구분은 짐작하기 어려웠으나 하늘에는 별이 박히고 바다는 별빛에 거뭇거뭇 어렴풋이 모습을 드러내고 있었다.

수면이 울렁대는 것일까. 바다가 꿈틀거리는 듯한 느낌이 들었다. 그때 동쪽 모래톱이 있는 바다 쪽에서 파란 인燐 불이 일었다.

"도깨비불, 도깨비불이다! 시거리가 떴다 말이다. 바라, 저게가 새 배 어장터다."

태산은 외쳤다. 시거리는 고기 떼가 모여서 이는 물살이다.

배가 완성되어 가자 산인댁이 절에 가서 법사한테 태산의 생기복덕生氣福德을 넣고 사주를 짚어 돼지날을 잡아 왔다.

배를 다 짓자 집 대문에 왼작대기를 질러 두고, 배고사를 앞둔 선주 집에 부정 타는 일이 없게끔 남이 드나들지 못하도록 했다.

배를 물에 띄우자 들물이 밀고 들어왔다.

배고사가 시작되었다. 태산은 아침부터 바닷물로 갑판에서 시작해서 깔판까지 배 위를 깨끗이 씻고 뱃전을 돌아가며 소금과 고춧가루를 뿌리고 막걸리를 부어서 부정을 떨쳤다. 그는 깻단을 말아 불을 붙이고 휘이휘이 휘저으며 배를 한 바퀴 돌고 와서 바다에 횃불을 던졌다. 부정치기로 악귀를 몰아내었다.

'얼씬도 말거라. 멀리 멀리 꺼지거라!'

선장실에 솔가지를 끼운 건구지(금줄)를 달고 서낭을 매달아 모셨다. 명태를 문종이로 싸고 오색실로 감아 묶어서 배서낭의 신체神體로 삼았다. 돛대에는 빨간 서낭기를 매달아 올렸다.

제상은 갑판에 차렸다. 삶은 돼지머리를 쟁반에 얹고 밥그릇과 나물접시, 생선접시를 차린다. 선주는 술을 올리고 엎드려 절했다. 물가에는 마을 사람들이 몰려와서 구경하고 있었다. 아이들은 침을 삼키며 고수레 떡을 얻어먹을 궁리에 침을 삼키며 제상을 바라보고 있다. 굿을 벌이는 날은 아이들에게는 잔칫날이나 진배없다.

무당이 대를 잡았다.

"해동조선 남해바다 거제바다 선주태산 신태산이 태창호오太昌號

동서남북 사방뱃길 두루두루 무사토록 행신께서 열어 주소. 바람길에 파돗길에 출어길을 지켜 주고 괴기떼들 마히마히 잽히도록 밀어 주소. 채린 음석 서낭님도 자시시고 이물고물 영감님도 같이 들고 수장구신도 들고 가소. 오방구신 모도 와서 들고 가소."

무당은 댓가지를 흔들고, 신들린 댓잎은 쉴 새 없이 바스락거리고 있었다.

"내리오는 괴기 올라오는 괴기 모도모도 불러모아 우짜든지 어진 우리 뱃놈드을 갑옷 한 분 입히 주소."

태산은 선장실에 걸어둔 건구지를 걷어 불을 질러서 바다를 향해 멀리 던졌다. 제상에서 고사음식을 떼어 바다에 던지고 양손을 비비며 비손을 했다.

"꼬시레에이!"

잡귀는 배를 채우고 돌아섰고 용왕은 선주의 비손에 감응했다.

뱃사람들이 달려들어 선주를 번쩍 들어 올려 바다에 던졌다.

"용왕님, 태산이 선주 물 좀 멕이 주이소!"

태산은 물속에서 용왕과 교접하고 바닷물을 뚝뚝 흘리면서 배로 올라왔다.

태창호는 풍악을 잡히고 마을 앞 바다를 돌면서 당집의 산신에게도 마을 입구 벅수에게도 장터 오리솟대에도 마을의 수호신들에게 장구 소리로 두루두루 인사를 올렸다.

후릿배 두 척을 갖추자 주선主船 태창호의 갑판에 도르래를 달았다. 도르래는 그물에 터질 듯이 들어찬 멸치의 양망 작업에 선원들의 일손을 덜어주어 어로작업을 개선하기도 하였지만 무엇보다 생멸치에 손상이 덜 가도록 도움이 되었다.

수명은 그동안 덴마傳馬(보조선)를 저어 후릿배 두 척 사이로 오가며 심부름하다가 이제는 배로 올라와 도르래 작업을 거드는 일을 하게 되었다.

마산 선창의 건어물 가게 천일상회 주인 나카지마仲嶋는 태산의 멸치에 대해서는 그 맛이 상등품으로 손색이 없음을 인정하고 금을 더 쳐주었다. 일본 권현망 어선에서 대량으로 포획한 멸치는 뱃전을 타고 넘으면서 짓눌리고 내장이 터져서 가공하기도 전에 맛이 가 버리는 것에 비하면, 태산이 소형어선으로 곱게 잡아 올려 제때에 가공 처리한 멸치는 맛을 잘 살려내고 있었다.

그래서 태산은 양망할 때 매번 같은 말을 했다.

"살살 땡겨라! 메루치 배 터진다."

생멸치가 이 대목에서 가장 많이 상하기 때문이다.

태산의 어장에서는 멸치 품질에 손상이 덜 가도록 최선을 다하였다. 천일상회 나카지마란 작자는 대가리 한 개라도 부러져 나간 놈을 발견하면 마치 열 개나 백 개나 되는 듯이 값을 후려친다.

그물을 당겨 보면 어획을 짐작한다. 풍어가 든 그물은 묵직하게 손바닥을 통해서 전해온다.

선주는 잊지 않고 배서낭에게 성구를 했다.

"오올도 200상자는 넘겠십니더. 배가 찼십니더. 대가리 떨어져 나간 놈, 창시 터진 놈 없고 두루두루 온전하이 건지 올리도록 해 주시이소."

만선은 뱃전에 물이 남실거렸다.

태산은 돛대의 마룻줄에 서낭기를 내다 단다. 빨강, 파랑, 하양 삼색 깃발은 바람에 펄럭인다. 돛폭은 쌍둥이 밴 아낙처럼 불룩하게 바람을 안고 부둣가로 들어온다.

징 지잉 징 징!

징 소리가 바람에 실려 온 마을에 울려 퍼진다. 배꾼들은 어획이 많으면 몫이 늘어나므로 신바람이 나서 어깨가 절로 들썩이는 것이다. 꽹과리는 단내 나는 놋쇠소리로 더욱 자지러진다.

태산의 어장은 손발이 척척 맞아 떨어졌다. 되는 집안에는 똥 막대기도 덩달아 춤을 춘다고, 일을 하는 건지 깨춤을 추는 건지 태산이네 사람들은 모두 다 신이 나서 돌아갔다.

만선은 갈매기 떼를 몰고 부두로 들어온다.

뭍으로 건져 올린 멸치는 준비해 놓은 손수레에 싣는다. 그리고 부리나케 장막蒸幕으로 달려간다.

거적때기로 가린 막 속에는 훈김이 서려 숨이 막힌다. 훨훨 타는 장작불 위에서 물이 펄펄 끓고 있었다. 산인댁이 후릿배가 들어오는 것을 보고 미리 물을 데워 놓고 기다리고 있는 것이다.

"끓는 물에 퍼뜩 담가라! 바람 든다!"

태산은 멸치를 잡는 것 못지않게 간수에도 신경을 썼다.

산인댁은 김이 솟는 가마솥에 생멸치를 쏟아부으며 "관세음보살!" 하고 잠시 멸치 중생의 명복을 발원해 준다.

'좋은 인연으로 이승에 다시 오너라.'

멸치의 선도가 가시기 전에 데친 듯 삶긴 멸치가 둥둥 떠오르면 산인댁은 삽질로 건져내었다. 숙란熟爛으로 살이 물러지기 직전에 용하게 때를 맞추었다.

산인댁은 볕살 좋은 바닷가 양지 쪽 모래밭에 가마니를 깔고 멸치를 충분히 말려서 종이포대에 담았다.

태산의 멸치잡이 어장은 하루가 다르게 커져갔다.

그렇다고 그는 일본 사람들처럼 권현망 어업을 할 생각은 전혀 없었다. 멸치잡이 중 규모가 가장 큰 권현망 어업은 우선 어선 여러 척의 선단을 갖추어야 하는데 여기에 드는 막대한 자금을 감당할 재력이 모자랐다. 그뿐만 아니라 한 번 출어하자면 기름값, 어구 장만, 선원들 식대와 그들의 삯돈 등 어획량과는 관계없이 목돈이 들게 마련인데, 한두 번 어장을 공치고 들어오는 날에는 물선주는 생돈을 털어 넣고도 모자라 끌어댄 빚더미 위에 달랑 올라앉아 거덜이 나고 만다.

멸치 떼는 요량을 못 한다. 자칫 거덜이 난 배꾼은 게도 구럭도 모두 잃어버리는 해망구실蟹網俱失의 거지신세가 되어 버린다. 거대한 일본 자본을 상대하기에는 너무나 영세한 태산이었다.

태산이 도모할 수 있는 길은 권현망 조업으로는 감당하기 어려운 상등품의 멸치잡이에 전념하는 것이었다.

천일상회 나카지마도 태산에게 말했다.

"신辛 상! 내지에 수출할 물건으로 최상등품을 가져와 보게."

태산은 궁리 끝에 돈을 주고 마을 앞 개펄에 어장을 사서 죽방렴을 설치했다. 물길이 드나드는 갯개울에 말뚝을 길게 두 줄로 박아 세워 기둥으로 삼고 댓가지를 울타리로 둘러쳐서 어살막이를 쳤다.

들물에 몰려 들어온 멸치가 날물 때 늘어선 대발에 걸려들어 미처 빠져나가지 못하고 가운데 파놓은 물구덩이로 모여들게 된다. 멸치는 영악한 인간한테 고스란히 유인당한다.

발을 쳐서 잡은 죽방멸치는 그물로 잡는 것보다 값이 갑절이나 더 나갔다. 뜰채로 곱게 건져냈기 때문이다. 그물잡이 멸치는 비늘이 떨어져 나가고, 머리도 떨어지고, 내장이 터지고, 신선도가 떨어졌다.

태산은 생멸치를 건지는 대로 따까리(바구니)에 담아 이것을 겹으로 차곡차곡 괴어 올려 장막으로 실어 날랐다. 이 납작한 대소쿠리 따까리에 든 멸치는 다져지는 일이 없다. 그래서 죽방멸치의 간수에는 특히 따까리를 사용했다.

산인댁은 포장에도 공을 들였다. 한 이틀 따까리째 볕에 좋이 말린 죽방멸치를 종이 봉지에 술술 부어내려 불어오는 바람에 잡티를 말끔히 날려 보낸다.

천일상회는 태산의 죽방멸치를 가져오는 대로 최상등품으로 쳐서 일본으로 실어냈다.

산인댁은 멸치 건조장에 딸아이 자흔慈忻을 데리고 다녔다. 아직 어린 나이에 집에 혼자 남겨둘 수가 없었기 때문이다.

자흔은 어미 곁에 붙어 앉아 조그만 손가락으로 멸치를 골라내고 있다. 머리에 드린 댕기를 어깨에 얹고 입술을 야무지게 오므린 채 일에 열중한다.

"아이고 고것 참 새침기도 해라이."

지나던 미더덕 할멈이 자흔의 머리를 쓰다듬어 준다.

"산인댁은 우째 이리 이쁜 딸로 두었일꼬?"

"그렇게 말이요. 입 좀 보소 ···. 영악도 하제."

멸치 건조장에 일 나온 마을 아낙들이 자흔을 보고 제각기 한마디씩 한다.

날물이 밤중에 드는 날은 태산은 산인댁을 데리고 나가서 횃불을 들려서 죽방을 살폈다. 죽방렴에는 멸치 말고도 돔, 볼락, 감숭이, 가자미, 도다리, 장어, 문어 등도 심심찮게 걸려들어 퍼덕거렸다. 이렇게 건져 올린 생선은 산인댁이 어시장 난전亂廛으로 넘겼다.

하루는 저녁나절에 거북이가 한 마리가 걸려들었다. 태산이 거북의 다리를 들고 뭍으로 나와서 멸치 건조장에서 놀고 있는 딸아이에게 보여주었다.

"야아, 거북이다!"

자흔이 탄성을 지른다.

"한분 안아 바라."

태산은 거북을 딸애에게 건네주었다.

자흔은 거북을 안고 등을 쓰다듬으며 동그란 눈으로 신기한 듯 들여다본다. 거북은 목을 움츠리며 애써 자흔을 외면한다.

"영물인데 ··· 아아한테 동티 날라. 방생放生해 주입시더."

산인댁이 남편과 딸에게 들으라고 말했다.

"아암. 돌리보내야지. 맨입으로 기양 보낼 수야 있나."

태산은 막에 가서 막걸리를 한 사발 떠 와서 거북이의 주둥이에 대고 들이밀었다. 거북은 잘도 받아 마셨다.

"자흔아, 인자 용왕님한테 보내 주자."

딸아이는 거북을 물에 내려놓았다. 양밥으로 술을 얻어 걸친 거북은 고개를 끄덕여 절을 하면서 물속으로 들어갔다. 금세 깊은 곳으로 사라졌다.

산인댁은 자비에 찬 목소리로 성구했다.

"거북아! 퍼뜩 가서 용왕님께 일러디리거라이, 자흔이가 보내 주더라고."

멸치 건조장으로 돌아온 산인댁은 일 나온 아낙 둘이 포장 작업을 서두르며 하는 이야기를 귓전으로 들었다.

"저역상에 올릴라고 깔치 배로 땄더이 낚시가 나온다 아인교. 줄을 물어뜯고 삼킨 기라."

"깔치 이빨이 송곳날이라 칸 께네. 덕길이 아베가 깔치 주딩이 낚시 빼다가 손가락 심줄이 물렸다 카는 말 몬 들었소?"

"말도 마소. 삼순이 어마씨가 깔치 배로 갈랐더이 사람 손구락이 나왔다 안 카요. 그기이 전번에 깽이 앞바다서 기선이 깔아앉아 물에 빠져 죽은 사람의 손구락 아인교."

갈치 이야기는 갈수록 부풀려졌다.

듣고 있던 산인댁은 속이 역했다. 그때부터 그녀는 갈치 고기를 먹을 수가 없었다. 하루빨리 고기 배나 따서 먹고사는 동네에서 떠나고 싶었다.

'이사를 가자' 하는 생각을 품고 지내다가 딸아이가 학교에 들어갈 나이가 가까워 오자 날을 보아서 남편한테 말을 끄집어냈다.

"멜치잡이는 고마하고 멜치 파는 데로 가입시더. 이녁이 괴기 안 잡으모 살생도 안 할 거 아인교.”

뜻밖에 남편도 산인댁과 같은 생각을 가지고 있었다.

“안 그래도 마산 선창가에 가게 하나 바 둔 기 있소. 괴기 잡는 것도 다 팔려고 하는 짓인께 인자 내가 직접 팔아야겠소.”

거제 바닥보다는 어시장이 더 큰 마산으로 이사하고, 거기서 종합 건어물을 취급하는 가게를 열었다. 거제에는 어장을 그대로 두고 운영을 계속하였다.

별신제別神祭 올리는 날

1. 당집

"상직막에 메칠 가 있거라이. 벨신굿 끝나거든 내리오고."

미더덕 시어미가 수생에게 일렀다. 며느리가 알아들을 수가 없으니 손짓 눈짓으로 수화를 써서 뜻을 전했다.

복어 배때기처럼 볼똑 솟은 그녀의 배를 어루만지고 나서 손가락으로 멀리 산비탈 당산나무를 지나가서 있는 상직막을 가리켰다.

'가서 피해 있거라이. 부정 탄다 말이다.'

저녁에 산제山祭가 시작되기 전에 임산부는 마을을 떠나야 한다. 달거리하는 여자도 마찬가지다. 출산이든 달거리든 피를 보게 되므로 피부정을 불러 용왕이 크게 노하고 동네에 역귀들이 꼬이게 된다. 그래서 제를 지내는 동안 비접避接을 나가 있는 것이다.

가까운 친정이나 아니면 친척집으로 가든지 하여 마을을 벗어나 있어야 하는데, 올 데 갈 데가 없는 아낙은 상직막으로 올라가서 지내야 했다. 밭둑에 산막을 지어 놓고 멧돼지나 다른 산짐승들이 내려와서 감자나 고구마 등 밭작물을 헤치지 못하도록 마을 장정들이 밤을 도와서 상직막에 번番을 들었다.

사람이 죽어 나가는 일은 산신에게 빌어야 했고, 어장터가 흉어가 되지 않고 먹고살 수 있도록 용왕에게도 빌어야 했다. 온갖 잡귀 오방 귀신이 부정을 짓고 마을을 괴롭히는 일이 없도록 산신과 해신과 동네 어귀의 벅수와 마을 한복판에 서 있는 오리솟대에까지 빌어야 했다. 옛날에는 사흘 밤낮을 두고 수호신을 돌아가며 별신제를 지냈으나, 요즘에 와서는 하루 만에 마치기로 하였다.

온 마을은 별신제 준비 때문에 하루 종일 바빴다.

동신호 선주 상도相道는 당산제의 제관祭官을 맡기로 하였으므로 사흘 전부터 근신했다. 술은 입에 대지 않고, 화날 일을 당해도 마음을 다스려 고함을 지르지 않고, 부정 탈 일은 가까이하지 않았다. 사람이 달라진 것 같았다.

"앗다 그 사람 성질도 급하다. 벌써부터 왼작대기로 쳐 놓고 얼씬도 몬 하게 하네."

용보가 구장네 상도 집에 왔다가 대문에 질러 놓은 막대빗장을 보고 돌아갔다.

산제를 모시게 될 당집을 넘보지 못하도록 신목에도 금줄과 색실을 달았다. 영기靈氣 서린 색실은 바닷바람에 나부껴서 보는 사람의 눈을 어지럽게 했다.

상도는 태산에게 부탁한다.

"자네가 집사 일로 좀 도와주게. 몸도 맴도 칼큼게(깔끔하게) 씻고."

제관은 마을에 부정막기를 하였다.

"오사리잡놈들이 마실에 드나들모 부정 탄다 말이다."

마을 어귀의 벅수에 금줄을 걸고 이웃마을과 타관 사람들의 출입을 삼가도록 알렸다.

"용보 이 사람아, 장승을 바로잡아 세우고 칼큼게 닦아 도고."

지난여름 태풍에 기울어진 남질대를 다시 다잡아 세우고 걸레질을 했다. 아울러서 여질대도 같이 깨끗이 훔쳐 주었다. 남녀 벅수에도 색실로 금줄을 쳤다.

섣달그믐은 온 동네가 조용하였다.

노인들은 기침을 눌러 잔기침으로 달래고, 개도 고방에 가두어 두고 짖는 소리가 새지 않도록 하였다. 아이들도 우는 일이 없도록 입에 떡을 물렸다.

겨울바람이 동네 집집마다 들러 삽작문(사립문)을 흔들어 보고 인기척이 없자, 썰렁한 마당을 질러 휑하니 달려가 유자나무 가지 사이로 숲을 빠져나가는 소리만 황량하게 들릴 뿐이었다.

집마다 문을 걸어 잠그고 젯밥 차릴 준비로 부산했다. 용왕제에 올릴 밥그릇 수는 식구 수대로 챙겨야 했다. 나물도 다듬고, 생선도 구웠다. 돼지고기도 삶고 자반에 콩나물, 미역무침 등 상차림에 분주했다.

동네 어른들은 그중 연세가 가장 많은 상노인 집에 모여 둘러앉았다. 상노인이 장죽을 쭈욱 빨아 당기고 나서 연기를 길게 뿜아내었다.

"뱃사람한테는 목선 판대기 한 장 밑이 시퍼런 지옥 아이가. 뱃사람도 살고 바야제. 멩줄은 지왕한테 받았으이 당산에 가서 빌고, 풍어는 용왕님께 빌고. 그기이 바로 벨신제라."

"하모. 뱃놈이 머슨 심이 있노. 파도에 떠댕기는 지푸래기보다 몬한 목심 아이가."

"오방잡귀 온갖 구신이 해꼬지 하기 전에 미리 빌어서 달개(달래) 주야 동네가 오붓하제."

노인들이 한마디씩 입을 연다. 상노인은 장죽을 톡톡 턴다.

별신제는 밤중에 제관이 산에 올라가서 먼저 산신제를 지내고, 그 다음 날 마을 어귀에서 무당이 벅수제禜를 지내고, 부둣가에 나가 용왕 먹이기로 풍어제를 지내는 순서였다.

이번 별신제에는 통영서 무당패를 불러 굿판을 벌이고 살煞을 풀기로 하였다. 무당은 대무大巫, 소무小巫에 악사까지 하여 모두 네 명이다. 그믐날 해거름까지는 마을로 들어오기로 연락이 왔다.

"매년은 몬 모시도 적어도 3년에 한 분씩은 벨신제로 모시야지."

노인들은 보따리를 끼고 멀찌감치 동구 밖을 지나는 아낙을 보았다.

"저기이 미더덕 할망구 메누리가 맞제?"

"하모. 비접 가는 길인가배."

수생이 마을을 막 벗어나 당집 쪽을 향해서 걸어가는데 어린 수명이 와서 앞을 막아섰다. 그리고는 노인들 있는 쪽을 가리켰다. 노인들이 수생을 보고 다가오라고 손짓한다.

"야야아! 이리 오이라! 상직막 갈라 카모 둘러가거라! 당집에 금줄 둘러났으께 그 앞을 지나댕기모 부정 탄다."

제일 연장인 노인이 손으로 사래를 저었다. 그리고 당집을 돌아서 가는 딴 길을 장죽으로 가리켰다.

당집은 뒷산 언덕 위에서 멀리 어장이 내려다보이는 곳에 자리 잡았다. 마당에 서 있는 당산나무는 해묵은 동백이었다. 당초에 심었던 동백이 고목이 되어 꽃을 피우지 못하자, 뿌리에서 자목子木이 돋아나서 무성하게 커졌다. 진작에 쓰러졌어야 할 고목이 자목에 기대어 엉성하게 둥치를 버티고 있는 모습은 영기靈氣가 서려 있어 자칫 잘못 건드리면 동티가 난다고 마을 사람들은 가까이하기를 꺼리는 신목神木이었다.

당나무에 쳐 놓은 금줄과 수실이 바람에 날리는 것이 보였다. 수생은 어른들이 시키는 대로 당산나무를 피해서 산 밑을 돌아갔다.

그녀는 상직막으로 들어가서 구석에다 보따리를 내려놓았다. 바닥에는 발목이 잠길 정도로 푹신하게 지푸라기가 깔려 있고, 벽이라고는 싸릿대와 수숫대로 얼기설기 엮어 놓아서 찬바람이 숭숭 들어왔다.

지난가을 추수가 끝난 뒤로 상직막 지키기도 끝이 나서 비워둔 초막草幕이었다. 타작을 끝내고 새로 들여다 놓은 볏짚 냄새가 막 안에 아직도 갇혀 있다.

한쪽 구석에는 조석을 끓여 먹던 풍로가 놓여 있고 나무 삭정이가 흩어져 있었다. 말라붙은 다북쑥도 두어 다발 남아 있었다.

가을 저녁에 짐승들이 근접 못 하도록 상직막 옆 나뭇가지에 달아둔 쑥다발이 안으로 타들어가면서 모락모락 피워 올리는 연기를 수생은 우물가에서 자주 보았다. 어두워지면 톡톡 튀는 불똥이 바람에 밀리는 것도 보였다.

움막에는 수생이 혼자였다. 달거리 여자도 달리 없고 마을에는 임산부도 더 없었다. 가을걷이가 끝난 상직막은 인제 임산부가 비접 와서 애기막이 되었다.

배 속에서 태아가 심하게 발길질을 해댄다.

'아직도 멀었다는데 ….'

산달이 가까워오자 동네 삼신할매가 그녀의 배를 쓰다듬어 보고는 열 손가락을 펴고 오므렸다가 다시 다섯을 새로 펴서 눈앞에 들이대어 주었다.

"한 보름 너머 있어야 기벨이 올 끼다. 이틀 있다가 오이라. 벨신굿 끝나고."

미더덕이 뒤주에서 보리쌀을 두어 바가지 퍼 담고 멸치젓을 한 종지 챙겨서 건네주고는 손가락으로 둘을 지어 보였다.

수생은 알았다는 듯이 고개를 끄덕였다.

그녀는 논두렁 가 개울로 가서 살얼음을 걷고 냄비에 물을 길어 왔다. 이틀을 나려면 양식을 아껴야 한다. 보리쌀을 두어 종지 퍼서 미리 불려 놓으려고 물에 담가 놓았다. 오늘은 점심과 저녁을 한 끼로 때울 요량이다.

멀리 내려다보이는 바다에는 갈매기 몇 마리가 바람에 빗겨 날고, 부두에는 엮어 놓은 굴비 두름처럼 목선들이 목을 매고 늘어서서 흔들리고 있었다. 바다는 스산했다.

수생은 늦가을 서리를 피해서 제주도로 내려가 어머니와 그곳 바닷속에서 무자맥질하던 일이 눈앞에 선하게 떠올랐다.

'휴우우!' 뒤웅박을 안고 뽑아 올리던 깊은 숨을 자신도 모르게 몰아쉬었다.

해가 중천을 넘어섰다. 날은 추워 오고 몸을 잔뜩 웅크리고 앉았는데 갑자기 산기産氣가 찾아왔다. 호흡이 가빠지고 산통이 시작되었다. 진통은 일정한 간격을 두고 조여 와서 온몸을 오그라들게 하였다. 해가 기울면서 진통은 잦아졌다.

그녀는 바닥을 기어 헤매다가 떼굴떼굴 굴렀다. 가쁜 숨이 턱에 차서 헐떡거리고 입술은 깨물려 터졌는지 피가 돋았다.

바람막이 벽 참나무 기둥을 부여잡고 용을 쓰면서 항문에 힘을 주어 내밀었다. 아랫도리가 허전해지며 무엇이 쑥 빠져나가는 느낌이었다. 깊은 숨을 들이쉬었다. 항문이 오므라들었다.

지푸라기 거적때기 위에 아이를 쏟아 놓았다. 삶은 문어처럼 검붉은 목숨이 가녀린 팔다리를 꼬무락거린다. 그녀는 아기를 안아 올렸다. 탯줄이 처져서 딸려온다.

'삼 줄을 갈라야 하는데!'

가위도 칼도 없다. 이리저리 두리번거리다 산모는 애기의 배꼽에 달린 탯줄을 이빨로 물어뜯었다. 핏덩이는 짐승새끼나 진배없었다. 이불보를 강보로 삼아 아기를 감싸 안았다. 그리고 보따리를 끌러 목면수건을 꺼내 피와 곱이 남아 있는 얼굴을 닦아 내었다.

아기가 고개를 젖힌 채 입을 있는 대로 벌리고 버둥대자 '울고 있구나'라고 생각하며 아이가 살아있음에 안도했다.

아이는 벌린 입안에서 거미줄 같은 점액의 실을 잣고 있어서 산모는 손가락을 넣어 걸어 내어 주었다.

산모는 아직도 헉헉 가쁜 숨을 몰아쉬었다. 가랑이 사이로 태반이 흘러나왔다. 그녀는 그것을 지푸라기로 말아서 방구석으로 던졌다.

산모는 우선 냄비에 물부터 데워야겠다고 생각했다.

보따리를 뒤져 성냥을 찾아내 풍로에 다북쑥을 한 줌 집어넣고 불을 지폈다. 그 위에 삭정이를 걸치고 후후 불면서 불꽃을 살렸다.

땔감은 겨우 물 한 냄비 끓일 수 있는 정도는 되었다. 수생은 헝겊을 적셔 아기의 머리에서부터 얼굴과 목과 팔다리에 남아 있는 피를 차례차례 훔쳐 내었다.

아기는 코가 막혔는지 입을 벌리고 숨이 가쁘다. 그녀는 새끼손가락을 콧구멍에 끼워서 후벼 보려고 하나 들어가지가 않는다. 입을 갖다 대고 빨아낸 침을 뱉었다. 인중과 입 언저리를 핥아 주었다.

둘러친 싸릿대와 수숫대의 틈새로 매서운 바람이 헤집고 들어왔다. 사금파리 날을 세워 살 속을 후벼 파는 듯이 등이 아렸다.

산모는 문득 헛헛했다. 대접 속에 불어난 보리쌀을 입안에 퍼 넣고 우물우물 씹었다.

겨울 해는 짧았다. 사방은 금세 어둠 속에 파묻혔다. 대합조개 껍질 같이 이지러진 반달은 동천冬天 밤하늘에 팽개쳐져 있었다. 풍로에는 불씨가 빨갛게 남아 있다.

목숨은 질겼다. 벼농사를 지어온 신석기의 농경민족은 볏짚 위에서 몸을 풀고 아이를 받아 내었다. 그리고 그 아기가 자라서 또 볏단에다 아이를 쏟아 내었다. 볏짚은 어린 목숨을 항생抗生 해 주는 삼신 짚이었다.

'보리더미 속에서 얼어 죽은 사람은 있어도, 짚 더미 속에서 얼어 죽는 법은 없다.'

보릿대는 한기를 발산하는 식물이지만, 볏짚은 추위 속에서 온기를 머금었다.

수생은 삼신 짚 위에 몸을 풀었던 것이었다.

불씨가 사그라지기 전에 그녀는 바닥에 깔린 볏짚을 불 속에 쑤셔 넣었다. 풍로 속의 불길은 바닥에 깔린 볏짚을 금세 살라 먹었다. 바닥은 맨땅이 되었다. 산모는 두리번거리다가 바람막이 싸릿대를 헐어 내어 짚불 위에 얹기 시작했다. 불길은 바람에 쏠려 다시 활활 타올랐다.

휑하니 터진 틈을 헤집고 바람이 미친 듯이 들이닥쳤다. 뱃놈의 자식은 나면서부터 모진 해풍海風을 쐬었다.

그녀는 얼른 당집이 생각났다.

'안 되겠다. 어서 그 집으로 옮기자.'

거기로 들어가서 바람을 피해야겠다고 생각했다.

상직막 벽 가리개로 얽어 놓은 싸릿대와 수숫대를 뜯어내 풍로와 함께 보자기에 묶어 싸서 한 아름 끼고 다른 손으로 아기 포대기를 껴안고 밖으로 튀어나왔다.

한데는 센 바람이 휘몰아쳐서 감싸 안고 있는 아기를 후려 채가기나 할 듯이 포대기를 헤집는다. 바람은 살인적이었다.

그녀는 포대기를 턱으로 내리누르고 당집을 향해서 서둘러 종종걸음으로 뛰다시피 달려갔다. 문고리를 따고 마루로 올라섰다. 썰렁하게 냉기가 돌았다. 문틈과 벽 틈새로 비집고 드는 바람이 찢어지는 소리를 낸다.

당집은 애초에 용보와 수생이 합궁한 곳이고, 이제 그들 사이에 태어난 아이가 찾아왔다. 산신이 축수祝壽를 해 주어야 할 일인지 재액을 내릴 일인지 …. 수생은 마룻바닥에 풍로를 내려놓고 수숫대를 접어 넣어 불을 살리고 그 위에 싸릿대를 분질러 얹었다.

불길은 제법 화력을 살렸다. 포대기를 꼭 껴안고 두 손을 녹였다.

얼마 못 가서 땔감이 떨어질 판이 되자 그녀는 아이를 내려놓고 밖으로 나가서 솔가지를 분지르기 시작했다.

해풍이 휘몰아쳐 왔다. 열어 놓은 당집 문으로 바람은 들이닥쳐서 화로 속의 불길을 휩쓸어 사방으로 날렸다. 불씨는 천장에 걸어둔 색실과 금줄에 옮아 붙었다. 불길은 다시 바싹 말라붙은 당집의 목재에 태우기 시작한다.

수생이 돌아왔을 때 불길은 당집 안에 사방으로 번져 있었다. 그녀는 아기 포대기를 껴안고 밖으로 뛰쳐나왔다.

'안 되겠다! 돌아가자.'

수생은 산막을 버리고 마을로 뛰다시피 내려갔다. 당집은 불길에 휩싸여 불어오는 바람을 타고 훨훨 타올랐다.

미더덕 할멈은 첫새벽 잠결에 아이 우는 소리를 들었다.

'빨랫줄을 가르는 바람 소리를 선잠에 잘못 들었는가?'

그러자 건넌방에서 또 울음소리가 들려왔다. 며느리 방으로 건너가서 문짝을 열자 호롱불 아래 포대기에 싸인 아기가 누워 있는 것을 보고 놀랐다.

"아이고오 우얀 일고? 부처님이 환생했나? 이기이 알라아(어린애) 아이가?"

포대기를 얼른 걷고 아기를 들여다본다.

"그새 알라아가 빠지나왔던가배. 이 핏덩거리가 우짜잖고 해필이모 이 난리 굿판에 나온 기고오? 동네 알모 크일인데 ⋯ 아아 낳은 년이 겁도 없이 마을로 내리왔다고 기냥 안 둘 낀데 ⋯. 이 일로 우짜겄노? 벨신제 공력이 허탕이 돼뺏다고 온 동네 난리굿이 나겠제? 벵신 육갑 한다고 욕바가치는 울매나 퍼부대겠노?"

2. 만신과 박수

　제의祭儀 기간에 출산이 나면 굿판을 치우고 날을 새로 받아 별신제를 지내야 한다.　산신제고 용왕제고 추가 경비가 만만치 않은데 이것을 출산으로 피부정을 낸 집에서 모두 물어내야 한다.　만약에 경비 뒷바라지를 못 하게 되면 동네 어른들이 들고일어나서 마을에서 쫓아낼 것이다.　미더덕은 이를 잘 알기에 어떻게 해서든지 이웃이 알지 못하도록 해야 했다.

　'돈도 돈이지만 집안 가족들 산신産神 재앙이나 없어야 할 낀데 ···.'

　아이는 태어나면서부터 당장 재앙부터 염려해야 했다.

　며느리는 부엌에서 불을 지피고 밥을 짓고 있었다.

　아이는 자지러지게 울어 젖혔다.　할매는 포대기 모서리로 아이 얼굴을 덮어씌워 우는 소리가 새어 나가지 않도록 했다.　새로 태어난 아이의 울음소리가 새벽부터 담을 넘어 동네에 알려진다는 것은 생각조차 할 수 없는 일이었다.

　"니놈은 애비 복도 에미 복도 지지리도 몬 받고 났다.　지앙님도 무상타!"

　수생은 솥뚜껑을 비집고 흘러내리는 밥물을 종지로 받아 들고 방으로 들어왔다.　미더덕 시어미는 해산한 며느리를 보자 말이 막혔다.　무슨 말을 해야 할지 막막했다.

　'삼신지앙님이 내린 목숨인데 더 이상 무슨 말을 할꼬?'

산모는 애를 받아 안고 입에다 밥물을 흘려 넣어 주었다. 아이는 입을 오물거리며 받아 삼켰다. '쪽 쪽' 소리를 내어 가며 숟가락을 빨아 젖힌다.

"아즉 젖이 안 불었는가배. 문대야 빨리 불제."

미더덕이 며느리의 적삼을 비집고 손을 넣어 젖무덤을 문대 주었다. 한참 비비자 젖이 비쳤다.

산모는 애기의 입에 젖을 물렸다.

"살 들라. 찬찬히 멕이거라."

할매는 어린것을 내려다보고 머리를 쓰다듬는다.

"영판 니 애비 탁했네. 턱쪼가리 벌어진 거 하고 콧방알 뚜껍은 거 하고 … ."

시어미는 휑하니 부엌으로 나가 쌀과 미역과 냉수 한 중발을 개다리상에 올려 산모 방 윗목에 들여 놓고 삼신밥상을 차리고 와서 빌었다.

"지앙님, 삼신지앙님, 우짜겄소. 태어난 목심 잘 보살펴 주이소. 우쨌든동 젖도 많고 아아도 안 놀라게 지키 주이소."

미더덕 시어미는 부엌으로 들어가 문어를 썰어 죽을 쑤고, 물미역에 도다리 토막을 썰어 넣어 국을 끓였다.

"욕봤다. 아나, 뜨신 거 묵고 몸 풀고 퍼뜩 일나도록 해라. 미역을 묵어야 젖공양이 된다."

아기를 안고 자리에 누운 며느리에게 죽과 국을 들이밀고 방구들이 쩔쩔 끓도록 군불을 땠다.

'저 새끼를 인간이라고 낳아 났으이 … 아이고 이 인간아, 에미 잘못 만나니 인생도 불쌍타. 잘 커서 사람 노릇하고 대접 받고 살거라이.'

손주라고 태어난 핏덩이에 대해서 일말의 연민을 느끼고 부디 어미와 달리 좋은 생을 받아서 병신짓 하지 말고 커 주기를 빌었다. 미더덕은 마당 구석구석과 대문 안팎에 소금을 뿌려서 부정치기를 했다.

별신제에 올릴 밥을 짓기 시작했다.

미더덕은 밥을 지으면서도 걱정이 머리를 떠나지 않았다. 풍어신인 용왕에게 집집마다 가족 숫자대로 밥그릇을 올려 공을 드리게 되는데 미더덕은 몇 그릇을 차려야 할지 걱정이 되었다.

"내하고 용보, 수맹이, 메누리 그라고 저 새끼꺼정 모도 다섯인데 이 굿판에 저 핏덩이가 난 거는 심카야겠제. 드러내고 알렸다가는 온 동네가 디집서 난리가 날 낀데. 네 그륵만 채리야겠제."

이렇게 중얼거리면서도 마음속 한편으로는 손주 아이를 빼고 제를 모신다는 것은 용왕신이고 제왕신이 다 내려다보고 있을 일인데, 그들을 속였다가는 후일 애기재앙을 내려 화가 닥칠 일도 생각하면 걱정이 되었다.

제를 지내는 일은 집안일 두루 무사하고 고기잡이마다 풍어가 되도록 바라는 것이지만 가족들 한 사람 한 사람의 목숨이 사고 없이 무사하도록 보살펴 주기를 비는 것이 더 큰 목적이었다.

미더덕이 개다리소반에 밥그릇을 넷만 올려서 들고 나갔을 때는 벌써 벅수제는 끝이 나고 사람들이 용왕제가 벌어지는 바닷가 자갈밭으로 모여들고 있었다.

바닥에 짚을 깔아 놓고 제단이 차려져 있다. 바닷가 동백나무에 금줄이 쳐져 있고 바위에도 금줄을 둘러놓았다. 심지어는 개펄에 드러난 닻에도 감아 놓았다.

미더덕 할매는 밥상을 제단 앞 정해진 자리에 내려놓았다. 옆 자리는 태산네 집의 밥상이 놓여 있었다. 밥그릇은 3개였다. 태산, 산인댁, 딸아이 자흔의 것.

집전은 먼저 스님 독경부터 시작되었다. 스님은 산인댁이 절에 가서 모시고 왔다. 그는 목에 염주를 두르고 바닷바람에 장삼자락을 펄럭이며 목탁을 두드렸다.

산인댁은 합장을 하고 발원했다.

'멸치잡이 살생의 업을 그만 접고 부디 남편과 딸아이한테 살생의 화가 미치지 않도록 굽어 살펴주소서!'

독경 소리는 바람에 날려 공중으로 흩어졌다.

스님이 물러나자 무당패 중에서 만신이 나섰다. 한쪽 구석에 박수무당과 악사들이 자리를 잡았다. 만신과 박수 두 무격巫覡은 붙어 다니는 부부 사이였다.

흰 장삼에 홍가사와 청가사를 두른 만신은 오방기를 들었다. 머리에는 고깔을 쓰고 목에는 굵은 염주를 둘렀다. 무당은 굿상 앞으로 나아가 향을 사르고 박수가 따라 주는 술잔을 채워 상에 올리고 두 손 모아 절을 올렸다. 박수무당은 다시 그 술잔을 건네받아 바다에 뿌린다. 만신은 댓줄기를 들고 흔들며 귀신을 물리친다.

"서해구신 남해구신 동해구신 북해구신 왔거들랑 차린 음석 두루두루 자시이소. 처녀 죽은 사매구신 총각 죽은 몽달구신 집도 절도 없이 물에 죽은 수장구신 많이많이 왔거들랑 하나도 빠짐없이 고루자시고 가시이소."

만신은 사지를 오들오들 떨면서 부정치기를 하였다. 손에 쥔 댓줄기는 댓잎 스치는 소리를 내며 한참 동안 바르르 떤다.

악사가 꽹과리와 장구를 치기 시작하자 만수는 오방기를 들고 장단에 맞추어 펄쩍펄쩍 뛰며 춤을 추기 시작한다. 목에 두른 염주 알이 출렁거린다.

자흔은 엄마의 치맛자락을 꼭 쥐고 굿판을 들여다본다. 귀신을 접하는 무당이 무서워 보였다. 얼룩덜룩한 신복에 오른쪽 어깨에는 빨간 띠를, 왼쪽 어깨에는 파란 띠를 두르고 넋 나간 표정으로 초점 없는 눈길을 보내오는 것이 아이에게 겁을 주었다.

마을 사람들은 무당이 흔드는 방울소리에 저마다 굿상을 향해 머리 숙여 싹싹 빌었다.

그때 "당집이 불탔다!" 하고 태산이 굿판으로 뛰어들었다.

"누가 불로 질렀다!"

사람들은 웅성거리기 시작하였다.

"크일 났네. 당집을 태워서 산신이 노했인께 마실이 온전하겠나?"

"인자 벨신제는 파이다. 막살하고 새로 해서 산신을 달래야 한다이."

나이 든 노인들이 마을 걱정을 하였다.

"아이고, 이놈우 마실에는 우째 이리 애살도 많노? 다 물새(물시) 하고 액땜을 새로 해야 한다카이."

"그란데, 불은 누가 질렀는고? 마실에 머슨 포은(포원) 질 일이 있다고 당집을 태워서 화를 부를라 카노 말이다."

"고놈을 잡아내서 돈을 물리고 굿을 새로 해야 한다이."

별신제는 뒤죽박죽이 되고 말았다.

"당집으로 올라가자!"

만신무당은 춤을 추다 말고 오방기를 내려 쥔 채 멍하니 서서, 웅성거리며 당집으로 몰려가는 사람들을 바라보았다.

당집은 타다 남은 시커먼 숯 기둥만 두어 개 서 있고 집채는 허물어져 버렸다. 다행히 당산목은 화를 면해 늘어진 금줄과 색실 사이로 발갛게 동백꽃을 내밀고 있었다.

노인들은 허망했다.

"인자 마실은 쑥밭이 되겄다. 이 일로 우짜재?"

"그런데, 불 놓인 놈은 누군고?"

"저 풍로는 원래 산막에 있던 거 아인가배?"

젊은이가 잿더미 속에 동그마니 남아 있는 풍로를 가리켰다.

"맞다! 바로 그기다."

"풍로가 와 요게 와 있는고? 발이 있어 지 발로 걸어왔나, 날개가 돋아서 날아왔나? 구신이 곡할 노릇이제."

그때 우렁쉥이 노파가 헐레벌떡 언덕을 올라왔다.

"아이고 시상에 산막에서 밤새 아아가 낳던 기라. 삼줄을 쏟아 낳더라 칸께."

그녀는 산막에서 피 묻은 태반이 거적 위에 버려진 것을 보았던 것이다.

"엊저역에 용보 처가 산막에 비접 들었제, 그렇제?"

"하모, 맞다."

사람들은 일제히 용보를 쳐다보았다.

"그라모 저 풍로는 그 아지매가 옳것다 말이다. 그 바람에 당집에 불이 난 기라."

"그렇는가배."

"그라고 보께 수생이 아지매가 불로 질렀는가배."

사람들은 웅성거리기 시작했다.

"용보 이 사람아, 이 일로 우짤라 카노?"

용보는 어처구니가 없었다.

"머슨 불로 누가 놓았다 카고 있소?"

"자네 예편네가 그랬다 안 카나."

"아아 낳은 집에 가보자!"

아낙들은 당집을 버리고 마을로 내려갔다.

미더덕 할매는 동네 여편네들이 집으로 몰려오는 것을 보고 얼굴이 하얘졌다.

'들통이 났구나. 이 일을 우짤꼬?'

"동네 피부정 났다!"

우렁쉥이 할매가 미더덕을 보고 삿대질을 했다.

"너거 메누리가 핏덩거리 아아 뎃고 마실로 내려왔제?"

"용보 처가 당집에 불로 질렀소. 다 물어내소. 집도 새로 짓고 벨신제도 새로 하소!"

미더덕은 북새통에 억장이 무너졌다.

'장차 이 일을 어떻게 해야 하나.'

마을 노인들이 상노인 집에 모였다.

의논이 분분한 끝에 의견이 모아졌다.

"당장에 벨신제로 새로 하기로 하고. 당집은 차차 다시 올리고 산제山祭로 모시야제. 집 짓는 비용이나 지사 모시는 비용은 용보한테 물리기로 하고 …. 비용이 한두 푼 드는 기이 아이니 무당 굿거리는 안 하기로 면해 주고."

며칠 뒤 산인댁이 수생의 출산 소식을 듣고 미역과 돔을 들고 와서 들여 놓았다. 아기도 안아보고 산모의 손도 잡아 주었다.

"욕봤네. 산후조리 잘 하고 아아 튼튼하이 잘 키우야제."

아이의 머리를 쓰다듬으며 위로해 주었다. 수생도 산인댁의 표정과 손길로 그 뜻을 알아차린다. 출산을 위로해 주는 그녀의 정성에 산모는 고마운 마음을 느낀다.

산인댁이 산모 방을 나서서 전에 태산과 신혼살림을 차렸던 방에 잠시 눈길을 주는데, 미더덕이 부탁을 해 왔다.

"보래이, 산인때기요! 절에 가 볼란다. 니 가는 날 내도 데불고 가 도오."

그녀는 당산제 하던 날 며느리가 피부정을 탔기 때문에 아무래도 그것이 마음에 켕겨서 절에 한 번 다녀와야겠다고 마음먹고 한 말이다. 그런데 본심은 불공보다는 당산의 산신에게 제를 올려야 한다는 생각에서 법사를 만나 날을 받는 데 있었다. 산신이 두려웠다.

'산신에게 빌어야지. 가만히 있다가는 집안 몰살당하겠다.'

산인댁이 법문에 올라가는 날 미더덕은 따라 나서서 법사를 만나 날을 받아 왔다.

야밤에 동네 사람 몰래 불탄 당집으로 올라가서 숯검댕이와 잿더미를 치우고, 소반에 실타래를 올려 상을 차렸다. 쌀을 퍼 담은 바가지와 명태 두 마리를 올리고 동전도 두어 닢 놓았다.

"지앙님, 부디 부디 집안 펜코 엠병 안 들고 집구석 두루두루 무사커로 돌바 주시이소. 제발 용보 탈 없고, 수멩이 학문 잘하고, 아아 멩줄 질기게 보살피 주시이소."

두 손 모아 비볐다. 바싹 마른 손바닥이 삭삭 스치는 소리가 났다. 미더덕은 당집에서 제를 올리고 나서 바닷가로 가 물귀신한테도 성구하고 빌었다.

바가지에 쌀과 동전을 담아 촛불을 세우고 바다에 띄웠다.

"용왕님 보소, 집안 펜코 용보 무고커로 보살피 주소. 동해구신 남해구신 서해구신 모도모도 모여 채린 음석 들고 두루두루 잘 보살피 주소."

그녀는 용왕에게 양밥을 하고 돌아오는 길에 한결 마음이 가벼워진 것을 느꼈다.

집으로 돌아와서 아이의 이름을 '또새'라고 지어 불렀다.

"니는 우쨌든동 뱃놈 수장구신 될 생각 말고, '새'맨키로 훌훌 날아 땅으로 건너가거라이. 섬을 떠나 땅에 가서 살도록 하거라이. 뱃놈으로 나서 펭생 물괴기 비린내만 맡다가 물에 빠져 죽어 바야 물기신 원구寃鬼밖에 더 되겠나."

'이복 형 수멩이 새처럼 물 건너 마산으로 중학교에 유학을 가 있으니 너도 형 따라 그렇게 건너가서 살거라' 하는 바람에서였다.

대구몰이

1. 어장 군주 가시이 겐타로

후릿배 밑을 내려다보며 멸치 떼를 살피고 있던 선주 상도는 화가 턱 밑에 치받쳤다.

"파이다. 영 안 온다. X발!"

대뜸 입에서 욕지거리부터 튀어나왔다.

"그쪽은 어떻노?"

맞은편 후릿배를 건너다보며 용보에게 묻고는, 귀에 손을 대어 바람을 가리고 용보의 답을 듣는다.

"오올은 영 틀렸소. 메루치가 씨가 말라뺐노."

용보의 소리는 마파람에 실려 공중에 흩날린다.

상도는 배 밑을 다시 훑어본다. 얼마 되지 않는 멸치 떼가 몸을 흔들며 지나가는 것이 드문드문 보인다.

"헛방이야 칠 수 없지. 투망!"

선주는 일단 출어를 한 이상 건지는 데까지 건져 보자는 속셈으로 그물을 내리도록 지시했다.

배꾼들이 후릿그물을 바다에 집어넣고 멸치를 몰아 바다를 한 바퀴 돌아와 그물을 건졌으나 그물은 홀쭉했다. 배 위에 쏟아 놓은 멸치는 파닥파닥 뛰어오르며 뱃바닥이 드러날 정도로 얼마 되지 않고, 병어 몇 마리에 유자나무 잎사귀만 한 잡어들이 함께 퍼덕일 뿐이다.

"니기미, 헛방이다!"

상도는 화가 잔뜩 났다. 당장 출어경비가 문제였다. 선원들 어로 작업비, 밥값, 찬값, 그물 수선비 등 돈이 수월찮게 들었는데 어획고로 보아서는 반의반도 못 채울 것 같다.

태산은 진작에 혼자서 어장을 벌인다고 떨어져 나갔고, 상도는 용보를 데리고 어장을 벌였으나 한창 멸치 철에 번번이 허탕을 친다.

"허허어, 절마(저놈애) 들 쪽바리들이 다 훑어가 삐렸다."

상도 선주는 앞바다에 진을 치고 몰려 있는 권현망 선단 쪽을 쳐다보고 한탄을 했다.

일본 어선 쪽 바다에 하얀 뜸통이 줄을 지어 떠 있다.

후릿배 사이에 내린 그물은 바다 밑바닥에 닿도록 추를 달아 놓고, 수면에는 뜸통에 그물을 매어 놓았다. 그러니까 멸치 떼가 수면이고 바닥이고 빠져나갈 틈을 주지 않고 싹쓸이를 하고 있었다.

이렇게 거두어들인 대형 자루그물은 양망기揚網機의 물레를 감아서 배 위에 부려 놓은 멸치 떼는 산더미 같다.

"메루치 씨를 말린다, 씨를 말려! 어장이 망할라 카모 해파리만 끓고오 …. 우리는 머 잡아 묵고살란 말고? 손구락이나 빨란 말가?"

상도는 분통을 터뜨린다.

영세한 조선 어민들은 바다에 들어가서 자맥질로 조개나 전복을 캐고, 해초나 뜯어 먹고, 고기잡이라고는 덤장이나 정치망을 치거나 아니면 기껏 통구멍이로 일본 어선의 그물을 빠져나온 고기 떼나 노리는 수밖에 없는데, 어부들의 한숨만 깊어 간다.

"이기이 다 가시이香椎 때문이다. 고놈이 남해 어장을 모도 다 채가는 바람에 우리는 벤벤한 어장 하나 못 가진 기라."

상도는 멸치잡이를 망치게 된 원망을 일본인 어장주 가시이의 탓으로 돌린다.

원래 일본 어민들은 조선의 앞바다에 통어通漁를 했다. 배를 타고 건너와 고기잡이를 하고 달아나곤 했다. 수백 년 동안 남해안에서 해상 노략질을 해오던 그들은 조선 연안의 바다 밑을 손바닥 들여다보듯 훤히 알고 있었다. 그러던 것이 조선통감부에서 아예 어민들을 데려와 남해안에 일본인 이주 어촌을 만들어 정착시키고 그들에게 어업권漁業權을 인정해 주었다. 그들은 자본력과 앞선 어로 기술로 선단을 이루어 바다 밑의 어군魚群을 싹쓸이해서 일본으로 싣고 갔다.

일본인 이주 어민들 뒤에는 가시이 겐타로香椎健太郎라는 작자가 어장의 군주 노릇을 하고 있었다. 진해만 일대의 어장은 가히 그의 조차지租借地나 다름없었다.

그는 필요하면 경찰력도 빌리고, 심지어 해군까지 동원했다.

한일합방 직후 고종황조高宗皇朝 시절에 '황실어장'이라 불리던 진해만 대구어장의 어업권을 따로 떼어 의친왕부義親王府 이강李堈의 소속으로 이관시켰는데, 의친왕부는 바로 그해 일본 어민 가시이에게 돈을 받고 어장의 관할권을 넘겨 버렸다. 광무 10년 1906년의 일이었다. 그때부터 영세한 조선 어민들은 가시이 밑에서 빌어먹고 살아왔다.

상도가 투덜거리고 있는 마침 그때 부두에서 뱃고동 소리가 울려 퍼진다.

뚜우! 뚜우웃!

부두에 부산서 오는 기선이 닿았다.

하얀 새비로(정장 양복)를 차려입고 백구두를 신은 신사 한 사람이 비대한 몸집을 흔들며 배에서 내렸다. 실크햇을 눌러쓰고 햇빛이 시린 듯 눈살을 찌푸리면서 해럴드 로이드의 네모테 안경을 고쳐 쓴다. 아바나 시가를 비스듬히 물고 연기를 뻑뻑 품어대며 사방을 둘러본다.

멀리 어장 배에서 부두를 바라보던 상도가 손가락질했다.

"조놈이다, 가시이란 놈이! 호랭이도 지 말 하모 온다고 해필 이때 나타나서 남의 속에 불을 싸지르노?"

상도는 흥분을 삭이지 못하고 씩씩거리면서 그를 향해 삿대질을 해댔다.

양산을 받쳐 든 화복 차림의 여자가 지분 냄새를 풍기며 안짱걸음으로 신사의 뒤를 따랐다. 그 뒤로는 그의 권현망 선단의 선장과 어로장漁撈長과 서기장이 뒤따랐다. 그로부터 어장을 도지賭地 낸 조선인 선주들이 부두에 나와 늘어서 있었다.

일행을 거느린 그 신사는 과연 가시이 겐타로였다.

그는 1년에 한 번씩 그의 어장을 시찰한다. 가덕도와 거제도, 가조도 등 광대한 해역에 목 좋은 어기漁基를 가지고 있다. 처음에 마흔 기도 넘게 계약을 맺었으나, 10년 뒤 계약갱신 때 부실한 어장은 돌려주고 대구가 몰려드는 황금어장만 지니고 있다.

마중 나온 사람들 가운데는 어로장 밑에서 뱃일을 보는 춘성도 끼어 있었다. 가시이가 지나가자 춘성은 연신 굽실굽실 절을 해댄다.

"보기 앤꼽거마는, 저놈우 춘생이 자석! 가시이가 지 할애비나 되더나. 죽어라고 절만 해대고 있노. 눈깔이 시어서 몬 바준다."

마침 그곳에 나와 있던 태산이 춘성의 아니꼬운 짓거리를 보고 중얼거렸다.

가시이 일행이 부둣가로 나서서 걸어가는데, 미더덕 할멈이 쪼그리고 앉아서 조개를 파는 좌판이 어로장의 발에 걸렸다.

그는 눈알을 부라리더니 좌판을 걷어찼다.

'좌르르' 조개가 길바닥에 나뒹굴었다. 미더덕은 놀래서 눈을 둥그렇게 뜨고 어쩔 줄 몰라 한다.

일본인 어로장은 할멈에게 야단을 친다.

"오데서 길로 막고 있노, 이 할망구가. 어서 못 비키겠나?"

춘성도 옆에서 눈을 흘긴다.

엎드려 흩어진 조개를 주워 담는데 가시이의 반짝거리는 백구두가 눈앞에 지나간다.

붉은 꽃을 치렁치렁 드리운 유도화柳桃花 나무 옆을 지나는 가시이의 양복에서 풍기는 나프탈렌 냄새가 태산과 수명의 코끝에 번져 왔다. 봄에 중학교에 들어간 수명이 여름방학에 거제로 내려와 있다가, 어구를 장만하러 장에 가는 태산을 따라 부둣가로 나왔던 참이었다.

"저놈이 우리 어장을 다 뺏아간 놈이다."

태산이 수명이더러 들으라고 옆에서 중얼거린다. 수명은 잔뜩 거드름을 피우며 지나가는 유들유들한 어장주의 얼굴을 주먹을 불끈 쥐고 유심히 바라보았다.

진해만 물 밑으로 대구가 찾아오는 삼동이 왔다.

해안가 바위 벼랑에 하얀 곤이를 뿌려 놓고 암수 대구 떼가 퍼덕거리는 철이다.

"태산이는 금년 가실에도 잘 걷았제? 내 어장은 왜놈들 때문에 멜치 기잉(구경)도 못 했다. 말캉 숭어凶漁다. 세상에 숭칙한 놈들! 앞바다에 여남은 척이나 떼로 지어서 길목을 막아 놓고 씰어 가는 바람에 우리는 팔짱만 끼고 기잉만 했다 아이가."

상도가 막걸리 사발을 쭉 들이켰다.

"나도 핸 거 없이 그럭저럭 넘갔십니더."

태산이 상도 선주 앞에서 겸손의 뜻으로 이야기했다.

"우리가 돈이나 기술이 모다 일본놈들한테 모자라는 바람에 괴기를 다 뺏기는 기라. 그래도 태산이는 용타."

"벨 말씸을요. 우째 하다 보이 운이 좋아서 멜치가 좀 걸리들었다 아입니꺼."

삼거리 주막에 상도, 태산, 용보 셋이 어울렸다.

막걸리 잔이 오갔다.

"대주는 무슨 맛으로 횟감을 막걸리에 담가 놓았다 묵는교? 오올도 담굴 긴교?"

살집이 푸짐한 주모가 태산에게 묻는다.

"그렇다 칸께. 내는 비린 거는 몬 묵어 낸다 안 카더나. 초장도 식초를 듬뿍 치고!"

태산은 조난선 표류 중에 생멸치를 건져 먹고는 날것에 질려 버렸다. 그 후로 산인댁이 비린내를 타는 남편에게 횟감을 막걸리에 담가서 재어 두었다가 초고추장과 함께 내주었다. 술에 절인 횟감은 비린내가 가시고 아작아작 씹을수록 살점이 달고 구수한 맛이 돈다.

"깨깡시럽소. 회야 비릿한 맛에 감기는 맛이 있다 칸께. 부리(방어)는 덜 비리요."

"그래도 막걸리에 담가 도고!"

주모 언년은 눈을 살짝 흘긴다. '임자가 녹록지 않은 성질인 것은 알지만 나도 지지 않소' 하는 화답이다. 남자를 호리는 버릇이다.

상도는 연전에 군수 되는 사람한테서 들은 이야기를 늘어놓았다.

"왜놈들 탓만 할 것도 아이라. 나라가 한창 어지럽을 때 가시이 놈이 어떻게 구슬렀던지, 나랏님이라 카는 분이 돈 몇 닢에 꼬여서 여게 어장을 몽땅 넘가줬다 말이다."

막걸리 한 사발을 쭈욱 들이키고 트림을 했다.

"크으, 황실에서는 우리 어민들이야 죽든지 말든지 알 바 없고 …. 우리만 죽을 노릇 아이가. 어장은 분멩히 우리 땅이 맞는데 우리가 다부 왜놈들한테 도지를 바치면서 괴기를 잡고 있으이, 나라가 망해도 대가리를 내리 처박고 거꾸로 자빠지삐렀다! 크으!"

상도는 트림을 한층 더 크게 했다.

용보가 일그러진 양푼에 든 술을 단숨에 비우고 술을 채우라고 주모에게 내민다.

"술맛 조웋다! 한 잔 쳐라! 이녁 술도 한 잔 받아보자!"

주모가 양은 주전자의 술을 양푼에 따르는 동안 용보는 슬쩍 그녀의 손목을 잡는다. 그녀는 손을 뿌리치고 앙탈을 부린다.

"새장가 든 양반이 두 살림 채릴라 카나 와 이 카요. 이 손 놓으소."

용보는 은근히 언년의 엉덩이를 집적댄다. 상도는 용보의 짓거리를 쳐다보고 못내 속이 뒤틀어진다. 쩝 입맛을 다신다.

'내일 배 타기로 해 놓고 허튼 수작 좀 작작 해라. 어장 부정 탄다.'

용보는 힐끗 상도의 눈치를 살피고는 손을 뺐다.

"대한大寒 춥우가 소한 집에 놀로 왔다가 얼어 죽는다 안 카나. 소한 이 언캉 춥어 놓게. 인자 대구 숙놈이 찌익 찌익 곤이로 뿌리 갖고 반굿돌에 허옇게 횟가리 칠할 때가 됐다."

상도는 멸치어장에서 어장 밑천을 다 까먹고 달랑 빚더미에 올라앉 았는데, 대구어장에서 한몫 잡아 빚돈을 벌충해야겠다고 별렀다.

"요번 게울에 대구잡이 놓치모 어장은 끝이다. 다 때리치우고 모래 밭에 쎄(혀)를 박고 죽어삐야 한다."

산란 작업을 벌이느라고 암수 대구가 퍼덕거리며 한바탕 잔치를 벌 이는 장면을 머릿속에 그리며, 날이 새면 동신호東信號의 닻을 올릴 일 을 머리에 그린다. 오후에는 어구를 일일이 챙겨 놓고 그물도 다듬고 접어서 사려 놓았었다.

겨울철 바다는 을씨년스럽다.

진해만 물 밑에 대구 떼가 법석대면 물 위에는 어장 배로 붐비기 시작한다. 동해 한류가 내려오면서 대구가 찾아오는 것이다. 암컷의 배꼽으로 알이 비어져 나오고 수컷은 곤이를 질질 흘리면서 몰려온다. 진해만은 가덕도와 거제도로 둘러싸여 물살이 조용하고 수온이 따뜻해서 알까기에 좋은 곳이다. 한류는 진해만에서 머물고 더 나아가지 않는다.

대구는 4℃의 수온에 산란한다. 이곳 대구어장은 플랑크톤이 풍부해서 부화한 치어稚魚들이 자라기에 좋은 환경이다. 겨울을 나고 더운 물이 올라오면 대구는 이곳을 멸치 떼에게 물려주고 찬물을 따라 북으로 올라간다.

상도가 도지를 내고 빌린 어장은 가덕도로 휘어든 물굽이였다. 대구가 들지 않아서 버려지다시피 한 곳이었으나, 상도가 어장을 시작한 첫해에 대구가 몰려들어 알을 까기 시작했다.

상도한테는 금년이 두 번째 해였다.

첫날의 어획은 만선이었다. 대구 떼가 그의 어장으로 몰려들어 벅적거리며 바닷가 돌 틈에는 쉴 새 없이 거품이 일었다. 가시이의 선단에서는 하릴없이 건너다보고만 있었다.

"오올(오늘)은 300상자는 너끈하겠다."

태산은 양손을 허리춤에 찔러 넣고 산더미같이 쌓인 대구의 무게를 견디지 못해 내려앉은 뱃전을 둘러본다.

"일진이 맞아 만선했십니더. 낼도 잘 몰아 주이소."

상도는 서낭신에게 성구하고 본인이 직접 서낭기를 올리고 선원들에게 꽹과리를 잡혔다.

두웅 둥 둥 두웅 둥!

징을 두드리는 소리가 바다 위에 울려 퍼진다. 돛대의 마룻줄에 매단 빨강, 파랑, 하양 삼색 깃발은 쉴 새 없이 펄럭인다. 부두가 가까워지자 징 소리는 점점 빨라진다.

둥 둥 두웅 둥 둥!

바람은 징 소리를 마을로 실어 나른다.

"구장 배가 만선했네!"

"올개(올해)는 구장 집에 팔자가 피일란 갑네."

동네 늙은이들과 아이를 안은 아낙들이 방파제 앞에 모여, 쌍둥이 밴 아낙처럼 터질 듯이 부풀린 돛폭을 안고 들어오는 배를 바라본다. 만선은 마을 앞바다를 한 바퀴 돌고 접안했다.

이튿날 동신호를 몰고 어장으로 출어하자 상도는 깜짝 놀랐다. 어장 입구에 해군 함정 몇 척이 떠 있었다. 쌍발비행기가 산을 넘어와 수면 위를 낮게 날아간다.

"무슨 놈에 일이 이런 일이 다 있노? 웬 놈우 군함이 넘우 어장에 들앉은 것고?"

상도의 배가 어장으로 들어가자 제일 큰 배에서 확성기로 경고하는 소리가 들려왔다.

"어선은 즉각 철수하라! 어선은 즉각 철수하라! 이 해역은 함대 기동훈련 중이다. 다시 한 번 말한다. 어선은 군사훈련을 방해 말고 즉시 되돌아가라!"

군함의 스크루가 요란한 소리를 내며 수면 위로 하얗게 거품을 솟구친다. 상도는 어이가 없었다.

"이놈들아, 대구 다 달뺐다! 해필이모 내 어장에서 난리법석고?"

어장 안 공중을 선회하고 있는 비행기는 연료가 나쁜지 시커먼 연기와 함께 굉음을 내고 있다.

"허허어, 넘우 어장 다 망칠라카나? … 이기이 가시이란 놈이 시킨 소행이 아이고 머란 말고? 호로오자석!"

소란 통에 상도의 어장으로 몰려오던 대구 떼가 군함을 피해서 옆쪽 가시이의 어장으로 몰려가고 있다.

"배로 돌려라아! 대구를 쫓아라!"

상도가 외쳤다. 눈앞을 지나가는 대구를 놓칠 수가 없다.

바로 산 하나 돌아간 물굽이 속에 자리 잡은 가시이네 어장의 길목까지 대구를 쫓아가서 상도의 배가 그물을 치기 시작했다. 그러자 가시이의 어선 한 척이 물살을 가르며 상도의 배를 향해서 다가왔다.

"어어 이놈들아, 배 다친다!"

그는 고함을 질렀다.

'쿵!' 하고 덩치 큰 동력선 선수가 상도의 배 옆구리를 들이받았다.

우지직!

뱃전의 삼판대기가 부서지는 소리가 나고 배가 출렁거리자 배꾼들이 비틀거렸다. 동력선은 시커먼 연기를 뿜으며 계속 상도의 배를 밀어붙였다.

"얼른 나가소! 와 남의 어장에 들어오요?"

배 위에서 이마에 하치마키를 동여맨 일본인 어로장이 삿대질을 하며 떠들어 대고 옆에서 춘성이 그 말을 받아 고함을 지르고 있다.

상도의 배는 빙글 돌아간다. 뱃대지가 미어지게 부른 대구 떼는 상도가 친 그물이 틀어지자 그 틈새로 빠져나간다.

"이놈우 자석아아들아! 괴기 다 놓친다아!"

상도는 눈에 쌍심지를 돋우고 왜선을 올려보며 노를 들어 휘둘러 보지만 사람은 가마득히 높은 데 있었다. 상도의 배를 몰아내고 왜선은 돌아갔다.

"춘생이 이놈우 손, 두고 보자! 넘우 어장 배 다 뿌사 놓고 니놈이 무사할 줄 알았더나? 당장에 다리 몽딩이 뺐다구로 꺾어 놀 끼다. 쪽바리 밑에 붙어 있더이 멩태 껍데기로 디집어씨았나, 니놈이 눈에 뵈는 기 없노!"

며칠 뒤 아침나절 상도는 용보를 데리고, 어장 일을 하루 쉬고 있는 춘성의 집으로 찾아갔다.

"춘생이 이 껍두구 놈아! 니 어렵을 때 내 배 태와 주고 멕이살렀더이, 언제부터 일본놈하고 한 펜이 됐다고 우리 배로 들이박노? 미꾸라지한테 봉알 물린다 카더이, 니가 내한테 그럴 수 있는 것가? 니 애비에미가 모다 쪽발이 종자더나? 니 이놈옴! 오늘 조선 사람 손에 맛 좀 바라!"

상도는 팔을 걷어붙이고 춘성의 멱살을 옥죄고 잡아 흔든다.

"이거 놓으소! 와 이 카요. 넘우 어장에 들오 갖고 물질로 한께 그란 거 아이요?"

춘성은 상도의 기패에 눌려 멱살을 잡힌 채 흔들리고만 있다.

"머라꼬! 너거 어장이라꼬? 여어가 조선 천지가 아이고 오데란 말고? 우째서 일본 어장이라 카노?"

"가시이 어장을 모른다고 역부러 하는 소리요?"

춘성은 볼수염을 떨면서 주걱턱을 벌리고 떠드는 품이 물 밑에 엎드린 고기 껵두구를 닮았다.

"이놈아, 내는 가시이 어장에 들어간 적 없다아! 그 앞에 떠 있었다. 조선 천지 바다라 카는 바다가 모도 가시이 놈 거더냐? 두말 말고 내 배 물어내에라!"

"넘우 어장에 지 발로 들오 놓고, 와 모른 척을 하고 딴소리로 하고 있소?"

"머라꼬, 이놈우 자석! 그기이 니 본심에서 하는 말가?"

상도는 춘성의 멱살을 앞으로 낚아챘다. 춘성은 고꾸라졌다. 땅바닥에 턱쪼가리를 찧어 입에서 피가 흘러나왔다.

춘성은 손등으로 피를 닦고 일어나서 상도에게 대들었다.

"이야기로 하지 와 사람을 피로 보게 만드노? 내가 와 뱃값을 물어내야 하노? 가만히 있는 배로 무단히 몰아냈나? 지 발로 들오 갖고 …."

이번에는 춘성이가 상도를 왈칵 밀어 버렸다. 상도는 저만큼 나가 떨어졌다.

용보가 나섰다.

"니가 낫살이나 묵은 양반을 꼭 요렇게 왈개야 되겠나? 저 선주는 배가 뿌사짓다 말이다. 황소 없이 농사짓는 거 봤나, 배 없이 어장 하는 거 봤나? … 니가 일본놈 선주한테 가서 뱃값을 받아 주야 될 거 아이가?"

"니는 먼데, 니가 나서노? 니 배가?"

"이 자석이 말로 해도 몬 알아듣네. 개개 빌어도 시언찮을 놈이 머라꼬? 나도 선주 배 타고 묵고사는 놈이다. 니 배 아이라고 뿌사도 갠찮다 그 말가? 일본놈 밑에 붙어서 간살시럽거로 지랄용천을 떨어 쌓더이, 이놈우 자석!"

용보는 말이 떨어지기가 바쁘게 노구솥 뚜껑만 한 손으로 춘성의 멱살을 움켜잡고 죄어 당겼다. 앞으로 고꾸라질 듯이 끌려오는 춘성의 발을 걸어 낚아챘다. 춘성은 마당 한가운데로 나자빠졌다. 용보가 발길질로 옆구리를 내질렀다. 우두둑 뼈가 맞히는 소리가 들렸다.

"이놈우 자석, 베락 맞아 뒈질 놈! 왜놈 X이나 빨고 있으이, 그래 천년 만년이나 해묵을 거 같더나? 쎄가 만 발이나 빠져 뒈지거라. 퉷!"

용보의 입에서 뱃놈의 육두문자가 거침없이 쏟아져 나왔다.

춘성의 모친 우렁쉥이 할매가 달려 나왔다.

"와들 이리 쌓노? 말로 해라, 말로!"

노친네가 용보의 옷자락을 잡고 매달려 악을 쓴다.

"너거 모자는 우째 그리 똑같노? … 나만 보모 몬 잡아 묵어서 그 난리고?"

상도가 담벼락에 걸어둔 갈고리를 들고 와서 쪼그리고 앉은 춘성을 내리찍었다. 춘성은 얼른 몸을 날려 비켰으나 이마빼기가 긁혔다. 검붉은 액체가 주르르 얼굴을 타고 흘러내렸다.

"아이쿠 사람 살리라! 어어어 …."

외마디 소리를 지르는 춘성의 입으로 피가 흘러든다.

우렁쉥이는 자식을 감싸 안고 치마를 걷어 상처에 대고 누른다.

"된장을 퍼 오이라! 퍼뜩!"

옆에 서서 어쩔 줄을 몰라 하는 며느리에게 일렀다.

"아이고, 동네 사람들아! 사람 좀 살리거라! 살인 나겄다."

마당에는 이웃 사람들이 모여 서서 구경하고 있었는데 누구 한 사람 나서서 말리는 자가 없었다.

"춘생이가 밉어서 저라는 기 아이고, 가시이란 놈이 밉어서 저라는 기라. 그랄수록 춘생이도 이웃에 좀 더 잘 했어야제. 혼자서 왜놈 밑에서 촐랑거리 쌓다가 저 꼴을 당하고 인자서 급해지게 이웃을 찾는 기라."

구경꾼들 사이에서 빈정거리는 소리가 들렸다.

"에라잇, 이놈우 자석! 아가리로 벌시라, 퍼넣거로!"

용보가 똥 막대기를 들고 와서 춘성의 얼굴에 비벼댄다. 춘성은 우거지상으로 고개를 튼다.

"동네 흐리 놓는 놈은 똥을 멕이야 버릇을 고친다. 아나, 똥 맛 좀 바라!"

옛날부터 못된 짓을 해서 마을을 흐려 놓는 놈은 인분人糞으로 응징했다.

"이놈우 손아, 내 배 물어내에라!"

상도는 눈에 쌍심지를 돋우고 갈고리를 다시 쳐든다.

춘성은 퍼뜩 일어나서 부리나케 삽작문 밖으로 달아난다.

그는 그길로 읍내 주재소로 달려가서 폭행사실을 고했다.

"갈고리로 사람을 쳤소."

춘성은 헌병에게 상처를 들이밀었다.

"두 놈이서 나를 패 죽이려 했소. 저 아래 동네 선주 상도 놈하고 용보란 놈이 작당해서 … ."

주재소에서는 춘성이 가시이의 어장 배를 타는 것을 알고 있었다.

"그놈들이 뭣 때문에 난동을 부렸는가?"

"그놈의 배가 우리 어장을 밀고 들어오길래 밀어냈더니, 집으로 찾아와서 행패를 부리는 거요."

주재소는 의연 긴장했다. 오래전부터 가시이가 부산서 거제까지 이 일대 앞바다의 어업권을 관장하면서 도청과 총독부 경찰국에도 무시로 드나드는 것을 잘 알고 있었다.

춘성의 이야기를 종합해 보면, 조선 놈들이 가시이의 어장에 들어와 불법 어로를 했다는 말이 된다.

가시이의 어장. 그것이 보통 어장이던가. 남해안 일대를 주름잡는 위세 등등한 그의 어장을 조센징 어부가 침범했다는 말이 아닌가. 질서를 바로잡아야 한다.

"용서할 수 없다."

그는 춘성의 옆구리와 이마의 상처를 확인했다.

헌병경찰과 순사는 무장을 하고 즉시 출동해서 상도와 용보를 주재소로 끌고 갔다.

"따끔나리가 칼 차고 와서 구장하고 용보로 잡아갔다."

소문이 온 마을에 금세 퍼졌다. 동네 사람들은 헌병과 순사가 두 사람을 포박해 끌고 가는 것을 먼 발치에서 바라보았다.

둘을 취조실로 데리고 들어가더니 헌병경찰이 다짜고짜 상도를 후려친다.

"어어어 … 아이고 아야, 내 죽는다, 사람 살리라!"

상도가 비명을 지른다. 헌병은 한참 주먹질 발길질을 해대더니, 상도를 둘러메고 바닥에 꼬나 메친다. 난장에 복어 패대기치듯 한다. 상도는 축 늘어졌다.

순사도 용보를 패기 시작했다. 떡메 내려치듯 휘둘러대는 몽둥이찜질에 산멱 따는 소리를 질렀다. 매질에 더 버티지를 못하고 기다시피 물러나는 용보의 발목이 뜨끔했다. 마구잡이로 휘두르는 몽둥이에 복숭아뼈가 얼결에 맞았던 것이다. 금세 부풀어 올랐다.

헌병은 둘을 각각 의자에 앉히고 취조를 시작했다.

학꽁치같이 얼굴이 좁다랗고 길게 생긴 헌병이 상도에게 물었다.

"너희가 가시이의 어장을 침범하였지?"

상도는 눈을 가늘게 뜨고 찢어지게 노려보는 헌병에게 기가 질려서 우물쭈물 말꼬리를 흐렸다.

"침범한 기이 아이고 … ."

"그럼 뭐야?"

"대구 떼를 쫓아가서 막 잡아서 건져 올리는데 난데없이 우리 배를 무작배기로 들이박는 거 아니겠소."

다소 애매한 대답을 했다.

헌병은 책상을 쾅 내리치고는 눈을 칩떠보며 고함친다. 통역이 우리말로 옮긴다.

"침범했나, 안 했나 그 말만 해랏!"

"…… ."

상도는 꿀 먹은 벙어리가 되었다.

"흉기로 사람을 쳤는데, 그 이유는?"

"나를 넘어뜨려서 나도 모르는 새 그만 … ."

"물질 갈고리로 내리찍었지?"

"그게 아니고, 내가 갈고리를 쥐고 있는데, 제놈이 머리를 들이박아서 제물에 찍혔소."

이번에는 용보에게 물었다.

"너도 어로작업에 동행했고, 폭행에도 가담했지?"

"그렇소."

용보는 시인했다.

"네놈 둘은 일주일 구류처분이다. 두 놈을 유치장에 처넣어라!"

헌병경찰은 순사에게 지시했다.

"구류라니요?"

상도가 눈을 둥그렇게 뜨고 헌병을 쳐다보았다.

"남의 어장에 불법 침입해서 어로작업을 한 범법 사실과 사람을 치상한 폭행 사실을 묶어서 구속에 처하는 것이다. 물론 불법어로로 상대방에 끼친 손실에 대한 벌금과 폭행에 따른 치료비도 당연히 변상하여야 한다."

"내 배 부서진 것은 안 물어주고요?"

"그것은 불법 침입한 쪽의 과실이다. 어장의 주인은 의당 침입자를 추방할 권리가 있는 것이니까 정당한 권리행사를 한 것으로 보아야 한다. 따라서 선박 손괴에 대한 변상책임이란 있을 수 없다. 물어야 할 벌금과 치료비는 후일 법원의 판결에 따라 확정 통보할 것이다."

"지금은 한창 어장 철인데 가두어 두면 우리는 어쩌란 말이오?"

헌병은 다시 한 번 책상을 쾅 내리쳤다.

"그러니까 법을 어기지 말았어야지!"

둘을 유치장에 처넣었다.

"아나, 마시거라. 금세 그칠 끼다."

배앓이 끝에 설사를 흘리는 며느리 수생에게 미더덕은 밥솥 밑의 그을음을 긁어내 사발에 담아 물을 타서 내밀었다.

수생은 얼굴색이 변하였다.

"어버버버!"

손을 내젓는다.

그녀는 시커먼 숯검정을 마시라고 물 사발을 내미니 '차마 사람이 어떻게 그런 것을 마실 수 있느냐' 하는 고까운 표정으로 시어미를 쳐다본다.

"소태가 씹어도(써도) 약이 된다. 숯이 독을 뺀다 말이다. 두말 말고 고마 마시거라, 설사 낫울라 카모."

노친네는 사발을 다시 턱 밑으로 들이민다.

그녀는 싫다고 고개를 돌린다.

"시어마이 정성도 모르고, 고마 냉큼 받아 마시모 될 거로 그리도 엉통을 지이 쌓노? 니캉 내캉 우리는 우째 이리 일일이 사구(아구)가 안 맞노."

그러고 보니 시어미를 쳐다보는 며느리의 눈길에 모가 섰다.

"정 그랄라 카모 저역밥은 굶도록 해라. 설사 멈찰라 카모 안 묵어야 낫는 기라."

시어미는 식사를 거르라는 뜻의 수화를 했다.

그러나 수생은 수생대로 못 먹게 하는 것에 서운한 생각이 들어 삐쭉해서 부엌으로 돌아섰다. 보리쌀을 씻어 솥에 안치고 그 위에 톳나물을 얹었다. 양식을 아껴야 한다.

수생은 우물로 가서 물을 길어왔다. 그리고 장작을 팼다.

미더덕 시어미는 우물가에서 미역다발을 엮다가 밥 눋는 냄새를 맡고 부엌으로 들어갔다. 솥뚜껑을 열자 보리쌀 태우는 내가 물씬 난다.

그녀는 얼른 솥에 물을 붓고 아궁이 장작불을 덜어냈다.

"아이고오 아깝아라. 이년아, 밥 태웠다!"

장작을 패고 있는 수생의 등을 쳤다.

"이 축구畜鬼야 축구! 보리 양석을 다 태왔으이, 아이고 아깝아서 우짤꼬?"

시어미는 가슴을 친다.

"저거를 믿고 살림을 맽길라카이 하루에도 복장이 열두 번도 더 터진다!"

미더덕은 못내 수생을 못마땅해 했다.

남편 용보도 처 수생에 대한 애정이라고는 터럭만큼도 없다. 배를 타든, 술집을 다니든, 하루 이틀 걸러 집구석이라고 찾아들면 벙어리하고는 말이 통하지 않는다. 기껏해야 수생 측에서 수화를 해서 의사소통을 걸어오지만 용보는 귀찮을 뿐이다.

용보는 답답한 나머지 걸핏하면 손찌검을 해 수생의 얼굴에 피멍을 남기고는 했다.

그녀는 남편이 행패를 부리면 겁을 집어먹고 얼굴이 하얘져서 커다란 눈만 말똥말똥할 뿐이다. 좋다 싫다 표정을 지을 줄 모른다. 더구나 평생 가 봐야 웃는 법이 없다. 웃어본 적이 없이 커온 모양이다.

"차라리 벽수를 데불고 살았이모 살았지 버버리하고 살라 카이 복장이 터져 죽겠다. 전생에 무신 원수가 지서 찾아온 인연고?"

수생이 못 알아들어서 그렇지 남의 가슴에 대못질할 소리를 예사로 했다.

용보는 행티를 부리고 나면 으레 휑하니 밖으로 나가 주막집 언년을 찾아 나선다.

어린 수명은 아버지가 미웠다. 처음부터 수생을 집에 들여앉힌 것 자체가 싫은 일이었는데 아버지가 술에 취해 돌아와서 허구한 날 투정 부리니 역겨움을 참을 수 없었다.

며느리를 나무랄 때는 공연히 까탈을 잡고 지청구를 부리는 할머니도 싫었다. 수생도 싫었다. 어머니라고 생각해본 적도 없었다. 그녀가 용보네 집으로 들어온 이래 집안이 조용한 날이 없이 항상 크고 작은 말썽이 일었기 때문이다.

'차라리 수생이가 없었더라면 집안이 조용하기나 할 것을. 훌쩍 떠나고 싶다. 얼른 커서 마산으로 가서 중학교에 들어가야지 … .'

아침에 어장 나갈 용보의 볼멘소리가 터져 나왔다.

"남펜 밥도 안 멕이고 내보낼 참이가, 와 아침부터 디비 자빠졌노!"

수생은 몸살 나 드러누웠다. 또새를 낳고 산후조리가 부실하여 몸에 바람이 들었는지 걸핏하면 몸살을 앓는데, 태풍이 오기 전에 무너진 담장을 고쳐야겠다고 돌을 져 날라 쌓아 올렸더니 아침에 일어날 수가 없었던 것이다.

"신랑 뱃일 나가는데 아침부터 이기 머슨 짓고? 퍼뜩 몬 일어날래?"

시어미가 방문을 열어젖히고 한마디 퍼붓는다.

수생은 일어나려고 용을 써 보았으나 몸이 말을 듣지 않는다. 겨우 상체를 일으켜서 팔을 짚고 용보를 올려볼 뿐이다.

"아이구 이 벅수야, 벅수! 니로 데불고 살라카이 숨이 다 맥힌다."

용보는 속이 뒤집힌다. 수생의 머리를 쥐어박는다.

"오올은 배 타는 날이께 이만치만 하고 고만둔다마는⋯."

그는 마루로 나서서 쾅 하고 문을 닫았다.

"안들(아내)이 잘해야 한다. 배 타는 일은 신랑 목숨이 달린 일 아이가! 아침부터 안에서 방정을 떨모 뱃놈 부정 탄다!"

수생은 자기를 향해 악머구리 끓듯 씨부렁거리는 시어미의 주둥이를 원망스럽게 올려다본다.

"저기이 시어마이한테 눈을 딱 불시고⋯ 고마 곱게 말할 때 퍼뜩 알아들을 네기지!"

용보는, 노친네가 방문에다 대고 말귀를 알아듣지도 못하는 수생을 상대로 지껄이는 잔소리를 뒤로하고 방파제 쪽으로 향했다.

그는 해안가 바위에 갓후릿그물의 한쪽 줄을 묶어 놓고 그물을 싣고 바다로 나갔다. 용보의 통구밍이배에는 배꾼 두 사람을 더 태웠다.

2. 휘몰아치는 겁풍劫風

바다 한가운데는 벌써 태산의 후릿배 두 척이 진을 치고 있었다. 용보는 그물을 바다에 밀어 넣으면서 태산의 어선 태창호 옆으로 다가가서 자리를 잡고 닻을 내렸다.

'태산이 저놈이 자리 잡고 있는 곳에는 틀림없이 멸치가 몰려온다.'

태산은 물 밑을 살필 뿐 용보 쪽에는 신경도 안 쓰는 모양이다.

하늘에서 마른벼락이 쳤다. 이어서 쿠당탕 하고 천둥 구르는 소리가 났다.

"메루치다!"

그 소란 중에서도 물 밑을 살피던 용보가 외쳤다. 과연 멸치가 무리를 지어 스멀스멀 배 밑을 지나가고 있다.

"닻을 건지라!"

고물을 향해 고함쳤다.

용보의 배는 나머지 반쪽 후릿그물을 물에 풀어 넣으면서 옆 방향으로 엇비스듬하게 나아갔다. 멸치가 방향을 틀어 몰리는 바람에 용보의 배가 멸치 떼를 쫓아 급히 방향을 틀다가 그만 태산의 그물을 찢어놓고 말았다.

"이놈우 장가 용보야! 내 그물 다 찢어났다! 우짜잖고 기어드노?"

태산의 고함소리가 건너왔다.

"조심했는데 들오다 본께 그리된 기라. 낸들 알고 그랬겠나?"

"알고 모르고 간에 어장 다 망쳐 났다! 속캐(솜)로 눈깔을 디집어씨 았나 뵈이는 기 없노? 우짤래?"

"모르고 그랬다 안 카나. 그물값 물어주모 될 거 아이가, 니기미!"

용보 이빨 사이로 욕설이 샌다.

"듣기 상그럽다. 똥 싼 놈이 다부 썽 낸다고 큰소리는 와 니가 치노? 다 물리내라, 그물하고 오늘 괴기 놓친 거 하고 함께 쳐서!"

"알았다 칸께. 에잇 재수 옴 붙었다."

용보가 투덜대기를 그치자, '찌 찌 찌 찍 찍!' 허공에서 새 우는 소리 가 선주인 태산의 귓가에 들려온다. 오른쪽 귀에 먼저 들리더니 이어 서 왼쪽 귀에서 들린다. 그리고 소리는 사라졌다.

"다들 죄앵히 해 바라! 서낭소리 아이던가?"

태산은 배꾼들을 둘러보고 확인차 물어본다.

"놋좆 삐걱거리는 소리 잘못 들은 거 아인교?"

배꾼 중 한 명이 뜬금없이 무슨 서낭소리냐고 되묻는다.

"아이다. 분멩히 들었다 칸께. 저어리 가서 뱃전을 돌아나갔다."

손가락으로 배의 고물 쪽을 가리켜 보이고 사방을 둘러보았다.

"선주요! 서낭이 울모 궂은 일이 온다는데 …."

다른 배꾼이 태산의 속을 읽고 말을 거든다.

태산은 어려서 나이든 배꾼한테 배서낭에 대해 들은 바가 있었다.

"배가 기울어 물에 잠기는데 서낭을 버리고 자기만 뛰어내린 사람들 은 결국 다 죽는다. 그런데 그 지경에 서낭을 품에 안고 간 사람은 내 중에 목숨을 건지게 되더라."

태산은 새 배 출어 때 뱃고사를 지내면서 한지로 명태를 싸고 오색

수실로 둘러 선왕船王으로 모시고 조타실에 걸어 두었다. 배꾼은 태풍이나 거친 파도에 도저히 이길 수가 없으므로 서낭께 빌어 운을 빌려야 한다고 그는 항상 믿고 있었다.

배서낭은 신변에 위험이 닥치면 우는 소리를 내어 알려준다.

바다는 순식간에 어두워졌다. 시커먼 구름이 하늘을 덮고, 바람이 일기 시작하더니 파도가 높게 일렁인다.

'서낭 우는 소리가 새소리로 들리고 뱃전을 따라 왼쪽으로 사라지면 큰 바람이 온다고 했다. … 파도가 심상찮다.'

태산은 건너편 후릿배에 대고 고함을 쳤다.

"다 걷아라! 고마 돌아가자!"

그는 어장 배를 거두어들이기로 했다.

'배꾼이라고 나서 생전에 이런 날씨는 처음 본다.'

멀리 어두워진 바다 위에 갯뉘가 너울너울 춤을 추기 시작했다.

'갯뉘가 치면 큰 바람이 온다' 하고 중얼거리며 용보를 향해 외쳤다.

"고마 가자! 이 날씨에 괴기가 잽히겠나?"

파도가 점점 높아지고 배는 파도 위에서 흔들리면서 갑판에서 삐거덕 삐거덕 판자 뒤틀리는 소리가 난다.

"이왕에 벌리 논 그물 메루치 몰면서 돌아가자. 바로 가나 몰고 가나 벨 차 있겠나. 먼저 가거라이!"

용보의 말을 뒤로하고 태산네는 부두로 향하여 배를 몰았다.

'성질은 쇠빽다구맨키로 깡다구는 있어 갖고, 고집 부리기는….'

버지직!

번개가 하늘에 섰다. 새카만 구름을 가르고 하얀 도끼날이 바다에 내리꽂힌다. 머리 위에서 몇 차례 더 번쩍번쩍 도끼날이 휘둘린다.

빗방울이 돋는다.

쿠르릉 탕!

천둥이 화약 터지는 소리를 내며 시커먼 구름 사이로 흐른다.

"아이쿠우, 저놈우 대앙꼬(대완구) 소리! 귀청 떨어지겠다."

용보는 노를 저으며 어깨를 움츠렸다.

갑자기 돌풍이 일었다. 바다는 꿈틀대었다. 바람에 날려 온 파도가 얼굴을 때린다. 용보는 몰아치는 파도를 피해 고개를 꼬고 온몸을 흔들며 노를 저어 갔다.

바람은 미친 듯이 배를 흔들어댔다. 솟구친 너울의 봉우리는 골이 진 바닥에 뜬 배 위로 가차 없이 물벼락을 퍼부었다. 파고波高가 높을수록 파곡波谷은 깊었다.

겁풍劫風이 불어닥쳤다. 수미산을 무너뜨리고 바닷물을 몽땅 날려 버린 겁풍이 용보의 배를 파도 속으로 파묻어 버린 것은 바로 그 순간이었다. 산더미 같은 파도는 선원들을 집어 삼키고 내놓지를 않았다. 죽을 놈은 모두 한배를 탔었다.

겁수겁풍劫水劫風의 겁재劫災를 맞은 용보와 배꾼 두 명, 모두 세 명의 원혼은 구천을 헤매고 있을 터인 즉, 그들의 넋을 달래 주어야 했다.

당산에서 삼신제왕을 모시고 시신 없이 세 사람의 원혼을 달래는 마을굿이 벌어졌다.

미더덕 노파가 땅바닥에 퍼져 앉아 땅을 치며 통곡한다.

"아이구우 이 자석아, 무신 놈우 귀신에 원이 씌 갖고 지 멩도 몬 챙기고 먼저 가노? 물에 빠지 죽은 지 애비가 자식을 잡아갔나? 갈라 카모 혼자 갈 일이지, 자식은 와 끌고 가요? 용왕님이 원망쏘! 쌔고 쌘 사람 중에 하필이모 애비 자석 장가張家 둘을 모다 걷아 가요? 억울하요오, 억울요."

노파는 숨이 넘어간다. 손가락으로 흙바닥을 헤집는다. 오장육부가 멸치젓 삭아 처지듯이 녹아내리고, 풀어 젖힌 앞가슴에 뼈가 앙상하다.

수생은 또새의 손을 잡고 서서 노려보듯이 무당의 굿거리 춤만 쳐다본다.

태산이 미더덕 노친네에게 다가가서 위로한다.

"고마하소. 너무 슬피 울모 용보가 갈 길 몬 떠나요. 굿을 받고 황천으로 올라가야 할 거 아이요."

"자석 없이 인자 우째 살아갈꼬? 이 에린 것들 데불고 머로 멕이며 머로 입힐 것고?"

노파는 큰손주 수명을 끌어안고 꺼이꺼이 곡을 한다.

"니는 배 탈 생각일랑 다시는 말어라. 액살 맞아 죽은 니 애비 따라 니도 물기신 될 것가? 할애비, 애비 둘만 하모 됐지 손지까지 뱃놈 삼대는 몬 바친다. 니는 물가에 오지 말고 새맨키로 훨훨 날아가거라."

미더덕은 별신제 모시는 날 며느리가 피부정을 보아 액살을 받았다고 생각하고 그녀를 원망했다.

"니년이 당집까지 태웄으이 산신이 크게 노하신 기라. 니년은 남편

잡아묵은 년이다.”

또새는 젖을 떼어 혼자 걸을 때도 되었건만, 비실비실 말라비틀어져서 제대로 발걸음도 떼지 못하는 잔주접이었다. 관자놀이에 심줄이 파랗게 돋아 비치고 횟배를 앓는지 얼굴이 늘 하얀 깽비리로 자랐다.

“한 뿌렝이서 나온 자석이 밭이 다르다고 저리 다를꼬?”

용보의 상처 자식 수명은 발육이 온전해서 탈 없이 제대로 자란 데 비해서 또새는 약골이라고 해서 하는 말이다. 어미를 잘못 골라 태어난 또새에 대해서는 마음 구석에 늘 애처롭고 불쌍한 생각이 들었다.

“니는 조떡도 몬 얻어묵었나, 자빠지기는 와 그리 자빠지 쌓노?”

무르팍이 까져 들어온 손주를 한탄하였다.

뒷간에 다녀올 때는 바지 허리춤을 들고 나오는데, 미주알이 빨갛게 빠져나와 있다.

“끌끌! 미자바리 빠지 쌓아서 커서 힘줄이나 쓰겠나.”

할멈은 혀를 찼다.

하루는 할멈이 바자울 싸리 꼬챙이에 간조기를 하나씩 꿰어 늘어놓고 돌아서는데, 마루에서 수생이 또새를 안고 어찌할 바를 몰라 했다. 아이의 볼을 흔들고 팔을 주무르고 경황이 없다. 다가가서 보니 아이는 눈을 까뒤집고 손을 바들바들 떨고 있었다. 무엇에 놀랐는지 경기驚氣를 하고 있었다.

“미나리로 집을 짜멕이야 깨는데 ….”

할멈은 돌미나리 밭으로 달려간다.

“지앙님이 노핸 기라, 지앙님이. 아아 에미가 지푸래기를 물고 빌어야 풀린다.”

바자울 너머로 고개를 내밀고 들여다보고 있던 우렁쉥이가 지나가는 미더덕한테 들으라고 한마디 했다.

수생은 얼굴이 하얗게 되어 가지고 아이의 콧구멍을 핥기도 하고 입을 빨기도 하고 제 나름대로 응급처치를 하느라고 안절부절못한다.

"문딩이 아아 씻거 조진다 카더이 버버리가 아아 핥아 조진다. 이것들아, 짚을 물고 지앙님한테 빌어라, 빌어!"

우렁쉥이가 중얼거린다. 용보한테서 자식 춘성이 똥 막대기로 당했던 앙심이 고깝게 묻어나는 빈정거림이었다.

그러나 한편 아이의 생명은 측은하다.

'저래 커 갖고 사람 되겄나?'

또새는 사흘들이 잔병치레를 했다.

"두두레기다!"

모가지, 겨드랑이, 팔목 등을 긁어댄다. 금세 부풀어 오른다. 어미가 들러붙어 같이 긁어 준다.

"가럽은 데는 넹기(연기)를 쐬아 주우라!"

할매가 청솔가지를 꺾어 와서 마당에다 불을 놓았다. 푸르고 진한 연기가 피어올랐다. 할매가 손주의 목덜미를 쥐고 연기 속으로 들이밀었다. 콜록콜록 재채기를 하며 아이는 눈물을 줄줄 흘렸다.

"니년은 자석복마저도 없는 년이다. 아아한테 오방메구가 들러붙어 떨어질 날이 없다. 머 할라꼬 새끼라고 낳아 갖고 애를 태우 쌓노."

초여름 바다에 적조赤潮가 떴다.

"구정물이다! 구정물이 디집혔다!"

동네 아이들이 소쿠리며 잠자리채며 하다못해 긴 막대기라도 쥐고서 바닷가로 달려갔다.

고기 떼가 수면으로 둥둥 떠올라 하얀 배때기를 뒤집은 채 아가미를 벌렁거리며 가쁜 숨을 몰아쉰다. 구정물 속에 산소가 모자라 물고기들이 까무러쳤다.

아이들은 영판 잠자리채같이 생긴 사내끼의 긴 자루로 물에 뜬 고기를 건져낸다.

또새도 물가에 달려갔으나 물에 들어갈 엄두도 못 내고 밖에서 구경만 하면서 겉돈다. 또새는 동네 조무래기들을 따라다녔으나 아무도 상대해 주지 않았다. 그래서 항상 아이들 뒷전에서 외톨이로 지냈다.

날이 더워졌다.

물 빠진 갯밭에는 마을 아낙들이 나와 봄 조개를 캐고 있다.

"물에 짚이 들어가지 말거라이. 물구신이 잡아댕긴다. 가작은 데서 놀아라이."

미더덕이 또새에게 이르고, 건너편에서 역시 조개 밭을 헤집는 수생이 쪽으로 힐끗 눈길을 준다.

뻘밭에는 농게가 커다란 오른발 집게를 낫처럼 치켜들고 기어다닌다. 아이들은 이 외짝 집게를 집어 올리고 서로 대보고 킬킬거린다. 게는 매달려서 잔발만 발발거릴 뿐 별 볼 일 없이 입에 문 거품만 불린다.

한나절 아이들은 허기가 져서 물로 들어간다. 발가락을 꼼지락거리며 뻘밭에 박힌 생꼬막을 건져 올린다. 껍질을 손톱으로 까고 속살을 입에 넣는다. 비리지 않다. 바다 아이들은 해산물의 싱싱한 선도의 맛을 어릴 때부터 입에 달고 자란다.

미더덕이 불가사리를 집어 뭍으로 휙 집어 던진다. 햇볕에 말려 죽이려는 것이다.

"이놈우 오살 맞아 뒈질 놈우 것! 넘우 개발(조개) 다 빨아 묵는다!"

불가사리는 물만 들면 또 살아난다. 일 마치고 집으로 가는 길에 버린 놈을 다시 주워다 거름 더미에 던진다.

또새는 물속에서 발가락으로 꼬막을 집어 올리다가 뻘밭의 허방에 빠졌다. 장정들이 개조개를 캐느라고 삽으로 파헤친 자리가 물 밑에 허방으로 남아 있었던 것이다.

또새는 손발을 허우적거릴 뿐 구덩이를 벗어나지 못한다. 물에 잠겼다가 떴다가 덤벙덤벙 물만 삼켜댄다. 물속에 가라앉았다.

조무래기들은 키들거리며 떠들고 놀다가 등만 동그마니 드러내고 물에 잠긴 또새를 보았다.

"저거 또새 아이가? 물에 빠진 기다."

"맞다. 또새다!"

아이들이 왁자지껄 떠드는 소리가 들려왔다.

"또새가 물에 빠져 죽었다!"

"이기이 머슨 소리고?"

미더덕은 화들짝 놀라 호미를 버리고 엄벙덤벙 물속으로 들어갔다.

"아이구 또새야! 아이구 또새야!"

그녀는 아이를 안고 뭍으로 나와서 바닥에 뉘였다. 물을 먹어 올챙이처럼 배가 볼록 솟아 있다.

우렁쉥이 할멈이 다가와서 아이의 손목을 짚어 본다.

"맥이 안 잽힌다."

머리를 젓는다.

"아이구 이놈우 손아! 물가 가작이서 놀아라 캤는데 우짜잖고 짚이 들어가 갖고 이 꼬라지가 돼뺐노?"

수생이 무슨 일인가 하고 다가왔다. 또새가 잠든 것처럼 누워 있는 것을 보고 와락 달려들어 몸을 흔든다. 반응이 없다. 꽉 끌어안고 얼굴을 비벼본다. 아이는 벌써 싸느랗게 식어 있었다. 아이를 힘주어 끌어안고 흔든다.

그녀는 가슴이 메어 하늘을 올려다보고 어깨를 들먹이며 '끼익 끼익!' 짐승소리를 내었다.

화는 짝을 지어 찾아왔다. 미더덕은 남편 용보에 이어 죽은 아이의 얼굴을 내려다보고 화불단행禍不單行을 넋두리했다.

"지 할애비 발목 댕긴 물구신이 아들 잡아 가고 손주까지 챙겨 갔다. 이 불쌍한 거 … 또새야 … 니 애비 찾아 가거라이."

이승을 떠난 또새는 얼굴에 장승처럼 고요하고도 아늑한 표정을 짓고 있었다.

"아이고, 이 박복한 년아! 한 맺힌 귀머거리 병신 팔자에 피부정까지 보더마는 몽달구신이 붙었더나 사매구신이 붙었더나? 자석 베린 죄로 우째 살아갈라 카노?"

또새의 주검은 상직막 뒷산 다복솔 밑에 묻어 돌을 덮어 애장을 지내 주었다.

뻘구덩이에 들어가던 날 갯가에 벗어 놓은 또새의 고무신을 이웃집 아이가 거두어서 댓돌 위에 올려놓아 두었는데, 오랫동안 그대로 버려져 있었다. 미더덕이 그 신을 들고 넋두리를 했다.

"지왕님 탓할 것도 없다. 지 타고난 살殺을 우짜겠노? 당집에 풀어도 없어지지 않더라."

화살은 며느리 수생에게 건너갔다.

"니년이 집구석에 들와서 옳게 된 일이 머 하나 있겄노? 남펜 잡아묵은 년한테 자식이라고 피붙이가 남아 있겄나아, 꼴도 뵈기 싫다."

수생은 자다가도 벌떡 일어나서 캄캄한 허공을 올려다보고 죽은 아들을 부르기나 하듯이 입을 벌리고 버벅거리며 갈퀴처럼 손가락을 세워 문창호를 긁었다.

'남편도 시어머니도 수명도 세상 사람 모두가 다 나하고는 연줄이 아득한 남인데 내 몸속에서 빠져나온 너 하나만큼은 이 세상 무엇과도 바꿀 수 없는 인연이 아니더냐. 네가 날 버리고 갔으니 내가 널 따라갈 수밖에 더 있겠느냐. 어디에 있느냐. 가르쳐 다오, 내가 찾아가마.'

방문을 활짝 열었다. 젖먹이 또새를 업고 키울 때 포대기를 매던 띠를 찾아내어 마루 대들보에 걸쳤다.

막 목을 거는 참에 미더덕이 변소에 간다고 방문을 열고 문지방을 나서다가 마주쳤다.

"어허, 이 년이 집구석에 줄초상을 낼라 카나. 이리 내라!"

시어미가 띠를 거두어들였다.

그러나 수생은 이미 생을 포기하였으므로 끝내 양잿물을 한 양푼 들이마시고 죽었다.

수생은 입술이 벌렁 뒤집어 까진 채 우물가에 널브러져 있었다. 속이 타서 가슴을 쥐어뜯어 옷고름이 터지고 손톱에 긁힌 젖무덤이 드러나 있었다.

자는 듯한 수생의 얼굴에는 의외로 미소가 번져 있었다. 살아생전에 웃어본 적이 없는 그녀는 배운 적이 없는 미소를 짓고 있었다.

미소가 아닐 것이다. 고뇌에 찬 이승을 떠나 자진自盡하면서 비로소 갖은 고생과 박해와 버림받은 삶으로부터 훌훌 벗어나게 된 안도와 평안의 표정이었을 것이다.

사니 죽는 것이 행복하였다.

포한 맺힌 방화

1. 보리흉년 아리랑

끈님은 나이 열일곱에 천성규千性圭 집 머슴 억쇠에게 시집을 갔다.

사람 됨됨이가 성실하고 우직한 억쇠는 시키지 않은 일도 혼자 알아서 척척 해내서 주인이 여간 믿음직스러워하지 않았다.

천성규의 핏줄은 대대로 백정 집안의 내림이었는데, 세상이 개화되어 총독부에서 호적법을 고치고 백정도 호적을 얻게 되어 그는 소를 잡아 돈을 모아 논밭을 사들이고 억쇠를 부려서 농사를 짓고 있었다.

끈님의 신혼살림은, 머슴방에 도배를 새로 하고 세간살이도 주인집에서 쓰던 것을 물려받아 몸만 들어가다시피 하여 드난살이를 시작하였다. 농사일도 억쇠 혼자서 하던 것을 안에서 더러 일손을 도와주니까 한결 수월키도 하거니와 새경도 색시의 몫을 더 얹어 받기로 되었다. 물론 색시는 안주인의 집안일을 주로 맡아 도왔다.

"억쇠는 장가들더이 얼굴에 웃음기가 끊길 날이 없네. 새각시 치마폭이 좋기는 좋은 갑다.”

무거운 지게 짐을 메고 다녀도 얼굴 찌푸리는 일 없이 전에 같잖게 가뿐한 기색으로 날렵하게 지나다녔다.

“얼굴이 활짝 피었네. 새살림에 억시기 깨가 쏟아지는가배.”

지나는 사람들이 억쇠에게 듣기 좋은 말을 한마디씩 던져 주었다.

살림 시작한 지 이태 만에 끈님은 딸을 낳았다. 순산이었다. ‘두리’라 불렀다. 아이는 이름대로 순동이로 자랐다. 크면서 어미의 부엌일을 돕기도 하고 아버지의 잔심부름도 맡아 했다.

이듬해에도 딸을 낳았다. ‘꼭지’라 불렀다. 아이는 태생이 영악해서 매사에 언니한테 지지 않고 이기려 했다.

두리의 나이 아홉이 나던 해에 억쇠가 징용으로 끌려갔다.

“일단 조오요오徵用 끌리갔다 카모 운제 돌아올지 모른다네. 용재가 화약공장으로 끌리갔다가 폭발로 한쪽 팔을 잃고 외팔이, 용팔이로 돌아온 거 안 봤더나. 거어 말고는 성하게 돌아왔다는 사람은 아즉 몬 들어 봤다 아이가.”

동네 아낙이 말했다.

징용 나간 사람이 사고로 죽었다는 소식도 간간이 들려왔으나 그 말은 차마 억쇠의 처 북면댁 앞에서는 할 말이 아니었다.

하루아침에 남편을 북해도 공사장으로 떠나보낸 끈님은 새로 들어온 머슴에게 방을 내주고 어린 딸을 데리고 나와 산 밑에 몇 년째 버려져 있는 빈 오두막집으로 옮겨 갔다.

마침 모심기 철이라 북면댁은 동네 모판에 나가 일손을 거들어 주고 거기서 아침 곁두리와 점심은 얻어먹고 품삯으로 받아 오는 보리 고지로 끼니를 꾸려 나갔으나, 막상 그 일도 끝나고 보니 일거리가 없어졌다. 동네를 찾아다니며 잔치가 있는 집이나 제사가 있는 집의 부엌일을 거들기도 하고 또 찬모 일도 마다 않고 닥치는 대로 해서 근근이 생활을 꾸려 갔으나, 배가 점점 불러와서 그나마 일거리를 얻기도 어려워졌다.

억쇠는 북해도 아사치노비행장 건설 노무자로 끌려갔다. 날이 새면 땅을 파고 해가 지면 쓰러져 잤다. 끌려온 징용자로서 치러야 하는 그의 신역은 한낱 소나 말에 지나지 않았다. 그의 노무는 죽음에 이르는 혹사였다.

억쇠는 콘크리트 타설 작업 중 발을 헛디뎌서 반죽 속으로 굴러떨어졌다. 산 채로 콘크리트 속에 매몰되는 사고를 당하고 말았던 것이다. 시신은 유골도 수습하지 못하고 그대로 비행장 활주로 콘크리트 속에 묻히고 말았다.

끈님이 남편의 사망 소식을 전해들은 것은 막 아들을 출산하고 난 뒤였다. 그 아이가 '찬호'다. 크면서 편하게 '삭부리'라 불렀다.

북면댁은 우편으로 날아온 남편의 사망소식을 접하자 딸아이 꼭지를 안은 채 졸도하고 말았다.

깨어나자 한참 말이 없다가 마룻바닥에 퍼질러 앉은 채 넋두리했다.

"이 거칠고 험한 세상파도 날더러 우째 건너라고 이녁만 혼자서 먼저 가요? 애비 없는 새끼 저 어린것들을 거두고 우째 살아가라꼬? 눈을 감았이모 차라리 영영 뜨지나 말 것을…. 아이고 이놈우 팔자야."

소나무 가지에 바람 스치는 소리를 들어도 남편의 넋이 공중에 떠도는 소리로 들렸고, 문고리가 달랑거려도 남편의 손길이 와서 닿는다고 여겨지고, 하늘 높이 떠도는 흰 구름을 보아도 멋들어지게 추던 남편의 깨끼춤이 눈에 어른거렸다.

"아이고 앵통해라. 건져 주소 건져 주소, 돌가리에 빠져 죽은 객구客鬼 좀 건져 주소. 체백體魄 잃고 헤매 도는 억울한 우리 구신, 넘 되도록 황천길 가는 길로 보내나 주소."

돌가루 반죽에 빠져 횡액으로 죽은 남편은 억울한 객귀가 되어 공중을 윙윙 헤매고 있을 터이니 찬호 어미는 오나가나 바람 소리 뜬구름에 남편의 환영이 눈에 어른거려서 아무 일도 할 수가 없었다.

"산 사람이나 살고 바야지."

그녀는 남편을 잊고자 했다.

가족 곁을 떠나지 못하고 서성거리는 원혼을 떼자면 그를 달래 주어 편안하게 저승으로 보내드려야 한다고 믿었다.

무당집으로 찾아갔다.

끈님은 사정을 말하고 무당의 빨랫감을 깨끗이 씻어 다림질도 해 주고 집안 먼지를 털고 마당도 쓸고 잡동사니도 구석으로 치워서 말끔하게 청소해 주고 무당굿을 부탁했다.

"딱도 하다이. 바 주꺼마. 내도 적선積善 한분 해 보자. 펭생에 딱 한분뿐이다, 내 돈 디려서 굿하기는."

천역으로 사회의 밑바닥에서 상스럽게 살아온 무당은 자기보다 더 어려운 처지의 사람이 찾아와서 오매불망 남편의 원혼을 달래 달라고 진하게 부탁하는 청을 받자 딱한 생각이 들어 도와주기로 마음이 동했던 것이다.

무당은 개다리소반 위에 술잔과 대추와 명命쌀을 올려놓고, 명전命錢도 몇 닢 떨구고 굿을 시작했다.

그녀는 열두 거리 무당굿 중 여덟 번째 오귀굿을 빌어 한 맺힌 억쇠의 넋을 풀어 주어 저승길로 천도薦度해 주었다.

굿이 끝날 무렵 무당은 끈님의 귀를 당겼다. 남편 억쇠의 공수를 건넸다.

"내는 가요 내는 가요 북망산천 내는 가요. 죽기 전에 아들 바서 인자 더는 여한 없소. 아들자석 잘 키아서 남편 대신 삼으시게 … ."

끈님은 흐느꼈다.

"인자 이승의 원한일랑 다 끊고, 부디 저승길 편히 가소."

찬호 어미는 이제 남편에 대한 부덕의 도리를 다했다고 마음을 다독거렸으나, 당장 아이들을 데리고 거친 세파를 헤치고 먹고살아 가야 할 일이 더 큰 문제였다.

일제 총독부는 식량 사정이 악화되면서 양곡공출제도를 시행해 가을에 거두어들인 농가의 수확량을 반 이상 수탈해 가 버렸다. 농민들은 양곡을 아끼느라고 밥그릇에 밥을 반도 채 못 채워 끼니를 때워야 했다.

"이기이 사람 밥그륵가, 고영이 밥그륵이지."

밥투정이 아니고 신세를 자탄하는 소리였다.

그나마 있는 사람들은 쌀을 아껴야 했으므로 잡곡을 깔고 쌀을 한 줌 얹어 밥을 지어 끼니라도 때워 나갔지만, 아예 없는 사람들은 허기진 구복□腹을 달래기 위해 풀뿌리를 캐 먹고 소나무 껍질을 벗겨 먹었다. 봄에는 쑥을 캐고 여름에 죽순을 뜯고 가을에 도토리를 줍고 겨울에 칡을 캐 버텨야 했다.

농민들은 봄에 뒤주가 비고 나면 급한 김에 장릿벼를 댕겨 쓰는데, 가을에는 이자가 불어나서 빌린 것의 곱쟁이가 되었다. 그러면 봄도 오기 전에 또 장릿벼를 둘러대었다. 1년 내내 죽도록 농사지어 장리 갚는 데 다 바친다. 그나마 반 이상 공출로 뺏기고 나면 농민은 둘러멘 빚더미에 코가 꿰고 멍에가 씌어 헤어날 길이 없었다.

끈님네는 모심기 철에 들어 농사일이 생겨 놉을 얻을 때까지는 나물죽과 송기죽으로 허기를 채우면서 근근부지로 버텨 나갔다. 그것도 그나마 밥상이라고 물리고 일어서면 봄눈 슬 듯 먹은 데 없이 배가 꺼져 버린다.

"죽 가지고는 배애지를 몬 속룬다. 돌아서모 이내 꺼지삔다 칸께."

허기가 져서 허리가 휘었다.

봄에 모심기 일로 받은 보리고지를 독 바닥까지 박박 긁어서 한 솥에 밥을 짓고 세끼를 헐어서 푼거리질로 먹기로 하는데, 점심을 먹고 남은 보리밥은 소쿠리에 담아 바람 통하는 처마 끝에 저녁거리로 매달아 놓는다. 한낮 더위에 그마저 쉬어 버렸다. 우물가로 가지고 가서 미끈미끈해진 보리알을 물에 담가 북북 문대고 새로 삶아서 저녁을 때운 것이 품삯으로 받은 알곡이 거덜이 난 날이었다.

찬호 어미는 반도 못 채운 봉바리에 밥숟갈을 대어 근구近□하는 시늉만 하고 도로 숟갈을 놓는다.

"중참이 과했는지 입맛이 없다."

대신에 딸아이 두리와 꼭지하고 아들아이 찬호의 밥그릇에 고봉으로 퍼 옮겨, 어린것들이 모처럼 나우 먹도록 해 주었다.

밤에는 석유를 아끼느라 호롱불을 일찌감치 끄고 자리에 누워 장끼 타령을 흥얼거리며 신세를 탓하였다.

열두 딸 아홉 아들 스물하나 자녀들로 / 앞세우고 뒤세우고
크나크던 붉콩 하나 / 까투리가 하는 말이
먹지 마오 먹지 마오 그 콩을 먹지 마오.
장끼란 놈 기는 골에 / 크나크던 붉콩 하나 묵을라고 하니케
글로 갔거든 먹지 마오 먹지 마오. / 그 콩을 먹지 마오.
지난밤 간 꿈을 꾸니 / 삽밭으로 들어가니
자기 죽을 꿈이 아니요. / 털끄등 털끄등 죽었더라.
내 팔자야 내 신세야. / 우리 님 뒤에도 나 따라간다.
아리랑 아리랑 아라리요 아리랑 고개로 넘어간다.
북쪽 하늘에 잔별도 많고 / 요내 가슴에 수심도 많다.
처갓집 담장은 높아야 좋고 / 처가 동네 고샅은 좁아야 좋다.
아리랑 아리랑 아라리요 아리랑 고개로 넘어간다.
호박은 늙으면 단맛이 나고 / 사랑은 늙으면 고기고기도 못 간다.
낮이 낮이나 밤이 밤이나 내 사랑이구나.
십오야 밝은 달은 구름 속에서 놀고요.
열아홉 살 순이는 두리둥실이 논다.
낮이 낮이나 밤이 밤이나 내 사랑이로구나.

아이들은, 흥얼거리는 어미의 노래가 끝나기도 전에 볼을 붉으며 잠 속으로 빠져든다.

찬호 어미는 결혼 때 억쇠가 장만해 준 결혼반지마저 공출로 빼앗겨 버렸다. 징발대가 한참 서슬이 퍼렇게 설쳐댈 때, 결혼식 잔칫집에 다녀오다가 놋쇠를 징발해서 사람을 부려서 손수레에 가득 싣고 오는 순사를 만났다.

순사는 찬호 어미를 아래위로 훑어보더니, 갑자기 은반지를 빼라고 하였다. 그녀는 놀래서 얼른 등 뒤로 손을 감추고 고개를 저었지만, 코앞에 군도를 뽑아 바싹 들이대고 으름장을 놓았다.

"반지를 못 빼겠다, 그 말이지? 오냐, 그럼 손가락을 잘라 주마!"

칼끝이 콧등에 와서 닿는다. 찬호 어미는 숨이 막혔다. 눈앞에 어른거리는 시퍼런 칼날 때문에 오싹하고 등골에 찬 기운이 타고 내렸다.

반지는 기어코 그놈에게 건너갔다.

그것이 그녀의 마지막 전 재산이었다.

삼남에 흉년이 들었다.

전라도 땅에서는 양식이 떨어져 황토로 쑥국을 끓여 먹었다는 소문이 지리산을 타넘고 건너왔다. 전 조선이 굶어 죽을 판이었다.

며칠째 일감을 구하지 못해 찬호네 집에는 양곡이 동난 지 오래다.

"사람 입에 호구 칠한다는 기이 이렇게도 어렵은 일인가? 호의호식 호강하자는 것도 아이고 요놈에 주딩이에 거미줄만 안 치도록 되모 되는데 … ."

찬호 어미는 입에서 단내가 났다.

소주공장에서 양조하고 난 술지게미를 흘려 버린다는 소문을 듣고 그녀는 때맞추어 공장 뒤편 하수구에 가서 한 바가지를 받아 왔다. 치마폭으로 가리고 집으로 가져와서 아이들과 둘러앉아 같이 퍼먹었다.

빈속에 든 지게미로 얼큰하게 취해 왔다. 아이들도 입에서 술 냄새가 풀풀 났다. 찬호는 눈이 풀렸다.

그녀는 술김에 문득 오동동 술집 행림옥이 생각났다.

"한 입이라도 줄아야겠다. 이 보리숭년에 군입 하나가 얼매나 무섭은데."

찬호 어미는 딸년 꼭지가 제 입 하나는 제가 빌어먹도록 해서 떼어내야겠다고 생각했다.

'영악한 년이니까 어디 갖다 놓아도 지 몫은 챙길 것이다.'

다음 날 오후에 그녀는 딸을 데리고 나섰다.

"꼭지야, 따라오거라이."

그녀는 행림옥 요정을 찾아갔다.

허름한 옷차림의 중늙은이 안들 한 사람이 꾀죄죄한 어린아이를 데리고 행림옥 마당으로 들어오는 것을 여주인 은도銀濤는 건너다보았다. 중늙은이가 마당을 질러 마루에까지 오더니 여주인 은도에게 말을 건다.

"쥔장 양반, 내는 창원 북면 골짜기에 살던 끈님이라 카요. 몬 알아보겠는교?"

"가만 있자, 이 사람이 누더라?"

여주인은 고개를 갸우뚱했다.

"어릴 적 널띠기 할 때 마주 띠던 생각이 안 나는교? 그네도 같이 타고…. 오올 내 행색이 요 모양이지만 그래도 내 나이 열일곱에 초례 치던 날 동네 기잉거리 생겼다고 떠들썩했는데 … 쥔장 대가도 생각이 날 끼고마."

찬호 어미가 궁기가 낀 얼굴을 들이민다.

"아이고 그라고 본께 끈님이가 맞제. 이기이 울매 만이고. 그래 우얀 일고?"

여주인 은도가 걸친 전배자의 토끼털이 파르르 봄바람에 인다. 곡분 냄새가 목덜미를 돌아 나온다.

북면댁 찬호 어미는 옆에 세운 여식아이를 가리키며 부탁했다.

"야아 좀 맡아 주소. 내 딸년이요. 봄부터 양석이 떨어져서 풀잎사구 뜯어 묵고 나무 껍데기 벳기 묵고…. 아아 애비는 조오요오徵用 가서 진작에 죽고, 혼자 살라 카이 사람 한 입이 힘에 버겁소. 요 에린 거 한 입 건아 주소. 고마 맽기 놓고 갈라요. 뎃고 쓰면서 잔심부름이나 부리고 … 하동火童 일도 시키고 속곳 빨래도 맽기고…."

"니 몇 살고?"

"올에 열 살이라예."

여식아이는 여주인을 뚫어지게 올려다본다.

'영악한 아이구나.'

은도는 올려다보는 아이의 눈길을 미소로 받아 주었다.

"이름이 머제?"

"꼭지라예."

여주인은 아이를 찬찬히 들여다본다. 세수는 하고 나온 것 같다마는 귀 뒤 목덜미에는 땟국이 끼고 머리카락도 헝클어져 있었으나 입은 야무지게 다물고 어른의 눈길을 피할 염도 없이 빤히 올려다본다.

'겁 없는 아이구나. 잘 키우면 데면데면 혼자 지 앞가림은 하겠네.'

여주인은 생각했다.

"고마 맽기 놓고 돌아가소."

그녀는 행랑어멈한테 일러서 보리쌀 한 말을 담아 오라 했다.

"자아, 보오쌀이나 이고 가소. 북면 골째기 그놈우 박토에 사람 살데가 되기나 하던가? 거어다가 새터라고 자리 잡은 기이 산비알에 파묵을 땅뙈기라도 한 뺨 있기나 하던가? 생각만 해도 은성시럽다. 그놈우 골째기, 사람 잘돼서 나오는 거 못 봤네."

여주인은 꼭지를 보자 자기가 어린 나이에 집을 뛰쳐나와 도방으로 헤매던 생각이 났다.

어미는 딸 꼭지에게 일렀다.

"여어가 인자부터 니가 사는 집이다. 니캉 내캉은 절연이다. 앞으로 니 에미는 찾지도 말고 생각도 말거라이. 니 혼자 심으로 살아가야 한다이. 내도 안 찾을 끼다. 우쨌든동 이 대가를 어머이라 작심하고 말씀 잘 들어야 한다이."

어미는 저고리 고름으로 눈물을 찍어 내고 보리쌀 꾸러미를 챙겨 돌아갔다. 가난에 찌든 어미는 딸을 강아지 떼고 가듯이 버리고 갔다.

"차라리 송아치로 태어났으모 풀이나 뜯어 묵고살제. 하필이모 못되고도 못된 인간 말짜로 태어나서 온갖 모진 고행苦刑을 다 받고 … 불보살도 무심타!"

여주인 은도는 행랑어멈에게 아이를 거두도록 일렀다.

"야아 모욕부터 좀 시키게. 머릿니가 득실득실하이 숭실받아 못 보겠다. 참빗으로 삭삭 훑어 주소. 그 몸에 옷엣니는 와 없겠노. 옷도 푹 삶아서 갈아입히고 … 안 그라모 온 집구석에 이가 득실거릴 끼라 … ."

집으로 돌아온 북면댁 끈님은 얼른 저녁 지을 준비를 서둘렀다.

땔감을 살펴보니 장작은 쓰다 남은 것이 있었으나 당장 불쏘시개가 필요했다.

어차피 앞으로 며칠간 쓰이게 될 쏘시개를 좀 낫게 해 놓아야겠다고 생각해서 산으로 올라갔다.

산림단속에 나선 사사키佐佐木 주사가, 땔감을 한 짐 머리에 이고 산길을 일기죽얄기죽 내려오는 그녀와 마주쳤다.

산림주사는 그녀를 보고 불러 세웠다.

"오이, 거기 서라!"

그는 눈을 부라리고 머리에 인 나뭇단을 훑어보았다.

삭정이를 분질러 모으고 그 위에 솔갈비를 긁어 얹어 새끼로 한 다발 묶어 놓은 것이었다.

별로 나무랄 만한 일은 없다.

그녀는 양팔을 들고 머리에 인 짐을 받치고 있었기 때문에 젖무덤이 비어져 나와 있었다. 적삼 너머 속살은 맨살이었다.

남자는 여자를 칩떠보고 윽박지른다.

"웬 나무야?"

"불쏘시개 … ."

그는 여체를 아래위로 훑어보았다.

여인은 공연히 주눅이 들어 궁둥이를 뒤로 뺐다.

산림주사는 트집 잡을 꼬투리를 찾았다.

나뭇단 삭정이 가운데 이파리가 달린 참나무 가다귀를 가리키며 따지고 물었다.

"생가지는 왜 꺾었어?"

그녀는 간담이 오그라들어 다리가 후들거리고 사시나무 흔들리듯 와들와들 떨렸다.

'영창으로 끌고 가면 큰일인데 … 집에 찬호 혼자 있는데 어쩌지?'

산에 올라가 허가 없이 나무를 베다가 들킨 나무꾼들을 파출소로 끌고 가서 욕을 보인 산림주사가 보통 고약한 놈이 아니라는 것을 숱하게 듣고 있었다.

제물에 겁이 나서 떨고 있는 육덕 좋은 그녀의 솟아오른 젖가슴이 사사키의 눈에 부풀어 올랐다.

"짐을 내려놔!"

그녀는 엉거주춤 짐을 내렸다.

산림주사는 다짜고짜 그녀의 손을 잡았다.

'이 양반이 수갑을 채우려나?'

남자는 여자의 손목을 불끈 쥐고 수수밭으로 끌고 들어갔다.

와락 여자를 쓰러트리고 올라탔다. 그녀가 몸을 틀면서 완강히 저항하면 할수록 사내는 허리를 더욱 더 바싹 옥죄어 온다. 짐승의 힘으로 덤벼드는 남자의 힘을 여체는 도저히 당할 수가 없다.

산림주사는 보병목 툭진 무명베 적삼을 두 손으로 젖혔다. 우두둑 옷고름 타지는 소리가 났고 젖가슴이 드러났다.

혁대 끄르는 소리가 들린다. 끈님은 옥죄어 오는 아랫도리의 압박에 정신이 혼미해 갔다.

일을 마친 사내는 수수밭을 헤치고 잰걸음으로 산을 내려가 버렸다. 찬호 어미는 한참 만에 흐트러진 고쟁이와 치마를 추슬러 매무새를 다듬었다.

'아이고, 이게 무슨 날벼락 치는 변괴란 말인고? 저승에 가서 찬호 애비는 무슨 낯으로 대할꼬? 이 더러운 몸 칵 죽어서 육탈이라도 해야 씻어질까?'

잘난 산림주사의 겁간劫姦은 남루하고 곤고한 삶을 죽지 못해 이어 가는 연약한 과수의 수절守節을 여지없이 훼절시켜 놓고 말았다.

끈님은 몸을 버리게 된 것을 자기 자신의 탓으로 생각했다.

그녀는 후회했다.

"먹고살 길이 없다고 어린 딸자석을 하필이모 색주가에 팔아 넘겼으니, 내가 천벌을 받은 기라."

큰딸 두리와 찬호를 바로 쳐다볼 면목이 없었다.

그러나 세 가족이 당장 먹고살 양식이 문제였다.

"내야 그렇다 치고, 아아들이나 굶기지 말고 멕이야 할 낀데 … ."

그래서 생각다 못해 두리를 치우기로 결심하였다.

"도리 없다. 두리야! 절로 가자 … 니가 절로 가면 찬호가 묵고살 길이 있을 끼다."

어미는 딸을 데리고 성주사 방장 스님을 찾아갔다.

그녀는 화상 앞으로 다가앉으며 부탁했다.

"시님, 야아를 절에 공양하겠십니더. 걷아 주시이소."

"이 어린것을 산문에 넣겠다니, 왜 속세에 못 둘 형편이라도 있는 것이오?"

방장 스님은 묻는다.

"오죽하면 딸자석을 떼놓겠십니꺼?"

스님은 짐작이 갔다. 그는 두리를 그윽이 바라보더니 물었다.

"니가 출가하겠느냐?"

아이는 말이 없다. 고개만 숙이고 있다.

"출가를 안 하겠다는 말이냐?"

역시 말이 없다.

"하겠다는 말이냐, 안 하겠다는 말이냐?"

방장의 언성은 다소 높아졌다.

어미는 딸을 집적였다.

"예에."

두리는 모기만 한 소리로 대답했다.

방장은 상좌 스님을 불렀다.

"야아를 삭발 염의染衣를 시키도록 하게."

상좌는 두리를 데리고 나갔다.

"뒤돌아보지 말고 당장 떠나시오. 아이는 이제 속가를 떠난 몸이오."

방장 스님은 차갑게 말했다.

끈님은 일어섰다. 고무신을 끌고 절간을 나섰다.

'멀쩡한 두 눈으로 까까중이 된 니를 에미가 차마 어찌 쳐다볼 수 있 겠노? 미련을 남기지 않을란다. 두리야, 니라도 이 더러운 에미를 속

신 삼고 보살이 되서, 동기간의 정을 생각해서라도 꼭지한테 발복이나 빌어다고. 그 아아는 박복한 년이다.'

앞만 보고 서둘러 내려가는 어미는 눈물이 얼룩져 앞이 얼보인다.

2. 대보름달

쿵! 닥! 쿵! 닥!

동네 여식애들이 널뛰는 소리가 올려 퍼진다.

쿵! 닥! 쿵! 닥!

설빔을 차려입은 분님이 상반신을 솟구쳤다가는 붉은 갑사댕기를 나풀거리며 내려가고, 이번에는 영심이 솟구쳤다. 똑같은 율동은 반복되었다.

정월 대보름 오후였다.

쿵! 닥! 쿵! 닥!

둘은 높이 치솟기 시작하였다.

'쿵!' 소리에 이어 분님이 솟는다. 두 손을 새 날갯짓처럼 저으면서 공중에서 균형을 잡는다. 내리면서 두 손을 다소곳이 모아 부푼 앞치마를 누른다.

쿵! 분님이 내리면서 널을 밟는 소리다. 반동으로 영심이 솟았다가 내리면서 힘껏 널을 밟는다.

덕! 이번에는 분님이 솟는다.

가마니를 말아 받침을 댄 중간 지렛목은 어린 계집아이 끈님의 큰딸 두리의 차지다. 쪼그리고 앉아 널판이 굄에서 미끄러져 나가지 않도록 잡아주면서, 솟아올라 공중에서 양팔을 벌리고 날갯짓을 하며 사뿐 내려앉는 언니들을 올려다본다. 동백기름 바른 언니들의 머리카락은 서산으로 기운 햇살을 받아 윤이 나고, 허리띠를 동여맨 자줏빛 치마가 공중에서 부푼다. 저고리 고름에 매단 장도가 까분다.

"영심이 솟아라아!"

여식아이들은 합창으로 외친다.

"분님이 솟아라아!"

'쿵! 덕!' 외치는 소리는 운율을 탄다.

분님이 헛발을 디디고 널에서 미끄러져 나갔다. 널을 힘껏 내려 밟아 상대방을 높이 띄우는 것은 상대방을 떨어트리기 위한 수작이었구나. 여자 아이들이 깔깔대며 웃는 소리가 바람결에 실려 온 동네에 퍼진다.

상대가 바뀐다. 계속 뛰는 영심은 얼굴이 상기되어 볼이 발갛게 달아오른다.

해가 지기 전에는 모두 불놀이를 가야 한다. 떠오르는 보름달을 보고 소원을 빌어야 하니까. 해는 아직 서산 위에 한 뼘이나 남았는데, 벌써 동네 머슴애들이 몰려가는 소리가 들려온다.

"가자, 달 보로!"

가로늦게(뒤늦게) 삭부리가 언덕으로 달려온다. 이웃집 용팔이(용재) 형네 누렁이가 절룩거리며 그 뒤를 따른다. 삭부리는, 누렁이가 트럭에 치여 왼쪽 발이 불구가 되고 나서 애처로운 마음에 더욱 좋아해 주었다. 누렁이는 삭부리를 무척 따랐다. '삼발이'라고 불렸다.

여식애들도 널을 걷고, 봉오烽火재로 향했다.

마을 사람들은 파란 솔가지가 달린 섶다리를 건너 봉오재 언덕으로 몰려간다. 옛날 통신용 봉화대가 있던 언덕을 도방 사람들은 그렇게들 불렀다.

어른들은 소나무를 베어다 기둥을 세워 짚단을 올려놓고 불을 지른다. 불꽃이 치솟는다.

"연기가 매워야 달님이 속히 빠져나오제."

젊은이가 생 솔가지를 꺾어 불더미 속으로 던진다. 파란 연기가 높게 솟는다. 눈이 매워 눈물이 돈다.

"달집에 불 났다!"

누군가 외친다.

아이들도 동쪽 하늘을 바라보며 따라서 외쳐댄다.

"다알집에 불이야!"

"다알집에 불이야!"

선머슴애, 여식애할 것 없이 저마다 질세라 따로따로 목청껏 외쳐 보지만, 그 소리는 종내 합창으로 어우러져 버리고 만다.

"달집에 불은 와 지르노?"

"뜨거워야 달이 얼른 빠져나오제."

그날 달 뜨는 것을 제일 먼저 보게 되는 아이는 달님이 한 해 소원을 이루게 해 준다고 하여 아이들은 벼르고 있었다.

"오냐! 넘보다 먼저 바야제!"

아이들은 발돋움을 하며 마음을 설렌다.

불길은 활활 타올랐다. 아이들 얼굴에 불빛이 붉게 어른거린다.

잔광殘光이 남은 저녁하늘은 엷은 노을이 지고 있었다. 곧이어 달이 솟을 동편 하늘은 구름이 걷히고 푸른빛을 엷게 띠고 있다.

나불거리는 불길은 입맛 다시며 저녁 어스름을 살라 먹고 있었다.

원계댁은 아침에 준오에게 반짇고리에서 부럼을 내놓으며, 대보름 불놀이 이야기를 해 주었다. 부럼은 큰집 호두나무에서 저절로 떨어진 것들을 모아 두었던 것이다.

"불 속에 솔방울도 살라 주라모. 솔방울 하나, 소원 하나."

어머니는 소나무가 품은 소원이 꽁꽁 엉겨서 응어리진 것이 솔방울이라고 말해 주었다.

준오가 던져 넣은 솔방울은 송진이 배어 불꽃이 괄다. 폭죽 터지는 소리가 불 속에서 들린다.

"잡귀들 물렀거라! 워이 워이 얼씬도 말거라."

마을 노인이 대매듭을 던져 넣고 손을 내저으며 귀신 쫓는 주술을 편다. 소나무는 연기로, 대나무는 소리로 잡귀를 쫓는다 했다. 그래서 불 속에 청솔가지를 태우고, 대 마디를 터뜨리는 것이다. 불 속에 잡다한 물건들을 던져 넣어 저마다 액땜을 했다.

걸립패가 불타고 있는 달집 주위를 돌면서 메구를 친다.

상쇠와 농악 패거리가 앞서고 정자관을 쓰고 곰방대를 문 사또가 나아가는데 그 뒤로 포수가 사냥한 너구리를 허리춤에 꿰고 화승총을 거꾸로 둘러멘 채 어깨춤을 추며 따라간다. 삼발이 누렁이는 한사코 포수 뒤를 따르며 너구리를 향하여 펄쩍펄쩍 뛰어오른다.

깨갱 깨갱!

두둥 둥 둥 둥두둥!

꽹과리 소리는 하늘에 자지러지고, 북소리는 땅으로 잦아들었다.

포수 뒤로 바짓가랑이를 걷어붙인 농민들이 춤을 추며 따라 돌고 구경꾼들도 뒤를 이었다.

간간이 징 소리가 멀리까지 울려 퍼졌다.

징 지잉!

징 옆에 선 준오는 가슴이 오므라들었다. 한동안 징 소리가 아이의 좁은 가슴속에서 공명한다.

달은 아직도 얼굴을 내밀지 않는다.

'여지껏 얼굴을 꾸미고 있는 중인가?'

'연기가 덜 맵운 모양이지?'

누군가 청솔가지를 불 속에 또 집어넣는다. 풀썩 푸른 연기가 솟는다. 준오는 건너오는 불기운을 쬐며, 눈이 매워 눈물이 흐른다.

그는 솔방울을 또 태운다. 이글거리는 불등걸이 속에서 진득진득 흐르는 송진이 불꽃을 솟구치며 타올랐다.

준오의 소원은 '요캉(양갱) 상자'였다.

저 아래 개천을 가로지르는 철교 건너편 언덕에서도 불길이 솟아오른다.

"달집에 불이야!"

아랫동네 사람들이 외치는 소리가 바람을 타고 가냘프게 들려온다.

"저게는 낮아서 달님이 늦게 뜬다."

아이들은 아랫동네를 얕본다.

"우리 쪽이 더 높다."

농악대는 어느새 마을로 내려가서 고샅을 돌며 울리는 메구 소리가 하늘에 퍼진다.

내일부터 봄 농사를 서둘러야 한다. 보름 동안 설을 쇠면서 농사일을 잊고 늘어지게 놀며 지내왔다. 인제 훌훌 다 털고 방구들에서 일어나서 쟁기를 다듬고 연장을 챙겨서 논밭으로 나가야 한다. 사시사철 허리가 휘어 뼛골 빠지는 농사일을 시작하자면 '한판 흥을 돋우어야지.' 하고 농부들은 밭둑에 불을 싸질러 신명을 내는 것이다.

드디어 달이 솟았다.

"와아!"

"내 달이다!"

"내가 먼저 봤다!"

사람들은 들뜨기 시작했다.

준오는 까치발로 딛고 발돋움을 해서 대야만 한 달을 보고 있었다.

누렁이가 달을 보고 짖는다.

왈왈 왈왈왈 왈왈!

삭부리 찬호가 머리를 쓰다듬자 누렁이가 꼬리를 힘차게 휘젓는다.

두 손을 모으고 소원을 비는 딸아이들, 머리를 숙이고 희망을 헤아리는 사내애들. 아이 어른 할 것 없이 달을 바라다본다.

'스스스스' 바람이 대나무 잎을 쓰다듬고 지나가는 소리가 들린다.

사그라지고 있는 모닥불 옆에서 삭부리가 횃불을 돌린다. 관솔가지를 모아 불길을 살린 홰는 발갛게 원을 그리며 돌아간다.

달은 성큼 동산 위로 솟았다.

"대보름달이 참 말끔하이 허옇네. 금년 가실에는 풍년이 들란가배."

어른들은 하늘을 올려다보고 한 해 농사를 점치며 사뭇 즐거워했다.

"그렇제. 보름달이 붉으모 영락없이 가뭄을 탄다 칸께."

그때 산림주사 사사키가 나타났다. 찬호한테로 가서 횃불을 확 가로채서 화톳불 속으로 던져 넣었다.

"산불 낸다!"

찬호를 노려보며 눈알을 부라린다. 산림주사 뒤에서 누군가 투덜대는 어른의 목소리가 들린다.

"산림주사 베실에 위세는 웬 놈우 위세를 부리 쌓노. 나무에다 한 번 더 묶이 바야 정신을 채릴라 카나."

사사키는 들판에서 농민들이 쥐불놀이 하는 것을 보고 깜짝 놀랐다. 농사꾼이라고 하는 놈들이 논두렁, 밭두렁에 짚단을 쌓아 놓고 불을 지피더니, 여기저기 불길이 번져나가 온 들판이 삽시간에 불바다가 되는 것을 보고도 뒷짐을 지고 구경만 하고 있다니.

"허어, 이 사람들 봐라! 저러다 조선반도 다 태우고 말겠다."

들판에 번져가는 불꽃은 이내 산을 태울 것이 뻔한데 어떻게 저리 태연할 수가 있단 말인고.

"하여튼 조센징이란 겁도 없는 허잽이들이야."

그는, 이 쥐불이 해충의 알도 그슬려 죽이고 쥐새끼도 태워 죽이고 겨우내 언 땅을 녹여서 쑥이 빨리 움을 내도록 지열을 높여 주는 조선 농민들의 지혜를 이듬해에 가서야 깨달았다. 희한하게도 불을 지핀 밭둑의 쑥은 재거름 탓에 두텁게 솟아났다.

"해마다 이맘때 하는 농민들의 민속 불놀이다. 산불로 번질까 매번 조마조마하다."

소방서원이 산림주사에게 설명해 주었다.

사사키는 주위에 떨어진 숯등걸을 불 속으로 차 넣고, 아직도 희부옇게 잔광이 남아 있는 하늘을 쳐다보며 집으로 향했다.

봉오재 아래 치밭이 언덕배기에 있는 영림서 관사 사사키네 집 길 건너 외딴 곳에 찬호네 집이 있었다.

사사키는 그 집을 지나다가 찬호 어미가 혼자서 부엌일을 하고 있는 것을 삽작문 너머로 넘겨다보았다.

그는 전에부터 이웃에 사는 과부의 녹창綠窓을 남상거리며 눈독을 들여왔던 터였다.

그녀는 궁둥이를 쳐들고 아궁이에 얼굴을 들이대어, 재 속에 묻어둔 불씨를 부지깽이로 후벼내어 그 위에 솔갈비를 얹어 놓고 후후 불면서 불을 살리고 있었다. 매운 연기 때문에 흘러내리는 눈물을 소매로 훔치고 있는데 갑자기 뒤에서 누가 와락 껴안는 바람에 깜짝 놀랐다.

"아이고 오매야!"

사사키였다.

그녀는 벌떡 일어나 밖으로 뛰어 나가려는데 치맛자락이 잡혀서 실밥이 우두둑 터졌다. 사내가 다시 덤벼드는 순간 그녀는 도마 위에 놓인 식칼을 집어 들고 휘둘렀다.

사내의 손등이 긁혔다.

그러나 그는 칼을 쥔 그녀의 팔을 잽싸게 비틀어 꺾고 발을 걸어 그녀를 바닥에 쓰러트렸다. 그는 여체를 덮쳤다. 그녀는 몸부림쳤으나 입을 틀어막고 내리누르는 그의 완력을 이겨낼 수가 없었다.

숨이 가빠오고 정신이 가물가물 멀어져 갔다. 온몸에 기운이 쭉 빠져나갔다. 먼 곳에서 달집이 활활 불타오르고 있는 것이 옆으로 보였다. 그녀는 이를 악물었다.

'안 된다. 이래서는 안 된다.'

다시 기운을 내어 안간힘을 쓰기 시작했다.

'혼자 사는 과부라고 니가 나를 뭘로 보고? 남편 잃고 남은 것은 악밖에 없다.'

그녀는 사내의 팔뚝을 이빨로 와락 물어뜯었다.

"아이쿠우, 아얏!"

외마디 소리 … 그 사이 끈님은 일어나 정지칼을 주워 다시 휘두른다. 사내는 허리춤을 움켜쥐고 날쌔게 뛰어나갔다.

사사키가 사라진 뒤 그녀는 흐트러진 치맛자락을 추스르며 칼을 쥐고 뒤를 쫓아 나섰으나 그는 이미 집 밖으로 사라지고 난 뒤였다. 횡뎅그렇게 내리비치는 달빛 아래 머리를 푼 채 멍하니 서 있다가 이래서는 도저히 안 되겠다고 생각했다.

'오냐, 다시는 범접을 못 하도록 해 주마.'

그녀는 서둘러 정지로 뛰어갔다.

한밤중에 파출소에서 오포午砲 소리가 울려왔다.

부웅 부웅 부웅!

한참 동안 계속해서 울렸다.

준오는 아버지의 손을 잡고 밖으로 따라 나갔다.

"큰일 났다. 산불이 났다!"

한길에서 사람들이 웅성거리며 불구경을 하고 있었다. 불길은 바짝 마른 겨울 언덕의 잡초며 낙엽을 휩쓸고 앙상한 나뭇가지를 기세 좋게 기어오르고 있었다. 불길은 호박꽃이 울타리를 타듯이 산등성을 타고 혀를 날름거리며 꼭대기를 향해 올라가기 시작했다. 별이 돋은 남색 하늘을 배경으로 바알간 불꽃은 활활 소리를 내고, 불길은 불어오는 바람에 말갈기처럼 쏠리고 있었다.

"사사키 집에도 불이 났다!" 하고 누군가 외치는 소리가 들렸다.

얼마 있다가 요란하게 불종을 울리며 불자동차가 나타났다.

차는 사사키의 집 앞에 섰다. 소방수들이 수전에 호스를 박고 불타오르는 영림서 관사 사사키의 집을 향해 뿜어대는 물줄기는 호弧를 그리며 쏟아져 내리고 있었다.

사사키는 한길에서 속옷 바람으로 가족들과 함께 발을 동동 구르고 있고 에모리江守 순사가 칼을 차고 왔다갔다 뛰어 다니고 있었다.

준오는 불꽃이 날름거리며 타오르는 산불을 난생처음 보고 참 아름답다고 생각했다.

어른들이 혀를 찬다.

"쯧쯧 아깝다. 저 아까운 생나무 다 태워 묵는다. 쯧쯧쯧."

"불은 산림주사 놈 집에서 먼저 붙었다카제?"

산비탈 아래에 자리 잡은 사사키의 집을 건너다보며 어른들 가운데 누군가 말하는 소리가 들려왔다.

"누가 역부러 불을 질렀다 카데. 불길이 온 집에 한 번에 솟구치더라 카데라. 섹유를 부어 질른 기라."

찬호 어미는 사사키가 달아난 다음 분에 못 이겨 혼자서 씩씩거리고 있다가 부엌으로 가서 구석에 세워둔 등잔기름용 석유 됫병을 들고 사사키 집으로 갔다. 영림서 산림주사의 관사는 담도 없이 사방 벽을 나무판자로 둘러친 일본식 목조가옥이었다.

찬호 어미는 불의에 자기 몸을 덮친 완력에 용수철처럼 튀어 오르는 분노를 주체할 길이 없어 앞뒤 가릴 것 없이 불이라도 싸질러서 온 세상을 태워 버려야겠다고 생각했다.

그녀는 사방 벽에다 대고 찔끔찔끔 석유를 뿌려 놓고 성냥불을 갖다 대었다. 불길은 순식간에 온 집을 둘러싸고 솟구쳤다. 마침 불어오는 바람을 맞아 목재건물은 활활 타올랐다.

"오냐, 오지 싸다. 천벌이다."

바람은 갈수록 드세게 불어왔다. 불은 산으로 번졌다.

사사키의 가족이 어른 아이 할 것 없이 내복 차림에 옷가지를 안고 황급히 관사 밖으로 뛰어 나왔다.

그녀는 아직도 팔딱거리는 가슴으로 집으로 돌아왔다.

불구경을 한 준오는 잠결에 이불에다 오줌을 지렸다.

아침에 자리를 걷는 어머니에게 들켰다.

"다 큰 아아가 요에다 오줌을 싸다이, 아이고 참, 부끄럽고 남세스럽어라!"

원계댁은 고방에서 키를 꺼내 와서 준오의 머리에 뒤집어씌웠다.

"잠버릇을 고쳐야 한다."

준오에게 바가지를 들려 준다.

"아나, 이웃집에 들러서 소금 동냥을 해 오이라! 창피를 당해 봐야 부끄러운 줄을 알제."

어머니는 아이의 아랫도리를 벗긴 채 이웃에 회술레를 돌렸다.

아침부터 준오가 키를 쓰고 나타나자 이웃집 아낙이 키들거리며 웃는다.

"아이고 우얄꼬, 이불을 다 베리 낳는가배."

머리 위의 키를 두드려 벌주는 시늉을 하며 엉거주춤 서 있는 아이의 바가지에 소금을 담아 주었다.

그 옆집 아낙도 웃으면서 준오의 소금 동냥을 맞았다.

"욕봤다, 욕봤어. 밤새 소방수 노릇 한다꼬. 훠어이, 꼬시레! 꼬시레, 훠어이!"

아낙은 소금을 한 줌 집어 뿌리며 아이들을 괴롭히는 잡귀 물리는 주문을 외워 주었다.

준오는 길 건너 2층 일본 사람 집 문간을 쳐다보면서 혹시 미에未惠, 고 계집아이가 발가벗은 자기의 아랫도리를 혹시 보고 있지나 않을까 싶어 키를 깊이 눌러쓴 채 잰걸음으로 집으로 돌아왔다.

생명의 강, 아름다운 영혼

1. 식민지의 아이들

한창 발육기에 든 삭부리 찬호는 늘 배가 고팠다. 걸신乞神이 배 속에 들어앉아 시도 때도 없이 목줄을 그러당긴다.

보리를 베기 전 봄날이 특히 그랬다.

삭부리는 들판을 싸다니며 주전부리를 했다. 밭둑에 나가 물오른 찔레 순을 벗겨 속 줄기를 꺾어 먹기도 하고, 돋아나는 풀 속에서 새순을 뽑아 먹기도 하였다.

감나무 아래에 가서 감꽃을 주워 먹고 떨어진 감또개를 주워 온다. 오지게 떫은 이 날감을 소금물 단지에 담가 숨을 죽여서 갈무리를 해 둔다. 떫은맛이 우러나고 말캉말캉해질 즈음해서 단맛이 돌면 꺼내 먹는다. 그러나 굶주린 아이들은 감이 단지 속에서 곪기도 전에 허기를 참지 못하고 덜 곪한 채로 먹는다. 얼굴을 찡그리고 떫은 감을 먹고 나면 똥이 나오지 않는다.

감나무 밑에는 감꽃을 주우려고 준오도 온다. 원계댁은 떫감을 먹은 준오가 변소에서 시뻘건 얼굴로 낑낑대며 용을 쓰는 모습을 보다 못해 엿 토막을 비벼서 대추씨같이 만든 미장을 준오의 항문에 밀어 넣어 준다.

삭부리는 준오를 보리밭으로 불러내었다. 삭부리는 준오보다 두어 살 위인데도, 둘은 옴살로 늘 붙어 지냈다.

둘은 서슴없이 보리서리를 한다. 겉보리를 꺾어 모닥불에 거슬려 먹고 나면 둘은 입 언저리가 새카매져 키들키들 웃으면서 냇가로 간다.

삭부리는 준오를 벚나무에 밀어 올린다. 둘은 가지에 걸터앉아 새카맣게 익은 버찌를 따 먹는다. 이 주전부리 끝에는 입 언저리에 훔쳐도 지워지지 않는 감파란 물이 남아서, 어른들한테서 나무를 탔다고 영락없이 야단을 맞아야 했다.

뽕나무 오디도 버찌와 함께 보라색으로 익는다. 오디는 나무를 탈 필요가 없었다. 까치발을 딛고 서서 주인 몰래 가지를 휘어잡고 잘 익은 놈을 골라 가며 따 먹었다.

철길 가에 늘어선 아카시아 꽃잎을 따 먹는다.

"마히 묵으모 문딩이가 된다이."

준오가 비린 꽃이 물리면 핑계를 대고 그만둔다.

둘은 지우산 대오리 살대에 실을 걸어 낚싯대로 삼고 부둣가 방파제 위에서 꼬시락(망둑어)을 낚는다.

삭부리의 낚싯대에 복어가 한 마리 낚여 올라왔다.

"오올 낚시는 틀렀다. 재수 없거로 복쟁이가 걸렸단 말이다."

복어가 통째로 낚싯줄을 잘라 낚싯밥을 따 먹는 날은 고기잡이를 접는 날이다. 그래서 아이들은 건져 올린 복어에게 보복한다.

복어 배꼽에 보릿대를 박고 바람을 불어 넣는다. 올챙이배처럼 배가 볼록 솟는다. 바다로 던진다. 복어는 뒤엎어놓은 간장 종지처럼 하얀 배를 위로 하고 물 위에 동동 뜬다.

삭부리는 물 빠진 갯가로 내려가서 질피를 걷어온다. 연한 속 줄기를 벗겨 내어 입에 넣는다. 불그죽죽한 뿌리를 털을 떼고 씹는다. 달짝지근한 맛이 입안에 남아 아쉽다.

집으로 돌아오는 삭부리를 보고 삼발이가 따른다. 삭부리 찬호는 낚시로 건져 올린 꼬시락 서너 마리를 아궁이 불에 구워 꼬리를 젓고 있는 누렁이한테 던져 준다. 개는 허겁지겁 먹어 치우고 혀로 입 둘레를 핥는다. 삭부리는 앉아서 살갑게 개의 머리를 쓰다듬는다. 삼발이는 찬호의 낯짝을 핥는다. 찬호는 그것이 싫지 않다. 눈을 지그시 감고 즐기고 있다. 삭부리에게는 삼발이가 그 어느 누구보다 자기의 마음을 알아주고 따르는 상대였다.

삭부리는 자기를 따르는 누렁이를 끔찍이 아꼈다. 장날 시장터 국밥집으로 가서 쓰레기통에 버린 쇠뼈다귀를 주워 와서 누렁이에게 던져 주기도 하고, 국 속에 든 멸치를 건져내 갖다 주기도 하고, 쥐를 잡아 불에 구워 주기도 하였다.

쥐틀은 대나무로 만들었다.

긴 장대 끝의 매듭을 가르고 공이 꼬챙이를 세워 받침으로 고이고 거기에 실을 매단다. 참기름을 발라 구운 명태 대가리를 끼워 넣은 쥐틀을 쥐구멍 앞에 묶어 놓고 숨어서 기다린다. 쥐가 댓가지 벌어진 사이로 먹이를 무는 순간 실을 당긴다. 쥐는 덫에 물린다.

하루는 삭부리가 벚나무에서 떨어진 일이 있었다. 물오른 벚나무 가지는 번들거렸다. 나무를 기어오르다가 미끄러져 땅바닥으로 머리를 박고 떨어진 것이다. 꼼짝 않고 엎드려 있었다. 얼마나 지났을까 뺨이 뜨뜻해 왔다. 끙끙대면서 삼발이가 삭부리의 얼굴을 핥아 주고 있다. 일어나 앉는 삭부리를 보고 삼발이는 꼬리를 흔든다. 둘은 서로 좋아했다.

식민지 아이들은 체내에 당분이 모자라 늘 단 것이 당긴다.

아이들은 안다. 요령 모양의 샐비어 꽃 속에는 꿀물이 들었다는 것을. 꽃을 뽑아서 초롱 속에 고여 있는 당즙을 감질나게 빨아먹는다. 배고픈 아이들은 꿀벌이 채집할 시럽마저 가로채는 것이었다.

그래도 항상 허기가 졌다.

남쪽의 항구도시에는 대추나무 열매가 파랗게 영글 때면 어김없이 태풍이 찾아왔고, 바람은 가지를 흔들어 풋대추를 떨구고 지나갔다. 아이들은 이 파란 열매 속에도 단맛이 고여 있다는 것을 알아챘다. 은밀한 목밀木蜜의 당분에 끌려서 발가벗은 아이들은 빗속에서 떨어진 풋대추를 바가지에 주워 담는다. 길바닥에는 하늘에서 떨어진 미꾸라지들이 꼬불꼬불 빗물을 타고 턱없는 용트림을 시늉한다. 대추 줍는 날에는 미꾸라지쯤은 거들떠볼 것도 없다.

식민지 아이들의 주전부리 채집은, 들판을 헤매며 열매 채집으로 살아가던 유목민 생활로 퇴영退嬰했다.

아이들은 영양부실로 얼굴에 닥지닥지 마른버짐이 피고, 피부에는 부스럼이 끊이질 않았다. 삭부리는 옴이 올랐다. 겨드랑이를 긁고 있는 아이를 보고 동네 할멈이 몸을 멀리하며 이 빠진 입을 합죽댄다.

"날개가 돋칠라고 간그럽은 기라."

옴은 온 동네에 퍼져 아이들은 몸에 잔주접이 달렸다. 아이들뿐만이 아니었다. 누렁이도 비루먹어 군데군데 헐어 털이 빠졌다.

어른들도 옴에 시달렸다.

"외팔이 절마(저놈아)는 와 저리 삳다리 새로 긁어 쌓노? 대낮에 장난치는 짓가?"

비역살을 박박 긁어대는 용팔을 두고 동네 짓궂은 머슴이 놀리는 소리를 한다.

용팔의 손톱에 피가 묻어난다.

밤송이가 삳에 끼인 듯 어기적거리며 걷고 있는 용팔을 보고 다시 놀려댄다.

"궁딩이로 뒤로 빼고 걷는 기이 영판 바이도쿠梅毒 걸린 놈맨키로."

부스럼은 아이들을 괴롭혔다.

"기계독이 옮았다!"

한때 아이들 사이에 동전 크기만 한 머리 부스럼이 창궐하였는데, 이발소 바리캉의 소독이 부실하여 옮겨 퍼진 단독丹毒이었다. 부스럼 자리에는 구정물이 진득진득 흘렀다.

삭부리는 귀밑 목덜미에 감창疳瘡이 헐어 진물을 흘리면서도 준오와 어깨동무하고 다녔다. 못 먹어서 잘 낫지를 않았다.

준오 아버지 삼준은 바리캉을 사서 소독액 유리병 속에 담가 살균을 하고 아들의 머리를 직접 깎아 주었다. 이 바리캉은 날이 닳아빠진 데다 헐겁게 조여져서 번번이 생머리를 뽑는다.

"조금만 참아라. 다 돼 간다."

준오가 아파서 낑낑대고 몸을 비틀어도 아버지는 재봉틀 기름을 쳐 가면서 이발을 강행한다. 날이 닳아서인지 암수 이빨이 잘 맞지가 않아서인지 기름을 쳐도 머리카락은 계속 뽑힌다.

집에는 시퍼런 면도칼도 마련되어 있었다. 기둥에 걸어둔 넓은 가죽혁대를 숫돌 삼아 석석 문질러서 면도날을 벼르고 목덜미에 들이대면, 준오는 목을 움츠리고 사각사각 칼날이 갈깃머리를 미는 소리를 듣는다.

아버지가 서랍에서 바리캉을 찾는 날이면, 준오는 슬그머니 집을 빠져나가서 해가 지고 나서야 돌아오곤 하였다. 삼준은 아이가 꾀부리는 것을 알면서도 나무라지 않았다.

겨울이 왔다.

"와아! 와아!"

무논에 물을 채워 얼어붙은 빙판에서 아이들은 썰매 위에 쪼그리고 앉아 신나게 얼음을 지치고 있다. 송곳으로 열심히 삿대질을 해 가며 서로 달리기 경쟁도 하고, 그러다가 부닥치기도 하고, 빙그르르 얼음 위서 한 바퀴 돌기도 하면서 왁자지껄한다.

삭부리와 준오의 썰매 날은 철사 줄로 덧대어 만든 것이다. 섶다리 옆 제방 둑 동막이 공사로 얽어 놓은 철사 그물을 장도리로 찧고 잘라내어 다듬어서 만들었다.

겨울이 오자 삭부리가 제안해서 썰매를 만들기로 하고, 제방의 철사 그물을 자르기로 모의하였던 것이다.

잘라낸 철사 줄을 두드려서 곧게 펴고 이것을 썰매 날로 삼아 나무 토막 두 개에 길이대로 각각 얽어맨다. 그 위에 판자를 덧대어 못질을 해서 앉은뱅이 썰매를 만든 것이다.

송곳은 두 개다. 손잡이 막대 끝에 못을 박아 끝을 1cm쯤 남겨 두고 망치로 못대가리를 뭉그러뜨려 뾰족하게 벼려서 썼다.

삭부리는 썰매를 잘도 지친다. 아침부터 소주공장 수채로 흘러나오는 술찌끼를 떠 마시고 얼굴이 벌게져서, 찬 공기를 뚫고 개구리혜엄 치듯 날쌔게 얼음을 지친다.

일본 사람 미노베美濃部의 손주 도루는 귀마개로 귀를 가리고 뒷짐을 진 채 칼날이 선 스케이트를 타며 아이들 사이를 나는 듯이 쌩쌩 지나간다. 손녀인 미에가 논둑에 서서 구경하고 있다. 빨간 귀마개에다 빨간 장갑을 낀 두 손을 마주 잡고 서 있었다.

지카다비를 신고 도리우치(헌팅캡)를 눌러쓴 오쿠무라 형사가 나타났다. 뾰족한 턱을 손가락으로 받치고, 눈을 빤짝이면서 아이들이 썰매 지치는 모습을 살펴보더니 한 명씩 썰매에서 내리게 했다. 그리고 일일이 앉은뱅이 썰매를 뒤집어 바닥의 철사 줄을 들여다본다.

삭부리와 준오의 썰매를 확인하더니 둘을 옆으로 따로 세워 두고, 나머지 아이들에 대한 확인을 모두 끝내자 그는 둘의 목덜미를 쥐고 파출소로 끌고 간다.

준오는 얼굴이 하얘졌다.

눈이 동그래진 미에가 준오를 쳐다보고 있다.

"도로보(도둑) 자식, 또 뭣을 훔쳤다지?"

할아버지가 지갑을 훔쳐갔다고 하던 말이 생각나서 준오를 보고 비

웃는다.

오쿠무라 형사는 아이들을 파출소 책상 앞바닥에 꿇어앉히고 다짜고짜 머리에 꿀밤을 한 대씩 내리찍었다. 불밤송이가 번쩍했다. 준오는 한참 동안 눈앞이 캄캄해서 잘 보이지가 않는다. 둘은 잔뜩 겁을 집어먹고 자라처럼 목을 집어넣고 몸을 움츠렸다.

"네놈들! 철망을 왜 잘랐어?"

눈을 가늘게 뜨고 째려보면서 손바닥으로 쾅 하고 책상을 내려쳤다. 아이들은 움찔했다.

추궁은 계속되었다.

"지난 홍수 때 둑 무너진 것 봤지? 철망 뜯어 간 자리가 무너진 거야. 재공사를 해 놓았는데, 또 잘라먹었다?"

옆방에서 비명소리가 들려온다.

"사람 살리라!"

준오는 기절할 것 같은 공포에 질렸다.

오쿠무라가 갑자기 아이들을 끌고 신문실訊問室 유리창 가로 데리고 가서 골방 안을 들여다보게 했다.

젊은 청년이 머리를 헝클어트린 채 얼굴에는 피투성이가 되어 쓰러져 있는데 순사가 '퍽! 퍽!' 몽둥이로 내려친다.

괴로움을 견디지 못해 지르는 비명소리와 끙끙 앓고 있는 신음 소리에 아이들은 숨이 멎을 듯 했다.

"봤지? 한 번만 더 그 짓하면 네놈들도 고문이다. 알았지?"

형사는 아이들로부터 다시는 제방시설을 훼손하지 않겠다는 다짐을 받고서 둘을 풀어 주었다.

집에 돌아온 준오는 점심나절 오포午砲 소리에 까무러쳤다. 바들바들 떨면서 마룻바닥에 드러누워 사지는 굳어갔다. 얼굴은 파래지고 칩뜬 눈에 흰자위가 돌아간다.

어머니 원계댁은 놀라서 아이를 안고 흔들어댄다.

"아이구 이 자석아, 이기 머슨 일고? 입에 버끔(거품)까지 물고….아이고 야야아, 일나라!"

"야아가 공수병恐水病이 걸렸나, 와 이라노?"

삼준은 아이를 들쳐 업고 제생당 박학추 의원한테로 달려갔다. 진맥을 마친 박 의원은 크게 놀랄 정도는 아니라고 진정시켜 주었다.

"경기驚氣요. 아이가 놀랜 모양이오."

그는 인사불성에 빠진 아이의 인중을 짚어 침을 박고, 바늘로 손가락을 떴다.

"진경鎭驚에는 사황이 제일이오."

그는 약을 개어 아이의 입에 흘려 넣었다.

"곧 효험을 볼 거요."

준오는 밤새 가위에 눌려 시달렸다.

2. 오포午砲 소리

햇살 밝은 삽상한 아침이었다.

까악! 깍깍! 깍깍!

호두나무 가지에 앉은 까치가 자지러진다. 꽁지까지 깝죽대며 온몸을 바쳐 짖어대는 소리가 아침 공기를 흔들어 놓는다.

길 건너 집 대문 문설주에는 새해맞이 가도마츠門松 장식이 매달려 있었다. 청솔가지 다발을 둥글게 엮어서 한가운데에 노란 귤을 하나 끼워 놓았다. 막 솟아올라 퍼지는 불그스레한 햇살을 받은 귤은 진초록 솔잎 바탕 위에서 샛노랗게 빛을 발하고 있었다.

새해가 밝자 일본인들 집에 칠복신七福神을 맞이하느라고 치장해 놓은 것이었다.

한길 건너편에 늘어선 이층집에는 일본인들이 살고 있었고, 이쪽 단층 나가야長屋 기와집에는 기다란 지붕 밑에 여러 채로 쪼개어 조선 사람들이 들어서 있어 한길을 사이에 두고 내선內鮮 두 민족이 서로 마주 보며 지내고 있었다.

준오네 맞은편 집에는 미노베 노인 내외와 둘째 아들 야스오康夫와 딸 도모코智子 이렇게 넷이서 살고 있었고, 장성한 큰아들 내외는 일본 오사카에서 따로 살고 있었다.

야스오는 준오의 사촌 형 청수와 함께 중학교 5학년 졸업반에 다니고 있었다.

준오는 귤을 난생처음 보았다.

'저게 무슨 과일일까' 하고 궁금해졌다. 푸른 솔가지와 노란 귤의 배색은 어둡고 우중충한 겨울철에 신선한 색조를 살려 내고 있었다.

가까이 다가가서 올려다보는데, 도모코가 집 안쪽에서 들어오라고 손짓해서 준오를 불러들인다.

기모노를 조여 입고 게타下駄를 신고 서서 준오를 보고 웃음을 띠었다. 덧니가 뾰족 드러난다.

"너희는 구정을 쉰다지?"

"...... ."

준오는 말귀를 알아듣지 못했다.

그녀는 얼른 소맷자락에서 요캉(양갱) 을 끄집어내어 준오의 호주머니에 찔러 넣는다.

"너한테 주는 거야. "

준오는 도모코에게서 유달리 굄을 받는다.

마당 귀퉁이에 꾸며 놓은 조그만 연못 속에는 하얀 잉어가 두어 마리 헤엄을 치고 있다. 마루 탁자 위에 올려놓은 어항 속에서는 빨간 금붕어가 부채처럼 꼬리를 젓고 있다. 기름이 배었는지 배때기가 노란 빛을 띠었다. 고양이가 한 마리 그 옆에 앉아서 어항 속을 들여다보고 있다. 그놈은 분홍빛 혀를 날름거리며 수염을 핥는다.

준오는 마루 구석에 모셔 놓은 에비스惠比須 상을 쳐다보았다. 오른손에 낚싯대를 쥐고 왼손에는 커다란 도미를 한 마리 들고 있다. 미노베는 어산물 장사에 종사하고 있었는데, 칠복신의 하나인 에비스의

상을 집 안에 들여놓고 수호신으로 모시고 있었다.

본디 이 미노베 일가는 일본 서해안 가나자와 바닷가에서 고기잡이를 하던 집안이었다. 그 지방 어촌은 토지가 척박하고 어업 외에는 따로 일굴 만한 생업이 없어서 고깃배나 타면서 대대로 가난하게 살아왔기 때문에, 옛날부터 무리를 지어 수시로 동해를 건너와 노략질을 일삼던 왜구들의 후손들이 모여 살던 곳이다.

미노베 노인은 야스오가 중학에 입학하던 해에 이쪽 항구도시로 건너왔다.

지금은 부둣가에 조그만 어묵공장을 차려서, 수산물 공판장이나 어선으로부터 잡어를 받아다가 가마보코(어묵)를 생산하고 있었다.

"우리 도루후 나이쯤 되겠구나. 눈도 초롱초롱하구나!"

등이 꼬부장한 미노베 할머니가 오사카에 있는 손주 생각이 나서 준오 머리를 쓰다듬어 주었다.

미노베 노인이 얼굴을 찌푸린 채 흘깃 준오를 노려본다. 눈썹이 털이 돋은 애벌레처럼 꿈틀거린다.

그는 악지스레 할머니에게 핀잔을 준다.

"얼른 내보내! 조센징 애를 집 안에 들여놓다니 … ."

그는 말할 때 벋니가 버드러져 첫눈에 벌써 타고난 성정머리가 감궂게 보이는 얼굴을 하고 있었다. 준오는 제물에 겁에 질려 얼른 밖으로 나와 버렸다.

요캉을 한 입 베어 먹었다. 우무에 엉킨 팥소의 쫄깃쫄깃한 단맛은 준오를 황홀하게 만들었다. 눈을 감고 단맛이 사라지기 아까워했다.

한 입 더 덥석 베어 물고 씹으면서 집으로 향했다.

"뭘 먹고 있노?"

아버지 삼준이 물었다.

"저기 누부(누이) 가요."

준오는 건너편 이층집을 가리키며 요캉을 보였다.

아버지는 준오가 그 집에 드나드는 것이 고깝다.

"뭐 한다고 그 집에 들어가노? 인자부터는 가지 마라이! 일본 사람 집이야."

단것은 당분에 굶주린 식민지 아이들의 행복이었다. 한창 자라나는 성장기의 아이는 단맛에 홀려 버리고 만다.

어느 날 준오는 단맛에 댕겨 자신도 모르는 사이에 발걸음이 다시 미노베의 집으로 향했다.

도모코가 애써 보조개를 지으며 준오에게 손바닥만 한 망개나무 잎사귀에 싼 찹쌀떡을 하나 주었다.

"청수님은 뭐 하고 있니?"

준오의 큰집 사촌 형에 대해서 묻는다.

준오는 미노베 할아버지한테 또 야단을 맞을까 보아 두려워 얼른 집으로 돌아왔다. 고방으로 들어가서 웅크리고 앉아 찹쌀떡을 옴싹 한 입 물고 오물오물 씹는다. 하얀 가루가 묻은 찹쌀떡의 속은 단팥소가 들었다.

그날 저녁 밥상에서 준오는 아버지 얼굴을 마주 볼 수 없었다. 고개를 숙이고 밥만 퍼먹었다.

하루는 한낮에 집 앞 길가에서 놀고 있는데, 파출소 지붕 위에 솟은 높은 누각에서 오포 소리가 울렸다. 오포午砲는 징처럼 생긴 놋쇠판금 두 장을 마주 대고 연속 진동으로 울리는 사이렌의 울림소리였다.

마침 집으로 돌아오던 아버지가 일렀다.

"준오야! 오포 분다. 머리 수구리라!"

"고개는 와 수구리는데요?"

준오가 묻는다.

"순사가 잡아 간다."

길 가던 사람들이 꼼짝 않고 제자리에 서서 오포 소리가 끝날 때까지 머리를 숙이고 서 있었다. 만약 머리를 숙이지 않고 있다가 순사에게 들키는 날에는 파출소로 끌려가서 황궁요배遙拜를 안 했다고 추궁당했다. 순사 자신들도 같이 요배를 해야 했는데, 어떻게 알아내는지 고개를 치켜든 사람들을 잘도 가려냈다.

세상은 오포 소리에 파묻혀 일시에 모든 것이 정지되었다.

머리 위에서 '부우우웅!' 하고 공기를 뒤흔드는 소리가 준오의 귀를 멍멍하게 한다. 고개를 숙이고 서 있으면 땅바닥마저 떨리는 것이 느껴지는데, 그 진동이 발바닥을 타고 전해 온다. 온몸을 아래위 사방에서 옥죄는 무서운 느낌이 엄습해 왔다.

일본 순사는 무섭다. 모자를 쓰고 반짝이는 금단추를 단 제복에 긴 칼을 차고 저벅저벅 소리를 내며 가죽장화를 신고 다녔다. 절그럭거리는 일본도는 사람들을 질리게 만들었다. 순사가 나타나면 사람들은 온몸이 오그라들었다.

정오를 알리는 고동소리를 두고 아버지는 '오포 분다'고 하였다. 오포 소리는 만세일계萬世一系의 일본천황 히로히토에게 대하여 묵도默禱로써 경배의 예를 올리도록 강요하는 신호의 뜻인 줄을 어린 준오가 알 리가 없다.

준오는 파출소 쪽을 바라다본다. 보초를 선 에모리 순사가 모자를 벗어 겨드랑이에 끼고 묵념하고 있다.

준오는 얼른 몸을 날려 집으로 도망쳐 갔다.

부엌 아궁이 앞에 웅크리고 앉아서 부지깽이로 재를 후벼 불씨를 뒤적이며 '왜 잡아가야 하는데?' 하고 생각했다.

오포 소리는 정오 때 말고도 시도 때도 없이 울려오곤 했다.

어느 날 초저녁 막 저녁을 끝내고 있는데, 갑자기 다급하게 오포가 울려와서 아버지와 함께 밖으로 나왔다.

어둠 속에서 누군가 뛰어다니면서 확성기로 외쳐댔다.

"게이카이 게이호(경계경보)! 게이카이 게이호!"

집마다 일제히 등을 끄고, 사방은 등화관제燈火管制 속에서 캄캄해졌다. 일본 사람들은 지하 방공호 속으로 대피하고 있었다.

방공훈련 경보였다. 그 무서운 B-29 폭격기의 공습을 대비해서 미리 대피 훈련을 시키는 것이었다. 바다 건너 산 너머 군항軍港 쪽 하늘에는 소이탄燒夷彈이 환하게 빛을 밝히며 천천히 내려앉는 광경이 자주 보였다.

집마다 대문 앞에 모래함과 양동이 물을 비치하게 해서 방화사防火砂와 방화수로 대비해 놓았다.

요즘 들어 부쩍 경계경보가 자주 울려왔다. 전쟁이 깊어 간다고 했다. 시보時報를 알리는 오포 소리는 한참 동안 길게 울리지만, 비행기가 출현했다는 경계경보는 짧게 짧게 반복해서 울려왔다.

하루 저녁은 오포가 젖먹이 숨넘어가듯 자지러지면서 다급하게 울려왔다.

부웅! 붕! 붕!

세 번 울리고 잠시 있다가 다시 세 번 울리고⋯. 이번에는 공습경보였다. B-29 폭격기가 떴다.

집마다 일제히 소등하자 지상에는 갑자기 빛이 사라졌다. 세상은 먹물같이 캄캄했다.

삼준은 준오에게 일렀다.

"새끼줄을 꼬옥 쥐거라! 이 줄을 놓치면 니는 애비, 에미를 잃을 줄로 알아라! 영영 못 찾는다."

삼준과 원계댁이 새끼줄을 앞뒤로 쥐고 가운데에 준오를 세워서 셋은 어둠 속을 뛰었다.

길거리에는 '소카이疏開! 소카이!' 하는 확성기 소리가 울렸고, 사람들은 이리 뛰고 저리 뛰고 서로 부닥치고 있었다. 흩어진 자식 이름을 부르는 소리도 들렸다.

"폭탄이 떨어져도, 돌부리에 채여 넘어져도 놓치지 마라, 안 떨어질라거든."

삼준은 달리면서 숨 가쁘게 말했다.

"그러니까 이 줄이 니 목숨 줄이다⋯."

셋은 대밭으로 달려갔다. 큰댁 뒤 텃밭 너머 산비탈에는 대나무 숲이 우거져 있다. 그 속에 땅굴이 하나 있었다. 어느 때 만들어졌는지 자세히 알 수는 없으나, 문중에서는 대나무밭에 굴이 있다는 것이 공공연한 비밀로 알려져 내려왔다.

굴은 대나무 숲속 깊이 들어가서 입구가 시작되는데, 퇴로를 가지고 있었다. 말발굽 편자모양의 반원으로 굴을 뚫어 산길로 빠져나가게 되어 있는데, 출구는 다보록한 찔레가시 덤불로 가려 암문暗門을 지어 놓았다. 대나무 뿌리가 얽히고설켜 있어서 집안 어른들은 폭탄이 떨어져도 땅이 갈라지지 않는다고 하여, 비행기 공습이 시작되면 가족들이 대피하기로 되어 있었다.

굴속으로 들어가자 세준의 식솔이 먼저 들어와 있었다.

"어서 들오너라!"

백부는 동생 삼준의 가족을 맞았다.

흙벽에 박아 불을 밝힌 관솔가지는 송진을 흘리며 수심에 찬 백부의 얼굴과 그 뒤에 붙어 선 백모와 청수 형을 비치고 있다.

"굴은 지진이 나도 끄떡없다마는….."

세준이 혼잣말처럼 중얼거렸다. 천장에서는 죽근竹根이 잔뿌리를 늘어뜨리고 있었다.

"삐29다!"

청수 형이 외쳤다.

"이야아, 굉장하다!"

준오는 탄복했다.

굴 밖으로 내다보이는 밤하늘의 어둠 속에 별무리를 배경으로 시커먼 비행기가 도시의 상공을 날아간다. 엔진 소리는 웅장하다. 그러나 투폭投爆은 없었다.

"일본 센토오키(전투기)는 삐29에 비하면 아이들 장난감이다. 삐29
는 훨씬 높이 뜨고 빨리 날고 멀리 날고 … 센토오키 갖고는 도저히 따
라잡을 수 없다."

청수 형은 B-29의 위력을 설명해 주었다.

어느 날 해질 무렵 숨넘어가는 오포 소리 속에서 B-29가 저녁 햇살
을 받아 은빛 날개를 반짝이면서 산 너머로 유유히 사라지는 모습을
준오는 넋을 놓고 바라본 적이 있었다. 비행기는 사라져도 엔진 소리
가 한참 동안 귓전을 맴돌았다.

부웅 부웅 … !

"전쟁도 끝나 간다. 미군 비행기 폭격으로 동경이 쑥대밭이 됐다."

삼준 아버지가 말한다.

"폭격을 퍼부어 대모 우리도 안성 아주버니 집으로 소카이를 가야
하는 거나 아인지 … ."

백모 동래댁이 근심어린 표정으로 백부 세준의 얼굴을 쳐다본다.

"그전에 전쟁이 끝이 날 거요."

B-29는 어린 준오에게는 동경의 대상이었다. 원자탄을 투하하여
일본으로부터 항복을 받아낸 구원의 비행기였다는 사실은 훗날 커서
알게 되었다.

전쟁은 가까이 다가왔다. 오포 소리는 더욱 잦아졌다.

준오는 그날 밤 잠자리에 들어서 '전쟁은 무엇일까?' 하고 생각해 보
았으나 전쟁터에는 폭탄이 터지고 총알이 오가고 사람이 죽는 것은 상
상이 되지 않았다. 차라리 숨넘어가는 B-29의 공습경보 소리, 일본
순사들이 큰집에 들이닥쳐 놋주발에다 숟가락, 젓가락, 요강, 세숫대

야까지 놋쇠로 된 것은 모조리 징발해 가던 일, 놋쇠는 대포 만드는 데 녹여 쓴다든가 탄피를 만드는 데 쓴다든가 하는 것들이 전쟁에 관한 아이의 느낌이었다.

그래서 동네 집집마다 제사상에 쓰는 유기그릇을 다락에 감춘다고 허겁지겁하던 일 등 준오에게는 그런 정도로 밖에는 전쟁에 대해서 알 길이 없었다.

그보다도 오히려 사람들이 일본 헌병순사들에게 짓눌려서 눈치를 보고 비실비실 피해 가며 살아가야 하는 그런 세상이 전쟁보다 더 무서운 것이라고 느끼며 잠 속으로 빠져들었다.

유치원 마당에는 벚나무들이 연분홍 꽃등을 밝히고 섰다. 살랑거리는 가지 끝에서 주룩주룩 꽃잎이 흩날린다. 이따금 불어오는 바람 따라 꽃잎들은 화들짝 놀라서 공중으로 흩어진다. 세상은 온통 벚꽃 잎으로 환하게 밝았다. 마당에는 떨어진 꽃잎이 쌓였다.

미에未惠가 켜를 이룬 꽃잎 위에 웅크리고 앉아 있다. 꽃등에 비치어 볼이 발갛게 물든다. 머리에는 빨간 헤어밴드 메고 꽃무늬가 그려진 기모노를 입고 있는 이 가시내가 무엇을 하고 있는지 준오는 궁금해서 다가갔다. 빨간 매듭 끈의 게다를 까치발로 딛고 앉아 탱자나무 가지로 떨어진 꽃잎을 조곤조곤 꿰고 있다. 준오는 '일본 사람 유치원에 다니는 아이들은 별것도 다 배우는구나' 하고 생각하며 벌어진 가시마다 수북이 꿰인 꽃잎을 들여다보았다.

"이건 도모코 아줌마 줄 거! 도루 짱 것도 하나 만들어 줘야지."

미에는 준오의 코앞에 꽃꽂이를 들어 보이고는, 탱자나무 울타리

쪽으로 가지를 꺾으러 간다.

얼마 전 제비 한 쌍이 흙을 물고 부지런히 드나들면서 2층 처마 끝에 집을 짓고 있었다.

"똥을 갈겨대면 집 앞을 더럽힌다."

미노베 영감은 사다리를 타고 올라가 빗자루로 제비집을 헐면서 툴툴거렸다.

이 모습을 보고 아버지가 준호에게 말했다.

"제비는 길조다. 못살게 건디리면 천벌을 받는데 ….."

그때 아이들이 나타났다.

미노베 영감의 손주 도루와 손녀 미에가 일본에서 온 것이다.

오사카보다는 이쪽이 미군 비행기 폭격에는 안전지대라고 생각하여, 부모가 아이들을 할아버지 집으로 피신시킨 것이었다.

"주노는 모모타로같이 생겼네."

미에는 키가 크고 눈, 코, 입이 또렷한 준오를 보고 이렇게 중얼거렸다. 오니鬼 정벌에 나서는 그림책 속의 모모타로가 준오를 연상시키는 데가 있었다.

준오도 탱자나무 쪽으로 따라갔다. 미에는 물오른 생가지를 안간힘을 쓰며 꺾고 있는데 갑자기 유리창 문이 드르륵 열렸다.

"미에 짱! 나뭇가지를 꺾으면 안 돼요!"

유치원 보모선생 아키코가 탁한 목소리로 외쳤다. 미에는 깜짝 놀라서 팔을 움츠리다가 손가락이 가시에 찔렸다.

"아야!"

왼손 중지 끝에 빨간 핏방울이 볼록 솟았다.

"으앙!"

미에는 울음을 터뜨린다.

실패에 꽂힌 바늘에 아들의 손가락이 찔리자 어머니가 입으로 가져가서 소독해 주고 손가락을 지그시 눌러 지혈을 시켜 주던 생각이 나서, 준오는 미에의 손가락을 입에 넣고 침을 뱉어내 소독해 주었다.

그때 뒤에서 갑자기 아키코 선생의 벼락 치는 소리가 났다.

"바카야로!"

그녀가 미에의 손목을 낚아채고, 준오를 벌컥 밀어 버렸다.

"조센징 주제에!"

선생은 무서운 얼굴로 준오를 노려보며 눈을 흘겼다.

준오는 그녀가 왜 화를 내는지 영문도 모르고 엉거주춤 땅바닥에 팔을 짚고 앉아 있었다. 잉어의 비늘처럼 다닥다닥 눌어붙은 벚꽃 잎 무리가 흐늘거리는 것을 올려다보았다.

"더러운 조센징!"

아키코는 준오에게 다시 한 번 시린 눈총을 보냈다.

3. 잉어매달기鯉幟

그때 골목에서 동네아이들이 떠드는 소리가 바람을 타고 들려왔다.

"문딩이가 아아 잡아묵었다! 간 빼 묵었다!"

준오는 발딱 일어나서 아이들이 몰려가는 쪽을 향해서 달려갔다.

마을 어귀에서 보리밭 주인 영감이 공중에다 대고 삿대질을 해 가면서 바락바락 고함을 지르고 있었다.

"어떤 연놈들인고, 당장 나오이라! 꼬라지 좀 보자! 둘이서 배애지가 맞았으모 맞았지, 와 넘우 보리 양석을 다 베리 놓노 말이다."

보릿대가 한 무더기 뉘여 있었다. 밤새 누군가 보리밭에 들어가서 삐대어 놓은 흔적이 틀림없다.

"곱게 말할 때 나오이라! 잽히기만 하모 다리몽댕이를 분질라 놓을끼다!"

발악에 가까운 목소리는 봄바람에 실려서 온 마을에 퍼져 나갔다.

동네 어른들끼리는 '처녀 총각 눈이 맞으면 서속黍粟 밭을 긴다'라고 쑤군대는 이야기가 있다. 정분에 넘치면 남녀가 조밭으로 숨어들어 통정通情한다고 둘러대는 말이다. 거기에 으레 조밭 대신에 보리밭도 한몫 끼인다.

따뜻한 봄바람에 익어 가는 겉보리가 정분에 겨운 교태를 부리며 간댕간댕 흔들리고 있었다. 그런데 아무리 둘러보아도 누런 보릿대가 쓰러진 흔적만 있을 뿐 핏자국도 뼈대도 아무 흔적이 없다.

호기심에 부풀어 잔뜩 기대하고 갔던 아이들은 실망하였다.

전에도 봄비 부슬부슬 내리던 날 봉오재 고개 보리밭에서 문둥이가 아이를 잡아 간을 빼 먹었다는 소문이 돈 적이 있었다.

"보리밭을 누가 삐댔다 카노?"

준오가 어머니에게 묻는다.

원계댁은 아들을 바라보고 잠시 망설이다 말했다.

"문딩이라 안 카나."

"문딩이가 와 그라는고?"

준오는 또 묻는다.

"보리밭에 숨어서 아아 간을 빼 묵었다 아이가, 병 낫울라고. 문딩이 옆에는 얼씬도 하지 마라. 넝마 통에 담아 넣어 메고 간다."

준오는, 벙거지를 눌러쓴 채 갈라진 인중 사이로 쥐의 주둥이처럼 앞니를 드러내고 손가락 마디가 떨어져 나간 문둥이를 가까이서 본 적이 있다.

제삿날은 아침같이 동냥을 와서 문 앞에서 얼찐거리는 것을 형수가 바가지에 밥을 담아 깡통에 부어 주었다.

"대름(도련님) 요, 아침에 첫 손님으로 문딩이가 오면 재수가 좋다 카요."

하필이면 그때 턱 빠진 개는 문둥이를 내다보고 '워워!' 목쉰 소리로 짖는다. 형수는 담벼락에다 소금을 친다.

보리밭에서 낙심하고 돌아오는 길에 준오는 도루네 집 대문에 세운 긴 장대 끝에 종이 잉어가 한 마리 매달려 있는 것을 보았다. 커다란 비늘을 그린 통배에 바람을 가득 채우고 꼬리를 흔들면서 공중에서 헤엄을 치고 있었다.

"고이노보리 (잉어매달기) 다."

도루가 자랑스럽게 지껄인다.

"내 것이야. 할아버지가 달아 주셨어. 내가 잉어라는 거야. 튼튼한 잉어 말이야."

파란 오월의 하늘에 떠 있는 빨간 잉어 한 마리. 구름 조각이 돛폭을 펴고 둥둥 떠내려간다. 준오는 장날 시장바닥 건어물 가게 주인이 매단 장대 끝에 명태 한 마리가 대롱대롱 흔들리던 것을 기억해냈다.

"너네는 이런 것 왜 안 달지?"

도루가 으스대며 물었다.

'너는 물고기로구나. 나는 송아지다.'

준오는 속으로 생각했다. 마루에 걸터앉아 막 쪄낸 햇감자를 먹으면서 산 위로 뭉게뭉게 피어오르는 구름을 바라보다가 준오가 문득 어머니에게 물은 적이 있었다.

"옴마요, 나는 오데서 왔제?"

"니는 전생에 소였다 말이다. 소가 알라아 (어린애) 로 다시 태어난 기라."

원계댁은 준오의 뒤통수를 쓰다듬어 주었다.

"그라모 삭부리는 머였고?"

"가아는 다리 밑에서 줏어 왔다 카더라."

어머니의 대답은 아리송했다.

준오는 가슴을 펴고 도루가 들으라고 중얼거렸다.

"도루 니는 물괴기였던 기라. 그래도 잉어보다도 송아치가 심이 더 세다 말이다."

도루는 공중에서 헤엄을 치고 있는 잉어를 자랑스럽게 올려다보고는 으스대며 집으로 들어갔다.

도모코가 준오를 보고 나왔다. 기모노를 차려입은 그녀는 여중생의 나이에 비해 한결 성숙해 보였다. 엄지발가락으로 게다 끈을 꿰차고 있는 그녀의 버선은 도야지 족발같이 두 쪽으로 갈라져 있어서 어머니의 외씨버선하고는 달리 사뭇 우스꽝스럽게 생겼다.

도코모가 준오를 데리고 집으로 들어갔다.

"누나 좀 도와주어야 해요. 이것 청수님한테 전해줘요."

조그만 상자를 내민다. 생과자였다.

"그리고 이것은 주노님 것."

도모코는 망개 잎에 싼 찹쌀떡을 하나 따로 건넨다.

혀가 팥소의 기막힌 단맛을 기억해 내고 입안에 침이 고인다. 망설이고 있는데, 그녀가 찹쌀떡을 호주머니에 찔러 넣어 주었다.

그녀는 청수에게 줄 과자상자를 열더니 편지도 한 장 넣었다.

"지난번 도루하고 미에 구해 준 것 고맙다는 인사일 뿐이야. 고이노보리 날에는 신세진 사람한테 의당 선물을 보내는 거야."

그녀는 준오를 쳐다보고 웃으면서 상자를 닫았다.

얼마 전 두 아이가 소에 치일 뻔한 일이 있었다.

안성 우준又駿 중부가 가을걷이한 쌀가마니며, 호박이며, 바리나무 등을 소달구지 가득 싣고 준오네 집으로 왔다. 삼준 동생네 논밭을 갈아 주고 가을에는 가을걷이를 챙겨서 날라 주는 참이었다.

삼준은 맨발로 내려가 형님을 안으로 모시려고 한다.

"짐부터 부리 놓고."

우준은 잔뜩 싣고 온 짐을 차곡차곡 고방으로 들여놓고 마루에 걸터앉는다.

"준오야! 얼른 술 받아 오너라."

삼준이 준오더러 주전자를 내민다.

술도가 아주머니는 술통에서 막걸리를 한 바가지 퍼서 준오의 주전자에 채워 주었다. 술 방울이 뚝뚝 흘러내렸다. 돌아오는 길에 가득 찬 주전자 속에 술이 찰랑거리며 주둥이를 타고 쭐쭐 흘러나온다. 아이는 술 주전자의 주둥이에 입을 대고 한 모금 들이킨다. 텁텁한 막걸리가 꼴깍 목을 타 넘었다. 시큼한 맛이 입에 남는다.

입맛을 다시면서 오다가 또 한 번 마셔 본다.

아버지가 찰랑찰랑 넘치게 술을 따라 드리자 중부님은 북두갈고리 같은 손가락을 대접에 담아 쥐고 단숨에 쭉 들이키는 것을 준오는 바라다본다.

중부님은 "끄윽!" 트림을 올리고 손등으로 입술을 쓰윽 문댄다.

"금년에는 모심기 때부터 비가 자주 내리서 가실걷이가 갠찮은 펜이다. 그래도 공출을 빼고 나께 남는 거라고는 제우 세 가마니밖에 안 된다 아이가."

준오는 문밖에 세워둔 소달구지에 올라갔다. 소 엉덩이에 거북이 등처럼 갈라져서 말라붙은 쇠똥 딱지를 들여다보면서 말했다.

"똥을 타고 앉으이까 그렇지 … 소란 놈은 덩치만 컸지 지 똥도 못 가리나?"

그때 소가 꼬리를 치켜들고 푸드득 쇠똥을 한 바가지 쏟아 내었다.

"야아는 아무데나 싸대노 … 부끄럽운 줄로 알아야지 … ."

그러나 정작 소는 되새김질을 계속하면서 뭐가 대수냐는 듯이 딴전을 피우고 있다.

시골 여인 한 사람이 먼눈을 팔면서 길을 건너는데, 택시 한 대가 지나다가 들이받았다.

여인은 넘어졌다가 일어나 여뀌 먹은 물고기처럼 어리둥절하여 두리번거리더니, 모자를 눌러쓰고 잔뜩 화난 표정으로 눈을 부라리고 있는 운전수를 보자 허겁지겁 달아나기 시작하였다.

차가 드물었던 그 시절에 조선 핫바지 사람들은 사람과 차마車馬의 통행을 서로 반대로 하는 대면통행對面通行의 관습도 가맣게 모르고 지내던 시절이었고, 또 일본 운전사들은 조선반도에 건너와서 같잖은 위세를 부리던 시절이기도 하였다.

운전수가 화가 나서 달아나는 여인에게 '빵! 빵!' 경적을 울렸다.

갑자기 울린 경적소리는 요란했다. 소가 놀랐다. 느닷없이 뛰기 시작한다.

"어어, 어어어."

준오는 수레 위에 주저앉아 어쩔 줄을 모른다.

저 아래 길 모퉁이에는 도모코가 도루와 미에를 데리고 서서 청수 형에게 막 인사하며 말을 걸고 있는 모습이 보였다.

소는 그쪽으로 펄쩍펄쩍 뛰면서 달려가고 있었다.

'아아! 야아들아, 비키라 비키!'

준오는 손을 허우적거리며 비명을 질러 보았지만, 소리가 목을 넘어오지 않았다.

청수 형이 뛰어오는 소를 보고 달려와서 쇠고삐를 낚아채고 잡아당긴다. 그러나 수레가 달리던 기세에 형의 힘으로는 당하지를 못한다. 형은 땅바닥으로 넘어져서 질질 끌려간다. 바짝 죄인 고삐로 소의 속도는 제어가 되고 수레는 가까스로 멈추어 섰다.

푸우! 푸우!

거친 숨을 몰아쉬는 황소 앞에 도모코가 아이들을 부둥켜안고 몸을 도사리고 있다. 가까스로 위기는 모면했다.

"워어, 워!"

청수는 소를 진정시키고, 자신도 숨을 크게 들이마시곤 숨을 고른다. 흰 셔츠에는 흙으로 얼룩이 지고 소매에는 피가 배었다.

"어머나, 이를 어쩌나!"

도모코가 청수에게 다가가서 상처가 난 팔뚝을 쥐고 들여다보려고 한다. 청수는 대수롭지 않은 듯이 손을 뿌리치고, 채 흥분이 가시지 않은 소의 목덜미를 쓰다듬어 주면서 다독거린다. 황소는 계면쩍다는 듯이 눈만 끔벅이며 게거품을 질질 흘리고 있다.

놀라서 눈을 동그랗게 뜨고 올려다보는 아이들에게 청수는 머리를 끄덕여 안심시켜 주었다. 곱장다리의 도모코는 청수의 훤칠한 몸매 앞에 서 있는 것이 마치 높다란 포플러나무 밑에 서 있기라도 한 듯 자신이 점점 왜소해지는 느낌이 드는 가운데, 풍겨오는 사내의 싱그러운 체취를 들이마셨다.

"청수 씨가 우리를 구해 줬어요. 신세 졌어요."

그녀가 웃음을 짓자 송곳니가 뾰족 보였다.

청수는 쇠고삐를 채고 소를 돌렸다.

저녁 때 도모코는 준오 편으로 옥도정기沃度丁幾 한 병을 청수에게 보내왔다. 상처가 빨리 낫기를 바란다는 쪽지와 함께.

도모코는 상자를 들이밀며 준오에게 말했다.

"지난번에는 덕분에 고마웠다고 잊지 말고 말해 줘요."

준오는 상자를 받아 들고 청수 형에게로 가서 전하였다.

"누가 주더노?"

"도모코 누부가 성가(형) 한테 갖다 주라 카더라."

청수는 대뜸 난생처음으로 준오에게 눈을 부라린다.

"이런 거를 준다고 내가 넙죽 받을 줄 아느냐? 퍼뜩 다부(도로) 갖다 주고 온나! 그라고 다시는 이런 쓸데없는 심부름은 하지 마라."

"다부 갖다 주?"

준오는 머쓱해져서 도모코에게로 되돌아갔다. 도루네 집 마루에 상자를 가만히 내려놓았다. 형이 화를 내며 당장 돌려주라고 한 사정을 도모코에게는 털어놓기가 꺼려졌다.

준오가 막 돌아서서 나오는데 도모코가 방문을 열고 불렀다.

"주노!"

준오는 뒤를 힐끗 쳐다보고는 그대로 뛰기 시작했다. 드르륵 창문이 열리면서 도루가 목을 내밀고 내다본다. 준오는 서둘러 도루네 집을 빠져나왔다.

잠시 후 밖에서 돌아온 미노베 영감은 마루의 책상 위에 놓아둔 지갑이 없어진 것을 발견했다.

'이상하다. 분명히 여기다 두었는데 …….'

책상 위를 두리번거리며 찾아보았다.

"여기 있는 지갑을 당신이 치웠소?"

할머니는 행주로 손을 훔치면서 말했다.

"아뇨. 아까 그 자리에 있는 것은 봤는데 … 나는 당신이 치운 줄로 알았는데요."

이번에는 딸을 불렀다.

"도모코! 아버지 지갑 못 보았니?"

"아뇨."

딸은 눈만 깜박일 뿐 아버지의 눈치만 살핀다.

"도루야, 너도 못 보았니?"

"본 일 없는데요 …. 근데요, 아까 주노가 여기 왔다 갔어요. 내가 보니까 막 도망가던데 …."

"뭐라고?"

미노베는 버럭 고함을 지른다. 전부터 조선아이가 집에 드나드는 것을 괴이쩍게 생각하던 차였다.

"할아버지, 주노가 막 달아났어요."

미에도 증언한다.

"고놈이 여기 왜 왔어? 도모코, 너도 보았니?"

"네. 내가 불렀는데도 … 그냥 돌아갔어요."

"조센징은 원래 도벽盜癖이 있단 말이야. 우리하고는 근본이 달라.

그래서 고놈을 여기에 얼씬도 못하게 했단 말이다! 기어코 이놈이 …
내 이놈을 단박에 … ."

미노베는 팔을 걷어붙이고 건너편 준오네 집으로 향했다. 마침 집
앞에서 놀고 있는 준오에게로 다가가서 목덜미를 낚아챘다.

"네 이놈!"

주먹으로 머리통을 한 대 쥐어박았다. 준오는 눈에서 불이 번쩍했
다. 머리가 화끈거리며 금세 혹이 부풀어 올랐다.

미노베는 아이를 끌고 파출소로 갔다. 준오는 겁에 질려 마치 매한
테 낚아채인 병아리같이 잔뜩 몸을 움츠린 채 끌려갔다. 노인이 틀어
쥔 멱살이 바득바득 죄여 와서 숨통이 막힐 지경이 되었다. 얼굴이 파
래졌다. 정수리에 파란 심줄이 돋았다.

"이 조센징 놈이 돈을 훔쳐 달아났어! 이런 쬐끄만 놈이 벌써부터
도둑질을 배워 가지고 … 단단히 버릇을 고쳐 놓아야 해!"

노인은 득달같이 지껄이고 순사부장 가가와香川에게 준오를 넘겼다.

"이놈이 무시로 우리 집을 들락거리더니, 오늘은 끝내 돈지갑을 가
져간 것이 아니겠소?"

노인은 눈을 치뜨고 눈썹을 꿈틀거리며 준오를 노려보며 말했다.

"돈은 얼마나 들어 있었습니까?"

"백십 원 이상이요. 잔돈이 몇 원 더 들어 있었을 거요."

"다른 물건은 없어진 것은 없고요?"

"별로이 없어진 것 같지는 않소만 돈을 찾아 주시오."

"오이, 조사해 봐!"

가가와는 송점식 순사보에게 지시했다.

준오는 겁에 질려 와들와들 떨고 있었다.

'무슨 일로 이러는 걸까?'

"이놈! 지갑 오데다 숨카 듰어?"

"와앙!"

아이는 울음을 터뜨렸다.

"말 안 할 끼이가? 쎄(혀) 가 널널하도록 한 분 맞아 볼래?"

순사는 버럭 고함을 질렀다.

준오는 영문을 모른 채 겁만 잔뜩 집어 먹고 얼굴이 하얘 가지고 머리만 가로저을 뿐이다.

"그 집에는 와 들어갔어?"

"도모코 누부가 … ."

모기 떠는 소리로 가느다랗게 중얼거렸다.

순사가 준오의 코를 손가락으로 힘껏 퉁겼다. 준오의 눈에는 불이 번쩍했다.

"아야야!"

코를 움켜 싸쥐었다. 준오는 엉겁결에 호주머니 속에서 아껴 두었던 찹쌀떡을 꺼내 놓았다.

'이것도 상자하고 같이 두고 나왔어야 하는 긴데 … .'

팥소가 으깨어져 망개 잎 밖으로 비어져 나와 있다.

"어허, 이놈이 어느 틈에 모찌떡까지 훔쳤어?"

미노베가 펄쩍 뛰었다.

"이거 말고 돈은 오데다 두었노 칸께!"

순사는 떡을 받아 쥐며 머리를 쥐어박는다.

준오는 말이 막혔다. 잔뜩 겁먹은 얼굴로 순사를 바라본다.

그때 가가와 순사부장이 나섰다.

"오이, 최 순사! 취조하는 꼴이 그게 뭐야? 범죄 용의자는 수갑을 채워!"

"손이 작아서 맞는 수갑이 없소."

"그렇다고 그렇게 허술하게 다루어서야 말이 되는가? 그럼 묶어!"

순사는 섬약한 준오의 손목을 박승縛繩으로 묶어 놓고 의자 위에 꿇어 앉혔다.

"니 이놈! 돈 오데다 뒀어, 어서 불어라, 못 불겠어?"

회초리로 책상을 내리쳤다. 요란한 소리가 났다. 아이는 찔끔했다. 준오는 눈을 감고 고개를 도리질만 했다.

"아직도 말 안 해?"

가가와가 최 순사에게 물었다.

"예, 아직도요."

"그럼 달아매라! 곱게 다루어 가지고는 될 일이 아니다. 불 때까지 매달아 놓아라, 당장!"

순사는 큰 손으로 준오의 목덜미를 잡고 옆방 신문실訊問室로 끌고 내려갔다. 준오는 오들오들 떨고 있었다.

순사는 오랏줄로 아이의 몸뚱이를 친친 묶고 천장에 매달아 놓았다. 머리를 곤두박질하고 대롱대롱 매달려 있는 모습이 지푸라기로 엮어 놓은 굴비 같았다.

"돈을 오데다 두었는지 불 때까지 매달아 둘 끼다."

준오의 얼굴은 새하얗게 핏기가 가시고 눈물이 번져 나왔다.

"옴마야 … 옴마야 … ."

아이는 혼도昏倒의 지경에까지 이르렀다.

집으로 돌아온 미노베는 유도 도장에서 도복을 걸치고 막 돌아온 아들 야스오에게 지갑 없어진 이야기를 했다.

"하여튼 조선 종자는 전부 도적놈들이야. 어린놈이 적지도 않은 돈을 훔쳐갔단 말이야."

"아아, 그것, 여기 있어요."

야스오가 책상 서랍을 열고 지갑을 꺼내 놓았다.

"내가 치워 두었어요. 책상 위에 놓여 있길래 … ."

"우리 집에 무슨 도둑이 있겠다고 치우느냐? 우리 집에는 도둑 같은 것은 없다."

"누구든지 돈 지갑을 보면 충동이 일어날 수 있잖아요. 특히 도루 같이 어린애들은요. 만약에 내가 치우지 않고 그대로 두었다면 필시 조센징 아이가 집어갔을 것 아녜요?"

"허기야 그렇겠군."

미노베가 지갑을 건네받아 지폐를 세어 본다.

"으음, 그대로다."

도모코가 나서서 아버지를 쳐다보며 말했다.

"파출소에 가서 돈을 찾았다고 일러 주어야 할까 봐요."

"뭐 그럴 것까지 없다. 내버려 두면 심문해 보고 혐의가 없다면 풀어 주겠지. 고놈이 어느새 모찌떡까지 훔쳐 갔더라. 쥐새끼처럼 무단으로 남의 집에 드나들며 물건을 훔쳐 가는 놈은 이번 기회에 단단히 버릇을 고쳐 주어야 한다."

그러나 도모코는 몰래 파출소로 향했다.

'청수님이 알면 얼마나 화를 내실까. 가여운 준오를 구해 줘야지.'

그녀는 순사한테 가서 자초지종을 이야기해 주었다.

준오는 밧줄이 풀리고 방면이 되었다.

아이는 너무 놀란 나머지 한동안 실어증失語症에 걸리고 말았다.

"준오야, 무슨 일고? 와 이라노?"

어머니가 아이를 안고 물어도 벌벌 떨면서 입을 열지 못한다.

"야아가 탈이 나도 되게 났네."

삼준은 크게 걱정이 되어 동인병원 조 선생에게로 데리고 가서 보였다. 의사는 이마를 짚어보고 눈을 까뒤집어 보기도 하며 청진기로 가슴과 등에 대어 진찰했다.

"크게 놀란 모양이니, 당분간 절대안정을 시켜 주도록 하시오."

의사는 진정제 주사를 한 방 놓아 주었다.

그러나 그 후로도 아이는 자주 깜짝깜짝 놀라고, 자다가 가위에 눌려 벌떡 일어나 헛소리를 하기도 하였다.

에모리 순사는 누렁이 삼발이와 악연이 시작되었다.

하루는 에모리가 용팔네 집 앞을 지나는데 갑자기 누렁이가 나타나서 앞을 가로막아 그를 깜짝 놀라게 했다.

순사는 홧김에 번쩍번쩍하는 가죽장화로 발길질했다.

"칙쇼畜生!"

배때기를 채인 누렁이는 꼬리를 내리고 깨갱깨갱 소리를 치며 도망질을 쳤다.

용팔은 약이 오른다.

"용렬한 놈! 일본도만 차모 제일가? … 와 남에 집 개를 둘구 차노 말이다."

용팔은 누렁이가 용맹이 없이 비실거리는 데에 화가 치밀었다.

"누랭이가 물러 갖고 아무짝에도 몬 써 묵겠다."

그는 찬호를 데리고 멍석을 둘둘 말아 굴을 만들어서 그 속으로 개를 몰아넣었다.

입에 식초를 가득 품고 밖으로 나오려는 개의 얼굴에다 힘껏 뿜는다. 개는 기겁하고 재채기를 해대며 뒤로 돌아서서 퇴로를 향해 나가려고 한다.

반대쪽 구멍을 지키는 것은 삭부리 찬호의 몫이다. 누렁이는 거기서도 식초 폭탄을 한 방 먹고서 다시 오던 길로 되돌아선다. 굴속에서 뺑뺑이를 돌면서 왔다갔다 어찌할 바를 모른다. 식초를 뒤집어쓰더니, 누렁이가 약발을 받았다. 노루 귀처럼 빳빳하게 귀가 서고, 성질도 사나워졌다. 짖는 소리도 제법 용맹이 붙었다.

에모리 순사가 용팔네 집 앞을 지나는데 누렁이가 어슬렁어슬렁 나타났다.

"이 똥개!"

막 발길질을 하려고 발을 드는 찰나 누렁이가 으르렁 하고 뛰어오르며 덤벼들었다.

순사는 혼비백산했다. 그는 칼집을 쥐고 길바닥에 떨어진 모자를 한참 바라보고 있다가, 누렁이가 돌아서자 얼른 주워 가지고 줄행랑을 쳤다. 그 뒤로 에모리는 용팔네 집 앞을 지날 때는 길 건너편 이층집 쪽으로 붙어서 지나다닌다.

칼집을 절그럭거리며 거드름을 피우는 일본 순사를 한 방에 혼을 내준 누렁이가 한없이 자랑스러워 용팔은 개의 머리를 쓰다듬고 안아 주었다.

그런데 누렁이가 미노베의 손주 도루를 물고 말았다.

누렁이가 하필이면 미노베네 대문 옆에 볕을 쬐며 누워 있었다. 문을 나선 도루가 비루먹은 개를 보고 기겁한 나머지 할아버지 지팡이를 들고 나와 개를 패주었다. 자던 개는 놀라서 아이에게 달려들었다.

미노베 노인이 길길이 뛰며 야단을 부리다가 도립병원 차가 오자 아이를 태우고 병원으로 달려갔다.

개한테 한 번 물린 이상은, 누렁이가 공수병 (광견병) 에 걸렸든 아니든 환자에게는 일단 주사부터 맞혀야 하니까 토끼를 구해 오라고 했다. 공수병 치료약을 추출해서 써야 한다는 것이다.

용팔네 아버지가 삼준에게 부탁해 와서 준오가 기르던 집토끼 두 마리를 모두 넘겨주기로 했다.

곧 끌려갈 것도 모르고 웅크리고 앉아서 아래턱을 좌우 어긋나게 움직여서 풀을 씹고 있는 토끼를 들여다보며 준오는 아쉬워했다.

"겨울에 아부지가 토끼털 귀마개를 맨글어 준다 캤는데."

멋진 귀마개를 끼고 도루하고 미에 앞에서 보란 듯이 뽐내 줄 셈이었는데 … 낙망이 컸다.

그날 저녁 때 에모리 순사가 앞장서고 그 뒤로 몽둥이를 든 장정과 긴 갈고랑이를 든 장정이 그를 따라서 용팔네 집으로 들어섰다. 미노베 영감도 그들을 뒤따라왔다.

에모리가 손가락으로 누렁이를 가리키자, 두 사람은 무기를 등 뒤로 숨기고 살금살금 개에게로 다가간다.

누렁이는 꼬리를 내린 채 힐끔힐끔 눈치를 살피며 마당 구석으로 밀려간다. 기죽은 개는 장정들을 향해 잇몸을 드러내고 으르렁거린다.

찬호가 날쎄게 달려가 삼발이를 껴안았다. 갈고랑이 든 자가 다가와서 아이를 발로 밀치며 개의 옆구리를 찍었다. 눈 깜짝할 사이에 갈고랑이가 누렁이의 옆구리를 낚아채었다.

'깨갱! 깨갱!'

누렁이가 비명을 지르며 갈고랑이로부터 빠져나가려고 버둥대는 사이 몽둥이를 내려친다. 개는 흰자위를 드러내고 눈의 초점을 잃었다. 주먹을 쥐고 웅크린 찬호 앞에서 몽둥이를 맞고 쓰러진 개는 바르르 다리를 떨다가 끝내 쭈욱 뻗어버리고 만다.

에모리는 모자를 벗고 흐트러진 머리카락을 쓰다듬어 위엄을 갖추고 다시 눌러썼다.

미노베 영감이 다가와서 개를 내려다보고 말했다.

"사람 보고 무는 개는 없애 버려야 된다."

에모리와 미노베는 누렁이를 죽임으로써 사사로이 분풀이를 했다.

4. 스러지는 생명

봄이 오고 가을이 가고, 싹이 트고 열매를 맺고, 세월이 오가는 사이에 준오는 자라나고 있었다.

큰집 마당에 서 있는 호두나무에 물이 오르면 가지 끝에는 붓끝처럼 싹이 비집고 나왔다. 움튼 싹은 이내 잎사귀가 되고 사과 향을 내뿜기 시작한다. 이 무렵부터 준오는 코를 벌룽거리며 호두나무 아래를 아슬랑거린다. 윤이 나는 잎을 따서 코에다 비벼 본다. 상큼한 향내는 싱싱한 사과 냄새를 연상케 한다.

호두나무를 찾는 것은 준오뿐만이 아니었다. 해질녘 우거진 가지 위에 온 동네 참새 떼가 모여들어 떠나갈 듯이 조잘거리기 시작한다.

재재재재 … 쩍쩍쩍 … 재재재재 … 찍찍찍 … .

지저귀는 소리는 벌집을 쑤셔놓은 듯 법석거린다.

석양이 스러지기 시작하면 새들은 일제히 집으로 돌아가고 금세 적막이 찾아온다.

참새 울음소리를 듣고 자란 호두는 가을이 오면 겉껍질이 열 십十 자로 벌어져서 땅으로 뛰어내릴 채비를 한다. 바람이 불어와 호두알이 떨어지도록 흔들어 놓는다. 단단한 이 견과의 알맹이는 겉껍질 속에서 달그락 달그락 구르는 메마른 소리를 낸다.

이윽고 호두가 툭 떨어진다.

호두껍질은 복숭아처럼 좌우대칭의 가운데에 홈을 두르고 우툴두

툴 골이 져 있다. 호두알은 나무 어디에서 나오는 것일까? 나무속에 숨어 있다가 제 발로 나온 것일까, 밀어내어서 밀려나온 것일까?

데구루루….

가을날 오밤중 기왓골을 타고 호두 구르는 소리 … 빗물받이 홈통을 뛰어넘어 마당으로 떨어지는 소리를 준오는 잠결에 듣는다.

아침같이 아이는 호두나무 아래로 달려간다. 간밤에 떨어진 호두를 줍는다. 세준 백부는 마루에서 내려다보고 빙긋이 웃는다.

늦잠 잔 날엔 남이 주워가 버리고 남은 것이 없다. 실망해서 돌아서는 준오에게 남지댁 형수가 호두를 한 줌 건네준다.

"대름(도련님)예, 요 있어예."

준오는 언제나 새 옷을 곱게 입고 있는 남지댁 형수가 자랑스럽다.

원계댁은 아들의 호두를 반짇고리에 담아 둔다.

준오는 대밭으로 가 본다.

두툼하게 쌓인 댓잎 속에 숨었다가 옥수수같이 껍질에 둘러싸인 죽순이 어느새 뾰족이 솟아나와 있다. 코발트 푸른색 산비둘기 알 껍질이 누런 댓잎의 낙엽 위에 떨어진다.

푸드득!

비둘기는 대나무를 빠져나간다. 휘젓는 날갯짓은 파드득 댓가지를 건드려서 우듬지가 공중에서 흔들린다. 어미는 필시 새끼가 깨어 나온 일 없는 알 껍질을 물어다 떨어트렸을 것이다. 준오는 감질나게 비둘기 집을 올려다본다. 새 생명이 보고 싶었다. 눈두덩은 퉁퉁 부어올랐을 것이고 부스럼 딱지같이 생긴 부리를 벌리고 짹짹거리며 털 없는 날개를 버둥거리고 있겠지.

준오의 주위에는 많은 죽음과 새 생명의 흔적이 스쳐갔다.

팥알만큼씩 한 보라색 눈두덩이가 툭 튀어나온 새빨간 쥐새끼를 연상했다. 어미 쥐가 고방庫房 속 짚북데기에다 새끼를 쳤다. 준오가 다가가자 어미는 달아났다. 준오는 신기해서 새끼들을 한참 동안 들여다보았다. 모두 대여섯 마리의 새 생명이 눈을 감은 채 옴질옴질 꿈틀대고 있었다. 어느 틈엔가 어미가 도로 돌아와서 눈을 반짝이며 준오를 살핀다.

준오는 자리를 떠 주었다. 부엌으로 가서 멸치를 한 줌 쥐고 와서 어미에게 던져 주었다. 어미 쥐는 사람을 믿지 않았다. 도망갔다가 살그머니 다시 돌아온다.

대오리를 엮어 만든 닭장 속에서 닭이 퍼덕거리는 소리를 준오는 꿈결에 듣는다. 아침에 닭장 아래로 가 보니 깃털이 흐트러져 떨어져 있었다. 짐승이 닭장을 헤집고 들어가 장닭을 물고 간 흔적이었다.

"족제비가 닭을 물고 갔다. 닭장을 새로 짜야겠구나."

원계댁이 말했다.

암탉이 알을 품고 구구 않는다.

잘못 떨어져 깨진 알 속에는 실핏줄이 엉겨 있다. 준오는 생명이 움트다 스러진 핏발이 징그럽다.

어머니가 조개껍질을 바스러트려 던져 준 모이를 먹은 암탉의 달걀은 껍질이 단단했다.

꼬꼬 꼬꼬댁 꼬꼬!

준오는 암탉이 알을 낳고 놀라서 제물에 우는 소리를 알아듣고 닭장으로 간다. 닭똥이 묻은 달걀은 닭장 바닥에 동그마니 떨어져 있다. 따뜻했다. 어미 닭의 체온이 준오의 손바닥으로 전해 온다.

이 속에 병아리가 숨어 있다지?

삭부리 찬호는 호주머니에서 뱀 허물을 끄집어낸다. 담벼락 아래서 주웠다고 말한다.

"배미가 클라꼬 깝질을 벗는 기라. 재수 좋은 물건이다, 개줌치(호주머니)에 넣고 댕기모 … ."

젖니를 뺀 삭부리의 입은 치열 사이에 구멍이 뻥 뚫렸다. 어머니가 아이의 이빨을 실에 묶어 문고리에 걸어 매고 갑자기 성냥불을 얼굴에 들이대며 "이비야!" 한다. 아이는 놀라서 머리를 뒤로 제친다. 이빨은 수월케 빠졌다.

삭부리 어미 북면댁은 뽑힌 이빨을 지붕으로 던져 올린다.

"깐치야, 깐치야! 헌 이는 니가 하고 새 이는 삭부리 도오고!"

찬호는 젖니 빠진 자리에 옴팍 패인 잇몸의 연한 살결을 혓바닥으로 가만히 눌러본다. 전혀 아프지가 않게 이빨이 뽑힌 것을 신통해 하면서 안심했다.

"암탉이 조개껍데기 묵듯이 암깐치가 니 이빨 쪼아 묵을 끼다."

비가 그치면 숲으로 가서 참나무 둥치를 살핀다. 사슴벌레가 수액을 찾아 기고 있다. 반질반질한 갑옷을 날렵하게 차려입고 두 뿔을 벌리고 있는 기품이 투구를 쓴 장군같이 당당하다.

사슴벌레를 잡으러 숲으로 갔으나 허탕 치는 날에는, 꿀물을 나무줄기에 발라 놓고 해질녘에 가서 꾀어든 놈들을 채집하곤 했다.

삭부리가 고무총으로 모처럼 참새를 떨어뜨렸다. 바닥에 떨어진 참새는 숨을 할딱이다가 눈꺼풀을 닫고 고개를 떨어트렸다. 날개의 깃털이 벌어졌다. 준오는 한숨을 쉬었다.

하얀 백로 떼가 봄갈이 논에서 소의 쟁기 뒤를 날며 따른다. 뒤엎은 이랑에서 겨울을 난 하얀 애벌레가 꿈틀거린다. 새는 벌레를 쫀다. 삭부리는 고무줄 새총으로 백로를 맞힌다. 찬호의 손에 쥐인 새는 목이 축 늘어져 있다.

"백로 잡으모 동티 난다. 익조益鳥라 말이다."

밭 가는 농부가 삭부리를 나무란다.

용팔은 진주먼당 골짜기에 올무를 놓았다. 개울물이 졸졸 흐르는 계곡에 짐승들이 목 축이러 오는 길목을 골라 걸었다.

"용팔이 성가(형아)가 바지게 지고 산으로 가더라. 우리도 같이 가보자."

아이들은 용팔이 물고기 그물 치기며, 들짐승 덫 놓기며 바다로 산으로 다니는 것을 알고 있었다. 그가 올무를 확인하러 가는 날, 삭부리가 준오더러 그를 따라 나서자고 채근한다.

산길에 들어서자 신이 난 아이들이 지게를 짊어진 형보다 앞서 걸었다. 호기심에 잔뜩 부풀어 '곰일까? 사슴일까? 토낄까?' 궁금해하며 둘은 앞서거니 뒤서거니 부지런히 올라갔다.

숲 사이로 난 오솔길을 벗어나 용팔이 막대기로 풀을 헤치며 들어간다. 올무 놓은 곳을 찾아가는 모양이다.

"노루다!"

용팔이 외쳤다.

"새끼도 있다!"

아이들이 흥분해서 소리를 질렀다.

사람이 다가오는 것을 알고 어미 노루가 덫에서 벗어나려고 안간힘으로 버둥거려 보지만, 올무가 한쪽 다리를 물고 풀어 주지 않는다. 그 옆에는 새끼 한 마리가 어미 곁을 떠나지 못하고 서성이고 있었다.

아이들은 숨을 죽이고 주먹을 움켜쥐었다. 용팔이 가만히 다가가서 외팔로 새끼를 불끈 안았다.

그는 새끼를 무릎으로 내리누르고, 오랏줄로 발목을 묶어 놓았다.

"오너라! 이놈 좀 붙들어라!"

찬호와 준오가 두 손으로 어미를 눌렀다. 용팔은 어미도 네 다리를 친친 동여매고, 두 마리를 함께 바지게에 짊어졌다.

어미는 고개를 뒤틀며 버둥질을 해 댄다.

준오는 눈을 두리번거리고 있는 새끼를 쓰다듬었다. 털은 생각보다 까슬까슬했다.

동네로 내려온 용팔은 길가 주막집으로 들어가서 어미를 마당 구석 대추나무에 묶어 두고, 새끼는 집으로 지고 왔다. 그는 참나무 가지로 울을 쳐서 새끼를 그 속에 가두어 넣었다.

"이놈은 집에서 키우자."

용팔의 말에 아이들은 환성을 질렀다.

"와아!"

삭부리는 주먹을 치켜들고 흔든다.

"우리가 풀 뜯어 와서 멕여 주자!"

용팔 형은 손을 털며 휑하니 밖으로 나갔다.

아이 둘은 울타리에 붙어 서서 어깨동무를 하고 새끼를 들여다본다. 새끼는 아이들 눈길을 피해 좁은 울안에서 왔다 갔다 하고 있다.

'노루 새끼를 기른다!'

둘은 가슴이 뿌듯해 왔다.

"풀 뜯으로 가자!"

둘은 들판으로 나가 토끼풀을 뜯기로 했다. 클로버와 질경이를 뜯어 와서 새끼 앞에 넣어 주었다. 그러나 새끼는 먹을 생각을 않는다.

"에미 젖이 묵고 짚는 갑다."

둘은 어미를 보러 가기로 한다.

용팔 형이 주막집 목로에 걸터앉아 술을 마시고 있었다. 철도역에서 일하는 진환 형도 같이 있었다.

둘은 마당으로 들어가서 노루를 찾았다. 대추나무에 매어 두었던 어미는 보이지 않고 오랏줄만 흐트러져 있었다.

우물가 돌바닥에 핏자국이 남아 있고 노루 발목이 버려져 있었다. 양동이 안에 짐승의 내장이 담겨 있었다.

"노루 오데 갔소?"

삭부리가 주모에게 묻는다.

"저게 바라. 자아들이 안주 해서 묵고 안 있나."

주모가 목로에 앉아 있는 용팔과 진환을 가리켰다.

용팔 형이 노루고기 다리를 들고 살점을 물어뜯고 있었다. 준오는 얼마 전까지만 해도 눈을 말똥말똥 굴리던 어미의 모습이 눈에 떠올랐다. 그리고 형을 다시 바라보았다. 형은 술을 들이켜고 웃으면서 고기 살점을 입안에 넣는다.

"에이, 나뿐 성가! 에미를 잡아삐모 새끼 젖은 우짤라고?"

삭부리가 외쳤다.

형을 원망하면서 둘은 밖으로 나왔다.

이웃집 대문 앞에서 스님이 목탁을 두드리며 공양을 구하고 있었다.

통 통 통 통 토오옹 토오옹 통!

"나무아미타아부울 …."

어려운 경문을 왼다.

준오는 운수승雲水僧의 탁발을 구경하다가 어머니를 따라 절에 가서 방장 스님한테서 들은 말이 생각났다.

"하찮은 짐승일지라도 목숨을 구해 주면 꼭 좋은 일이 생겨서, 은혜를 돌려받는다."

준오가 삭부리에게 말했다.

"새끼한테 가자!"

둘은 용팔이 형네 마당으로 다시 갔다.

준오의 눈에는 눈물방울이 맺혀 있었다. 그들은 말없이 울타리 빗장 말목을 서너 개 뽑아내고 새끼를 몰아내었다. 골목 밖으로 쫓겨나온 새끼노루는 멍하니 뒤만 돌아보고 있을 뿐 달아날 생각을 않는다. 준오는 돌멩이를 주워 던졌다.

"퍼뜩 달라 빼거라, 이 축구畜狗야!"

새끼는 골목길을 주춤주춤 뛰기 시작했다.

"산으로 가거라, 산으로!"

삭부리가 울먹이는 소리로 외쳤다.

둘은 노루 새끼를 방랑放良해 주었다.

"'나무아미타아부울 … .'"

목탁 소리가 바람결에 날린다.

도방 쪽 한길에서 불꽃 터지는 소리가 들려왔다.

'따닥 탕! 따다닥 탕!'

둘은 달려갔다.

도루가 불꽃을 터뜨리고 있었다. 하나비花火 놀이였다.

'새 옷을 차려입고 있는 것을 보니 무슨 명절날인가 보다.'

슈우욱 치지직치지직!

대롱에 불을 붙이자 불꽃 가루를 뿌리며 하늘로 솟구친다. 꼬리를 흔들며 '지지지' 소리를 내더니 높은 곳에서 불꽃을 터뜨린다. 오독도기가 노랗게 쏟아져 내린다.

준오는 불꽃놀이가 아름답기도 하지만, 한편 폭음을 내며 밤송이같이 불 가루가 터지는 것이 놀랍기도 하다.

미에도 터뜨린다. 하나비를 쥔 팔을 멀리하면서 얼굴을 돌리는데, 미노베 영감이 심지에 불을 붙여 준다.

따다다다 슈우욱!

공중에서 심지가 타 들어가면서 포물선을 그린다.

탕!

하늘에서 불꽃이 흩어진다. 미에는 즐거워서 발을 동동 구르며 박수를 친다. 동네 아이들은 넋을 놓고 바라보며 침을 꿀꺽 삼킨다.

준오는 새끼 노루가 깡충깡충 뛰어가던 언덕 쪽을 바라보며 무사하기를 바랐다.

하늘에서 하나비 터지는 소리가 계속 울려왔다.

보릿고개를 넘기지 못하고 찬호 집 뒤주는 동이 났다. 그동안 양식
을 아끼느라고 솔잎을 빻아 만든 가루를 송홧가루와 함께 보리쌀에 섞
어서 죽을 쑤어 먹고 버텼으나, 그 보리쌀마저 동이 났다는 말이다.

찬호 어미 북면댁은 생각다 못해 양식을 구하러 친정 동네 동생 집
을 찾아 나섰다.

하룻길 밖에 되지 않는 곳이었으므로 아침에 떠나 저녁에 돌아올 요
량으로 찬호에게 일렀다.

"북면 이모한테 갔다가 올 끼니까 점심은 밥솥에 넣고 간다, 챙겨
묵거라. 저역까지는 올 끼다."

그러나 찬호 어미는 며칠이 지나도록 집으로 돌아오지 않았다.

"찬호 에미도 이안부로 실리 간 기이 틀림없는 기라."

사람들은 웅성댔다.

장터로 나온 북면 사람의 입을 통해, 찬호 어미는 진작 쌀 됫박을 얻
어 집으로 돌아갔다는 소식을 동네 사람이 듣고 와서 전했던 것이다.

"어제는 중리서도 또 한 명이 도락구에 실리 갔다 카더라마는."

아낙네들 사이에 연일 위안부 강제징발 이야기가 끊이질 않았다.

북면에서 쌀 됫박을 구해 가지고 급한 걸음으로 창원을 향해서 언덕
길을 총총 내려오는 찬호 어미 옆으로 먼지를 일으키며 트럭이 한 대
다가와 멈추어 섰다.

두 사내가 그녀에게로 다가왔다.

"보아하니 아주머이 같은데 어떻겠소, 공장에 가서 일해 볼 생각은 없소?"

조선 사람으로 보이는 자가 말을 걸어 왔다. 나머지 한 사람은 양복을 입고 일본말로 구시렁거리는 것으로 보아 일본 사람임에 틀림없다.

"공장이라 카모 머슨 일 하는 데요?"

"방직공장이라 칸께. 얼급(월급)도 나오고, 멕여 주고 재워 주고."

"공장은 오덴데요?"

"대전에 있다 칸께."

"아이고, 그라모 멀어서 안 되겠소. 내는 집이 저 너머 있은께."

그러자 갑자기 사내 둘이 돌아서서 가려고 하는 그녀를 양쪽에서 겨드랑이를 끼고 트럭으로 끌고 간다.

"싫소. 집에 아아가 혼자 있으이 내는 안 돼요."

그녀는 앙탈을 부렸으나 막무가내였다. 그들은 그녀를 달랑 들어다 차 위로 올려놓았다.

차에는 여자 아이 서너 명이 먼저 타고 있었다.

"니는 까자(과자) 공장으로 간다 카이 좋겠다. 인자 까자는 한도 원도 없이 먹어 보겠네."

"내는 방직공장이라 카더라."

"내도 방직공장 가서 광목베 짠다 카더라."

스무 살도 안 되어 보이는 처녀들이 제각기 한마디씩 했다. 숙식도 해결해 주고, 돈도 번다.

'몇 년간 월급을 착실하게 모아서 목돈이 되면 집으로 돌아와야지' 하는 기대감에 부풀어서, 다들 '어서 공장에 도착했으면' 하고 마음이

들떠 있었다.

"아지매도 공장 가는교?"

"아이라 칸께. 내는 집에 가야 하는데 억지로 태와서 … 너거는 공장 간다고 원해서 탔겠지만 … 정말로 공장 가는 것 맞나?"

"하모요. 달마다 얼급도 주고, 멕이 주고, 재와 준다고 분멩히 그랬어예."

끈님은 마뜩잖았다.

'싫다는 사람을 억지로 차에 태우는 것을 보면, 혹시 위안부로 끌고 가는 것이나 아닌지 … 설령 일자리라 하더라도 내가 따라 나설 자리는 아니잖은가.'

트럭이 역에 닿자 예의 두 사내는 여자들을 기차에 태웠다. 그들은 대구역에까지 기차로 가서, 거기서 내려서 역 대합실로 들어갔다. 안내하는 사이는 부산서 올라오는 급행열차 편으로 갈아타야 하니까 기다려야 한다고 하였다.

"열차가 막 올라올 끼다. 앉은 자리 고대로 기다리야 한다, 흩어지모 차 놓친께."

찬호 어미는 급행차를 탔다가는 어디까지 끌려갈지 모르니까, 이 틈을 타서 달아나야겠다고 작정했다.

그녀는 사뭇 급한 척 엉거주춤하게 일어서서 인솔자에게 말했다.

"보소, 야! 내는 급해서 용벤을 보고 와야겠소."

사내는 그녀를 아래위로 훑어보았다.

"보따리는 두고 빨리 갔다 와! 기차 올 때 다 됐어."

찬호 어미가 대합실을 질러 화장실까지 가는 동안 사내는 줄곧 감시했다. 화장실 출입문은 의당 남녀용으로 구분되어 있지만, 입구 바깥쪽에는 칸막이를 세워 가려 놓고 그 양쪽을 통해서 드나들도록 되어 있었다.

그녀는 남자 쪽 칸막이의 뒤에서 인솔자를 빠끔히 내다보았다. 양복을 입은 일본인 사내는 역장실을 향해 걸어가고, 조선인 감시자는 칸막이의 여자 화장실 출입구 쪽을 쳐다보면서 처녀들을 상대로 말을 하고 있었다.

그녀는 어떻게 대합실을 빠져나가야 할지 엄두가 나지 않았다. 화장실 담벼락 높이 조그만 유리창이 달려 있었으나, 여자로서는 도저히 타 넘을 재간도 없거니와 사람들 앞에서 그럴 계제도 아니었다.

그녀는 다시 칸막이 귀퉁이에서 빠끔히 내다보았다. 남자는 여전히 이쪽에 시선을 주고 있었다.

그녀가 망설이는 동안 용변을 마친 신사 한 명이 대변실 문을 밀고 나와 화장실을 빠져나갔다. 그녀는 갑자기 남자 화장실로 들어가서 그 남자가 들었던 대변실로 들어갔다. 다행히 딴 사람들은 그녀가 남자 화장실로 뛰어드는 것을 보지 못한 것 같았다.

잠시 후 기적 소리가 울려왔다. 역 구내로 급행열차가 들어오는 모양이었다. 그러자 '쿵 쿵' 뛰어오는 발걸음 소리가 들리더니 여자 화장실 안으로 급히 들어가는 듯했다. 필시 조선인 감시자인 모양이다.

어떤 노파의 악쓰는 소리가 들렸다.

"아이구 이 사람아! 요게가 오데라고 남정네가 들오노? 여자 벤소라 칸께! 어서 나가라꼬!"

남자가 여자 대변실 문을 왈칵 여는 소리가 들렸다.

"없다!"

그다음 대변실 문고리를 잡아당긴다. 안에서 잠긴 모양이다. 그는 급히 쾅쾅 문을 친다.

"퍼떡 나오이라 말이다. 차 떠난다!"

안에서 여자가 질겁해서 지르는 비명소리가 났다.

"아이고 웬 놈고?"

앙칼진 목소리가 이어졌다.

"웬 놈우 호로자석이 넘우 아낙한테 행패를 부리고 있노?"

끈님은 문고리를 끈으로 둘둘 말아 묶어 놓고 벌벌 떨고 있었다.

"어서 몬 나오겠나!"

그 소리와 함께 쾅 하고 여자 화장실 문을 박차는 소리가 났다. 문이 부서진 모양이다.

"아이구 옴마야!"

여자의 비명이 들렸다.

이어 남자의 다급한 소리가 들렸다.

"어어, 아일쎄. 그새 고년은 도망가뺐나?"

그러자 '뚜우' 하고 기적이 울었다.

"긴상, 빨리 와! 차 떠난다!"

개찰구 쪽에서 일본인 인솔자인 듯한 자가 재촉하는 소리가 들린다. 끈님은 조마조마하여 귀를 곤추세우고 바깥의 동정을 살피고 있었다. 얼마 안 있어 기적소리에 이어 열차 떠나는 소리가 '치익칙 포옥폭 치익칙 포옥폭 칙칙폭폭 칙칙폭폭!' 하고 점점 멀어져 갔다.

그녀는 재빨리 기차역을 빠져나왔다. 바깥으로 나오자 가까운 골목 길을 찾아 들어가 남쪽으로 방향을 정해서 걷기 시작하였다.

'무작정 내려가 보자. 가다가 창녕 쪽으로 가는 길을 물어보고, 거기 가서는 또 남지 가는 길을 물어보고, 거기서 또 마산 가는 길을 묻고, 물어물어 가면 갈 수 있겠지.'

그녀는 수중에 땡전 한 닢 없었기에 걷는 수밖에 도리가 없었다.

어미를 기다리며 사흘째 굶은 찬호는 공출농산물의 보관창고 앞 축대에 쪼그리고 앉아서 손바닥에 모래를 올려놓고 '후후' 불고 있었다. 모래 가루는 입김에 날아가고 쌀알같이 생긴 차돌 알갱이만 처진다.

아이는 가리질로 떠낸 갈피리(피래미)를 날로 먹은 탓인지, 다슬기의 속을 빼서 날로 먹은 탓인지, 간토질에 걸려 누렇게 황달黃疸에 뜬 눈으로 손바닥 위의 차돌 알갱이를 물끄러미 들여다보고 있다.

모래 알갱이는 점점 불어나더니 갑자기 하얀 밥풀 한 줌이 소복이 손바닥 위에 쌓였다. 허기 끝에 눈이 뒤집혀서 헛거미가 잡힌 것이다.

준오가 찬호 곁으로 다가가자, 찬호는 빼앗기기라도 할까 봐 손바닥의 알갱이를 쌀밥인양 입안에 털어 넣고 꿀컥 삼킨다.

"찬호야, 머 묵노?"

찬호는 목이 메는지 누런 눈자위를 굴리면서 꿀컥 꿀컥 침을 삼켰다. 그리고는 맥없이 일어서서 비칠비칠 집으로 가 버렸다.

찬호는 끝내 굶어 죽고 말았다.

우체부가 우편물을 배달하려고 마당으로 들어섰는데, 찬호는 마루에 꼼짝 않고 누워 있었다고 한다.

"찬호가 모래 묵고 죽었다."

동네 아이들 사이에 소문이 돌았다.

중건이 소식을 듣고 달려왔다. 동생같이 여기고 데리고 다녔던 찬호가 굶어 죽어 있는 것을 보고, 목구멍이 싸하고 가슴이 저려 왔다.

'녀석이 차라리 병에라도 걸려 죽었으면 제 타고난 운으로 돌리고 마음이라도 가벼울 텐데 … .'

하늘을 올려다보고 중얼거렸다.

"불쌍한 자식. 굶어서 죽다니."

둘러선 동네 사람들이 왜놈들을 탓했다.

"곡석을 싹 싹 다 건아가 공출해 가니 벨 수 있나, 굶어 죽는 기 당연하제."

귀밑 목덜미에 번진 감창에서 진물을 흘리면서 죽어 있는 아이를 내려다보고 중건의 눈가에는 눈물이 배었다.

"그나나 저나나 에미는 오데로 가고 기벨도 없노? 아아 초상은 치라 주야 될 거 아인가배."

"아아들 애장이사 벨시럽은 거 있더나. 에린 나이에 상주가 있을 택도 없고 … 짐생들이 헤꼬질 몬 하거로 고마 땅이나 파서 묻어 주모 되는 기지."

찬호 어미는 언제 나타날지 알 수 없으니까 마냥 기다릴 수 없어서, 중건은 자신이 나서서 아이를 묻어 주어야겠다고 작심했다. 그는 시체를 독에 넣어 지게에 짊어지고 산비탈로 올라갔다. 동네 아이들도 뒤따랐다. 양지바른 언덕에 터를 잡아 도래솔 밑에 독을 파묻고 돌무더기를 쌓아 주었다.

'불쌍한 자석. 오죽하면 굶어 죽었나.'

중건은 연민의 정으로 저려오는 마음을 누르고 심하게 자책했다.

'좀 더 일찍 알았더라면 그까짓 아이 밥 한 그릇쯤은 내 밥이라도 나누어 먹을 수가 있는 일 아닌가. 찬호야, 몰라서 미안하다.'

"찬호가 와 죽은지 아나, 준오 니는?"

"모래 묵고 죽었소."

준오가 답했다.

"아이다. 일본놈이 양식을 뺏아 가서 굶어 죽었다. 원통한 일이다."

찬호 어미가 대구를 떠난 지 꼬박 사흘이 걸려서 겨우 집에 도착하였다. 그녀는 지칠 대로 지친 몸으로 상거지 꼴을 하고 마당에 들어서자 찬호부터 찾았다.

"찬호야! 에미 왔다."

지쳐서 기어들어가는 목소리로 아이를 찾았지만, 기척이 없다.

'못 들었나?'

안간힘을 다해 다시 불러 보았다.

"야야아 … 에미가 왔다 안 카나."

방문을 열었다. 찬호는 보이지 않았다.

'에미 온 줄도 모르고 밖에서 오데로 싸돌아댕기고 있는지.'

마을 공동수돗가에 늘어서서 물을 받고 있던 아낙들이 찬호 어미가 집을 향해 비탈로 올라가는 것을 먼발치에서 바라보았다.

"저게 가는 기이 찬호 에미 아이가?"

"아이고, 맞네."

"오데로 끌리갔다가 인자사 나타났노? 자석 죽은 줄 알모 억장이 무너질 끼다."

"자우간에 이약은 해 주야 할 꺼 아이가 … ."

찬호 어미가 돌아왔다는 소식을 듣고 중건이 찾아 올라갔다.

"누님요, 욕봤소. 몸은 성한교?"

그는 방에다 대고 인기척을 냈다.

그녀는 방문을 열고 내다본다.

"중건 총각 아이가. 그래, 말도 마라. 대구꺼정 끌리갔다가 게우 도망 나온 기라. 시상 무섭더라. 무작배기로 막 끌고 가더라 칸께 … ."

목소리는 풀이 죽었다.

중건은 어차피 할 말은 해야 할 것이기 때문에 바로 말했다.

"누님요. 찬호가 죽었소."

그녀는 잠시 멍한 얼굴을 하더니 반문한다.

"머라 캤제?"

도저히 믿기지 않는 모양이다.

"머라꼬 아아가 죽었다고?"

"야아."

"아이고 우얄꼬? 이기 머슨 날벼락꼬?"

그녀는 일어서다가 제자리에 펄썩 주저앉았다.

"총각아! 우쩨된 일고?"

"굶어 죽었단 말이요."

중건은 외면하며 말했다.

"아이고오, 이 자석아! 니가 죽다이. 굶어 죽다이. 에미가 양석을 구해 온다 캐놓고 … 몬 기다리고 죽다이 … 아이고 은통해라! 흑흑."

그녀한테서 곡성이 터져 나왔다. 오장육부 구석구석을 쥐어짜고 솟아 나오는 소리였다. 발버둥질을 쳐댔다.

"꺼이 꺼이!"

짐승이 울부짖는 소리였다.

그녀는 위안부 징발 트럭을 만나 끌려 다닌 끝에 양식마저 빼앗기고 빈손으로 돌아오게 된 사연이 어미 된 마음에 원통하기 짝이 없고, 죄스럽기 한이 없었다.

"고새를 못 넘기고 죽고 말다니 … 아이고오 이 자석아아!"

"진정하소! 고마 정신 채리고 … 아아 무덤에나 가 봅시다."

중건은 비칠거리는 그녀를 안내해서 산비탈 무덤가로 올라갔다. 그녀는 돌무더기를 안고 손톱으로 긁으며 하늘을 올려다보고 울부짖었다. 배고파 우는 자식의 목소리가 허공을 찢으며 귀에 '쟁 쟁' 울려왔다. 아이는 벌써 아귀가 되어 산천을 헤매고 있었다.

"내가 죄인이다. 자석 굶카 죽인 죄인이다. 에미는 천 번 만 번 벌을 받아 싸다."

중건은 눈을 무섭게 부릅뜨고 초점 없이 노려보면서 뇌까렸다.

'당신은 죄가 없소. 일본놈 공출이 원수요. 공출을 막아야 한다.'

(2권으로 계속)

망원경과 현미경으로
세사世事를 살핀 대작가大作家

고승철 (소설가)

명작名作과 태작駄作을 구분하는 기준은 무엇일까. '독후讀後 여운이 뇌리에 또렷이 남아, 또 읽고 싶은 작품'도 명작의 요건 하나가 될 것이다. 하기주河基柱 작 《목숨》은 두고두고 다시 들추어 보고 싶은 역작이다. 장대한 스케일은 망원경으로 본 듯하고 치밀한 디테일은 현미경으로 관찰한 듯하다.

여느 대하소설이 그렇듯이 이 작품도 도입부에는 여러 인물들이 등장해 누가 주인공인지 짐작하기 어렵다. 독자들이 쉽게 이해하도록 하기 위해 단도직입單刀直入으로 밝히자면 청춘남녀 강청수, 신자흔이 주연이다.

이 소설의 시대 배경은 일제강점기인 1942~1944년으로 일본이 태평양전쟁(제2차 세계대전)에서 패전의 수렁으로 빠져들 무렵이다. 일본은 경제·군사 대국 미국과 맞붙어 싸우느라 식민지 한반도에서 쌀, 쇠붙이 등 군수물자를 공출供出해 가고 징병, 징용으로 인력을 끌어갔다.

장소는 경남 마산馬山이 주主무대이고 창원, 남지(창녕), 함안, 거제도, 부산 등 인근지역이 등장하며 일본 도쿄, 북만주 흑룡강성, 러시아 연해주 등 국제무대로 펼쳐진다.

일본인 많은 마산이 주 무대

중심인물 축軸은 강씨姜氏 일가이다. 강운재姜運載 — 강세준姜世駿 — 강장오姜莊午, 강청수姜淸壽로 이어지는 3대代가 일본인들이 활개 치는 마산에서 겪는 파란만장한 삶을 그렸다. 유가儒家 가치관을 지닌 강세준은 자손을 잇는 것이 조상에 대한 도리라고 여겨 손자 출생을 애면글면 학수고대한다.

1899년 개항한 마산은 일본과 가까운 데다 천혜의 항구여서 일본인들이 엄청나게 몰려온 도시였다. 마산에서 언론 활동을 한 위암韋菴 장지연張志淵, 1864~1921의 기록에 따르면 1920년경 마산부馬山府 시가지의 조선인은 14,033명, 일본인은 4,765명, 외국인은 57명으로 모두 18,855명이었다. 일본인이 인구의 4분의 1을 차지할 정도로 많았다. 외국인은 호주 선교사, 중국 상인, 러시아 상인 등으로 추정된다.

이렇듯 마산은 전국 어느 도시보다 일본인 비율이 높은 국제도시여서 역설적으로 일찍 개화되었다. 극장, 교회, 학교, 병원 등이 세워졌고 연극, 음악 공연이 성행했으며, 신문 발행도 웬만한 대도시보다 앞섰다. 1910년대에 중국음식점 '쌍홍관'이 개점돼 1990년대 중반까지 영업했다.

마산은 조선시대에도 남해안 수산물의 집결지였고 세미稅米를 나르는 조운선漕運船의 출발지여서 물산이 풍부했다. 구한말에 한반도 곳곳을 여행한 조지 포크1856~1893 미국 대리 공사는 1884년 11월 28일 마산포馬山浦를 방문하고 다음과 같은 기록을 남겼다.

오후 4시 20분 다른 고갯마루에 도착하자 눈앞에 갑자기 마산포가 나타났다. 매우 아름다운 한 장의 그림 같았다. 마을 부근에 이르러 휴식했다. 오후 5시 20분 마산포 창고 옆에 있는 큼직한 주막에 들어갔다.
마산포는 경상도의 주요 항구였다. 조선에서 가장 훌륭한 항구 가운데 하나였다. 여기서 이 지역의 세곡稅穀이 선적되었다. 배에 실을 세미를 보관하는 창고는 길이 100피트, 너비 40피트의 커다란 석조 건물이었다.

고려시대인 13세기 말에 여몽麗蒙연합군이 일본 원정을 떠난 곳이 바로 이곳 합포合浦였다. 몽고군이 판 우물 몽고정蒙古井은 지금도 남아 있다. '물 좋은 고장'이라는 명성이 높아지며 1920년대에는 일본에 수출되는 고급 청주 공장이 여러 개 들어선다. 마산에서 생산되는 '몽고 간장'은 명산품으로 전국에서 인기를 끌었다.

이 소설의 다른 인물 축은 '뱃놈' 출신인 신태산과 그의 딸 신자흔, '정미소 일꾼'이었던 곽상수, 백정 후손 천중건, 어부 아들 장수명, 어린 기생 소엽 등이다. 이 가운데 주목해야 할 인물은 넓디넓은 바다에서 멸치 떼가 어디로 오가는지 훤히 꿰뚫어보는 신태산. 바닷물의 흐름과 온도를 살펴 어군탐지기보다 더 정확하게 멸치 위치를 찾아내는 눈 밝은 어부이다.

마산, 거제는 임진왜란 때 이순신 장군이 혁혁한 승리를 거둔 곳인데 신태산은 당시의 용감하고 총명했던 수병水兵의 후손이 아닐까. 신태산은 거제 어부에서 선주, 또 마산 어물상으로 변신한다. 정규 교육을 받지는 못했지만 요즘 용어로 치면 '혁신가' 역할을 한다. 현대그룹의 창업자 정주영鄭周永, 1915~2001 회장과 비슷한 캐릭터라 할까. 딸 신자흔은 여고에 다니며 교양인 계층에 들어선다. 세일러 교복을 입은 인물로 나오기에 1910년 개교한 가톨릭 계열의 성지聖旨여고 학생인 듯하다.

반상班常의 위계질서가 깨질 즈음이어서 중심인물과 주변인물 사이에 벌어지는 신분 갈등이 주요 이슈가 된다. 구세대는 여전히 차별의식을 가졌고, 신세대는 계급의식이 옅어 반상과 관계없이 교유한다.

청춘남녀의 사랑 이야기도

인간사人間事의 핵심인 러브스토리는 강청수를 중심으로 전개되는데 일본인 여학생 도코모智子가 강청수를 짝사랑하고, 강청수와 신자흔은 서로 사랑한다. 도코모의 오빠 야스오康夫는 신자흔을 사모해 치근대지만 딱지를 맞고 해군에 자원입대한다.

강운재 노인의 서손庶孫인 최규崔珪는 일본 명문 와세다대학을 졸업하고 귀국하여 마산에서 야학 교사로 활동한다. 적서嫡庶 차별이 오죽 심했기에 본가 강씨 성 대신에 외가 최씨를 붙일 수밖에 없었을까. '세상을 뒤엎어 버리겠다'는 사회주의자인 그는 러시아 연해주의 한민족거주지 신한촌에 갔으나 엉뚱하게 친일파로 몰려 벌목장으로 피신한다. 그의 야학 제자인 곽상수도 연해주에 왔다가 벌목장으로 함께 간다. 혹한과 굶주림이란 악조건에서 강제노동을 당하는 이들의 고난은 노벨문학상 수상작가 솔제니친의 대표작인 《이반 데니소비치의 하루》 또는 《수용소 군도》를 연상케 한다.

최규와 곽상수는 러시아 비밀경찰의 추적을 받아 북만주 흑룡강성으로 피신한다. 이 탈출 과정에서 러시아 여성 사샤가 최규를 돕는다. 최규는 광활한 땅 흑룡강성에서 쌀농사를 지어 재력을 쌓아 무기를 구입하는 등 항일투쟁을 준비한다. 곽상수는 유맹流氓 장씨의 딸인 언년과 결혼한다.

항일무장단체 의혈단義血團의 김원봉金元鳳, 1898~1958 단장의 밀사 이상조가 최규를 찾아와 광복에 대비하여 마산에 사회주의 조직을 결성해 줄 것을 요청한다. 이에 따라 머리가 벗겨져 별명이 '공산명월'인 곽상수가 마산으로 돌아와 강씨 일가 등 지역유지들과 친구들을 접촉한다. 곽상수는 고등계 형사인 오카다岡田에게 붙잡혀 모진 고문을 당한다. 강씨 일가 여럿도 경찰에 끌려가 고초를 겪는다.

'신출귀몰한 무장투쟁가'인 의열단 단장 김원봉은 실제로 민족교육의 요람인 마산 창신학교를 다녔다. 1908년 개교한 창신학교는 노산鷺山 이은상李殷相, 1903~1982 시인의 부친인 독립운동가 이승규李承奎, 1860~1922 장로와 호주 선교사 등의 헌신적인 노력으로 운영된 민족교육의 요람이었다. 국학자이자 독립운동가인 안확安廓, 1886~1946을 비롯해서 국어학자 환산桓山 이윤재李允宰, 1888~1943, 한결 김윤경金允經, 1894~1969 등이 교편을 잡았다. 이들에게서 배운 이극로李克魯, 1893~1978

는 1927년 독일 베를린대학을 졸업하고 귀국해 조선어학회 주간으로 활동하며 《조선어사전》 편찬에 몰두한다.

《토지》가 연상되는 대작

제2차 세계대전이 막바지에 접어들자 강세준의 장남인 일본 중앙대 법대생 강장오는 학병으로 북만주로 끌려간다. 갓 임신한 아내 남지댁의 전송을 받으며 …. 이어 강장오의 동생인 고교 졸업반 학생 강청수에게도 징집영장이 나왔다. 민족의식이 투철한 강청수는 순순히 응하지 않고 북만주의 최규를 찾아가 항일 무장투쟁에 합류한다. 일본 관동군 사병 강장오와 독립투사 강청수, 이들 형제가 맞붙는 처절한 전투장면 비극은 직접 읽어보시길!

이 소설은 관혼상제冠婚喪祭와 당대 세시풍속歲時風俗을 정밀하게 묘사해 정통문학의 진수를 보여준다. 수많은 관련 용어를 구사해 언어의 보고寶庫 역할을 한다. 또 여러 등장인물들이 마산지역 토속 사투리로 대화하기에 생동감을 준다. 여러모로 박경리 작 《토지》나 최명희 작 《혼불》을 방불케 한다. 《박경리 이야기》를 쓴 마산사람 김형국金炯國 서울대 명예교수는 "이 작품은 사라져 가는 마산 인근의 방언을 충실히 기록했기에 언어문화사 측면에서도 가치가 크다"면서 "가히 《토지》가 연상되는 대작"이라 평가했다.

한국의 대표적인 장편소설, 대하소설은 대부분이 신문, 잡지에 오랜 기간 연재된 작품이다. 그래서인지 정합성整合性이 좀 떨어지는 경향이 있다. 이에 비해 《목숨》은 전작全作 장편이므로 밀도가 높고 수

미상응首尾相應하다. 다양한 등장인물들의 언행은 치밀한 복선伏線에 바탕을 두었다. 정교한 플롯의 결과물이어서 거대한 모자이크 같다. 그러니 대미大尾까지 읽고 나서도 다시 앞부분을 들추어보고 싶은 충동이 생기지 않으랴.

이 대작은 영화 또는 드라마 저본底本으로 활용될 수 있겠다. 청춘 남녀의 사랑, 전통혼례, 제사풍속, 열차 폭파, 전투장면 등 영상으로 구현하면 극적 효과가 커질 요소가 풍부하기 때문이다. 특히 소싸움 에 관한 자세한 내용이 나오는데 영상으로 만들면 흥미진진하겠다.

1930년대 마산은 물동량과 유동인구가 많아 소싸움, 씨름 등이 성행한 도시였다. 특히 씨름은 전국 중심지였고 유명한 씨름꾼을 배출했다. 그런 전통이 이어져 김성률, 이만기, 강호동, 이승삼 등 마산 출신 장사들이 씨름 영웅이 된 것이다. 프로 씨름이 탄생하기 전에 전국의 모래판을 10여 년이나 평정하며 황소 130여 마리를 받은 김성률金成律, 1948~2004 장사는 우승 비결을 묻는 어느 인터뷰에서 "무학산 정기를 타고 태어난 거 아입니꺼?"라 대답했다. 김성률 장사는 아호를 학산鶴山이라 지었는데 지금도 그를 기리는 '학산배 씨름대회'가 열린다.

무학산은 마산에 솟은 해발 767m로 그리 높지는 않으나 학鶴이 날개를 펼치고 날아갈 듯한 장관壯觀을 지녔다. 백두대간 낙남정맥洛南正脈의 최고봉이며 정상에서는 합포만의 창해蒼海와 도서島嶼가 한눈에 들어온다. 지역 주민들의 정신적 지주 역할을 하는 영산靈山이다. 마산지역 학교의 교가 가사에는 으레 '무학산'이 나온다. 《목숨》에서도 무학산이 자주 등장한다.

"위대한 문학은 사서史書를 뛰어넘는다."

불가사의不可思議한 것은 이 걸작이 하기주 작가의 데뷔작이라는 점이다. 단편소설로 등단하여 여러 편의 단편을 묶어 소설집을 낸 다음 장편을 집필하는 한국 문단의 관행에서 벗어났다. 작가는 무학산 기슭에 자리 잡은 마산고에 다니던 때인 1956년 1월 〈노을〉이라는 시詩로 제3회 학원문학상을 수상하여 전국적으로 문명文名을 떨쳤다. 서울대 경제학과에 다닐 적엔 〈서울상대신문〉에 단편소설이 당선되었다. 당시의 학우이자 문우는 진념陳稔 전 부총리, 유장희柳莊熙 전 이화여대 부총장, 최청림崔靑林 전 조선일보 편집국장 등이었다.

군에 입대하면서 문학과는 거리가 멀어졌다. 대학 졸업 후 기업에 몸담으면서도 문학에 다가설 여유가 없었다. 유수 대기업의 핵심 경영자로 오래 활동했다.

직장에서 은퇴한 60대 이후에야 문학의 세계로 돌아와 10여 년 동안 이 작품 쓰기에 집중했다. 초고를 읽은 김치수金治洙, 1940~2014 문학평론가가 등단을 권유했으나 신인의 대하소설은 현실적으로 등단할 무대를 찾기 어려웠다. 게다가 작가의 외우畏友 김치수 교수가 유명幽冥을 달리하는 바람에 탈고한 후에 오래 방치되었다.

작가 자신은 "출판할 가치가 있는 작품인가?" 하고 겸사謙辭를 말했으나 원고를 읽어본 지인들이 상재上梓를 종용했다. 특히 마산, 창원, 진해를 통합한 창원시 지역의 지사志士, 의인義人들이 이 소설의 역사성, 문학성을 높이 평가하며 분연奮然히 일어섰다. 이들은 한결같이 "마산, 창원을 주무대로 하는 번듯한 소설작품이 없어 아쉬웠는데 장편소설 《목숨》이 해결해 주었다"면서 "지역의 자존심을 세워줄 명작"이라는 반응을 보였다.

1977년부터 지역문화 창달을 이끄는 합포문화동인회의 강재현姜在炫 이사장은 초고를 완독하고 "일제강점기 막바지에 살았던 수많은 등장인물이 악연으로 또는 선연으로 뭉쳤다가 풀렸다가, 끊어질 듯하다가 이어져 가는 기구한 스토리에 몰입됐다"면서 "전쟁, 식민지 상황을 역사책으로만 배웠으나 소설 주인공들의 신산辛酸한 삶을 눈앞에서 보듯이 생생하게 묘사하는 문학작품을 읽으니 마음이 불편하기도 했다"고 말했다.

"위대한 문학은 사서史書를 뛰어넘는다." 이 말처럼 《목숨》은 일제강점기 말기의 시대상황을 어느 역사서 못잖게 적확하게 묘사했다. 쿠바 출신 소설가 알레호 카르펜티에르1904~1980는 "역사는 객관적 사실에 집착함으로써 진실에 가까이 가기 어려운 경우가 많은 반면에 오히려 역사소설이 내면세계의 진실을 파헤치는 데 유용할 수 있다"고 갈파한 바 있다.

박경리 이야기

김형국 (서울대 명예교수) 지음

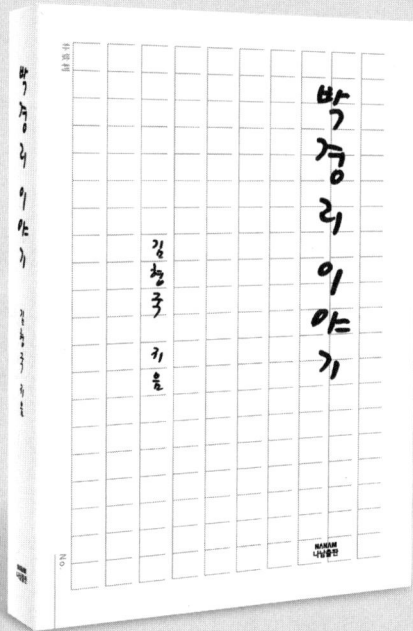

**생명의 강, 생명의 불꽃이 타는 그리움의
심연 속에《토지》작가 박경리의 삶과 문학**

《토지》작가 박경리와 30여 년간 특별한 인연을 맺어온
김형국 서울대 명예교수가 엮은 박경리의 삶과 문학.
지극히 불운하고 서러운 자신의 삶을 위대한 문학으로
승화시킨 '큰글' 박경리를 다시 만난다.

신국판 | 32,000원

나남
nanam
Tel. 031-955-4601
www.nanam.net

은빛까마귀 고승철 장편소설

언론인 출신 작가 고승철이 증언하는 정치권력의 실상!

장기집권 야욕을 불태우는 현직 대통령과 이를 막으려는 애송이 기자의 숨 막히는 '육탄대결'을 그린 소설. 얼치기 운동권 김시몽은 대권을 잡고 영구집권 음모와 노벨문학상을 받기 위한 공작을 펼친다. 이를 눈치챈 수습기자 시현이 특종보도한다. 이 과정에서 김시몽 통령은 시현을 비롯한 관련자를 안가로 납치, 조선시대 방식의 국문(鞠問)을 가하는데….
신국판 | 320면 | 12,000원

개마고원 고승철 장편소설

평화의 무대 개마고원에서 펼쳐지는 비밀프로젝트!

불우한 유년을 딛고 성공한 CEO 장창덕과 재벌 기업가 윤경복은 대북사업의 일환으로 북한 반체제 활동자금을 지원한다. 개마고원에서 북한 지도자를 만난 장창덕은 한반도에 새 패러다임을 열어줄 아이디어를 털어놓는데…. 6·25 전쟁 당시 가장 참혹했던 장진호 전투가 벌어진 비극의 무대 개마고원이 이제 한반도 평화를 꿈꾸는 희망의 무대가 된다.
신국판 | 408면 | 12,800원

소설 서재필 고승철 장편소설

한국 근현대사 최초의 르네상스적 선각자 서재필!
광야에서 외친 그의 치열한 내면세계를 밝힌다!

'몽매한' 조국 조선의 개화를 위해 온몸을 던졌던 문무겸전 천재 서재필을 언론인 출신 소설가 고승철이 화려하게 부활시켰다. 구한말 개화의 소용돌이 속에서 펼치는 웅대한 스케일의 스토리는 대(大)서사시를 방불케 한다. 21세기 지금 정치 리더십이 실종된 한국, 그의 호방스런 기개와 날카로운 통찰력이 그립다! 신국판 | 456면 | 13,800원

여신 고승철 장편소설

흙수저 반란사건의 내막!
한국판 '돈키호테'의 반란은 과연 성공할 수 있을까?

영화관 '간판장이'였던 탁종팔은 자수성가해 부초그룹의 회장이 된다. 그는 한편 부초미술관을 세워 국보급 미술품을 모은다. 겉보기엔 돈 많은 미술 애호가인 듯하지만 탁 회장의 야심은 만만치 않다. 바로 '헬조선'의 구조 자체를 뒤바꾸는 것! 그의 야심에 장다희, 민자영 등 '흙수저' 출신의 걸물이 속속 모여드는데…. 신국판 | 312면 | 13,800원

춘추전국시대 고승철 시집

'경쾌한 독설'의 미학 고승철 작가, 시인으로 데뷔하다

웅대한 스케일의 장편소설들을 발표해 온 고승철 작가의 첫 시집. 언론계에서 여러 인간 군상(群像)을 접한 경험을, 소설을 쓰며 언어를 벼린 경륜으로 녹여 냈다. 거침없는 문체와 언어유희로 던지는 질문들에서, 작가가 말하는 '경쾌한 독설'의 미학을 느낄 수 있다. 4×6판 변형 | 188면 | 12,000원

파피루스의 비밀 고승철 장편소설

이집트 신화의 비밀을 파헤쳐 '참 나'를 찾다
죽음이 두려운 이들에게 들려주는 진실의 힐링 메시지

고대 상형문자해독이 취미인 임호택은 우연히 이집트에서 신화가 기록된 문서를 해독하는데, 문서에는 자신은 인간이며 신을 참칭했다는 이집트 왕의 고백으로 시작해 충격적 내용이 펼쳐진다. 죽음이 두려워 신을 만들어내고, 그 신의 손안에서 죽음을 더욱 두려워하는 역설을 발견하며 현재 우리 삶의 의미를 묻는다. 신국판 변형 | 340면 | 14,800원

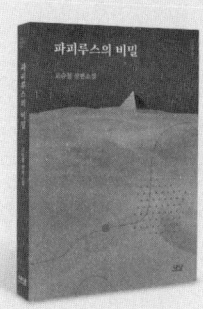

나남 nanam | Tel. 031-955-4601
www.nanam.net